Oscar bestsellers

GW01460334

LORIANO MACCHIAVELLI

SARTI ANTONIO FRA GENTE PERBENE

Racconti

A cura di Massimo Carloni e Roberto Pirani

volume primo

OSCAR MONDADORI

© 2005 Arnoldo Mondadori Editore S.p.A., Milano

I edizione Oscar bestsellers giugno 2005

ISBN 88-04-54429-5

Questo volume è stato stampato
presso Mondadori Printing S.p.A.
Stabilimento NSM - Cles (TN)
Stampato in Italia. Printed in Italy

Ristampe:

2   3   4   5   6   7   8   9   10   11

2006   2007   2008   2009   2010

www.librimondadori.it

Introduzione

di Massimo Carloni e Roberto Pirani

Nel 1974 con *Le piste dell'attentato* nasce un giallista italiano, Loriano Macchiavelli, che si presenta con una carica dirompente di novità. Sono gli anni in cui il giallo italiano, dopo oltre un secolo di alterne vicende, inizia tra gigantesche difficoltà quella sorta di felice "rinascimento", che dura tuttora: i testi di Scerbanenco, dal 1966 al 1969, avevano messo in moto un fenomeno irreversibile.

Il giallo di Macchiavelli si rivela subito provocatorio e, rispetto a ogni modello noto, assolutamente anomalo. È, come suol dirsi, un giallo "impegnato", perché l'indagine sul crimine è sempre indagine sulle matrici sociali e politiche, da cui esso trae origine. La scelta, ad "ambiente del delitto", di Bologna, per molti quasi una città ideale, fu all'epoca sentita come un oltraggio e una dissacrazione. Eppure nella narrativa di Macchiavelli la città è viva e pulsante, colorata e contraddittoria, cattiva e inafferrabile, oggetto di beffa, talvolta di odio, sempre di amore: è comunque un vero e proprio personaggio, che interagisce con gli altri personaggi.

I ritmi, gli effetti e le dinamiche si articolano e si dispiegano secondo un'ottica "teatrale", quasi la storia si reciti continuamente su un palcoscenico. E il lettore (lo spettatore), tramite la presenza di un bizzarro io narrante, che commenta e interloquisce con lui, è chiamato a partecipare direttamente all'azione scenica. La feconda esperienza teatrale dell'autore crea quindi un ibrido di notevole impatto, usando a piene mani un linguaggio ricco di umori popolareschi, di spunti satirici, di svagata colloquialità.

Ma la novità più appariscente sta nel detective, il poliziotto Sarti Antonio, che, pur dotato di eccezionale memoria, è incapace di risolvere i crimini, non perché non sia intelligente, ma perché la sua formazione manca di quella dimensione "culturale" che sola gli consentirebbe di costruire logici legami tra ambiente e delitto, tra fatti, personalità e interessi. Ecco perché egli ha bisogno dell'amico Rosas, universitario ed extraparlamentare di sinistra, che possiede quella capacità. Ne deriva un investigatore "bicefalo", risultante di due teste, una "fotografica" e una "logica".

Ma il titolare, per così dire, delle storie di Macchiavelli è giustamente il solo Sarti Antonio, investigatore a mezzo, ma personaggio intero, questurino umile e mediocre, ma uomo della rara specie dei "Don Chisciotte".

Ascoltiamolo. Gli abbiamo chiesto di presentarsi.

*****

Mi chiamo Sarti, Sarti Antonio.

Se pensate che sia un tipo speciale vi sbagliate di grosso. Vengo dalla montagna bolognese, i miei erano persone umili, ho vissuto un'infanzia e un'adolescenza tutto sommato normali, litigo da sempre con i libri e l'italiano, non parliamo poi dell'inglese o di altre diavolerie.

Che altro vi posso dire di me?

Da piccolo andavo in chiesa, come tutti a quell'età, ma ormai non ci metto più piede, almeno fuori dal lavoro. Bestemmio, è vero, ma come fanno molti, per scaricare la rabbia. Anche se, a forza di accumularla turno dopo turno, mese dopo mese, anno dopo anno, mi sono beccato una tremenda colite che mi costringe a cercare un bagno con frequenza imbarazzante.

Per il resto, non sono capace di fare del male a una mosca, non so essere villano (almeno per primo), chiedo sempre permesso quando entro in casa degli altri: questo mi hanno insegnato da piccolo e lo faccio ancora.

Da quando sono entrato in polizia abito a Bologna. Calma, non pensate a chissà cosa. Un appartamento in un condominio qualunque dalle parti di via Mascarella: non dico di più, voi capirete il perché. Con l'aria che tira per noi questurini un minimo di prudenza è d'obbligo. Anche se le chiavi di casa mia ce l'hanno in molti, tutti amici (o quasi); persino quella insopportabile Grassona che mi sorveglia dall'appartamento accanto: secondo me vuole qualcosa, ma aspetterà a lungo.

I mobili di casa sono come me: anonimi. La TV ce l'ho, ma serve per addormentarmi, del telefono non posso fare a meno col lavoro che faccio, ma non è un cellulare che per me non esiste. L'unico bene prezioso che ho avuto è stata la mia ottoecinquanta, con la quale sono andato su e giù per Bologna fino a quando carrozzeria e motore (entrambi d'antiquariato) hanno retto.

Qualcuno potrebbe pensare che io sia un lupo solitario: non è vero. Per natura amo stare con gli altri: se c'è un amico in difficoltà, Rosas tanto per non fare nomi, metto mano al portafoglio anche se so che non rivedrò una lira; do una mano, finché posso, anche a quei disgraziati che il mio lavoro e Raimondi Cesare, ispettore capo, mi costringono ad arrestare: barboni, studenti senza un soldo, eccentrici visionari, sfigati di ogni razza.

Non ho una donna fissa, è vero, ma non pensate neppure che io sia uno di quelli lì: sì, sono aperto, democratico e tutto quello che volete, ma se mi prendono per gay mi offendo di brutto. Non sono razzista, solo che non mi piace. Preferisco la Biondina, uno scriccolo di donna che ho incontrato anni fa a battere sui viali dalle parti di Porta Mascarella e che mi è più fedele di una qualsiasi moglie portata all'altare. Dite che sono un vizioso? D'altra parte che differenza c'è tra il mio lavoro e il suo? Ma sulle donne torneremo un'altra volta.

Il mio unico vero vizio è invece il caffè: non fumo, non bevo se non nelle grandi occasioni, non mi faccio né di droga né di psicofarmaci (e sì che ne avrei bisogno), quando mangio mi bastano una buona trattoria e certi sapori semplici di una volta. Ma sul caffè non transigo: e il fatto di berne in

quantità industriali (anche di sera perché a me, non ci crede-
rete, concilia il sonno) non significa che il mio palato non
sappia distinguere un nettare da una ciofeca.

Il migliore in assoluto è quello che mi faccio in casa con
una miscela particolare: qualcuno ha insinuato che faccio più
l'amore con la caffettiera che con le donne. Può essere, in questo campo sono molto più esigente. Un caffè troppo bollente,
tiepido o freddo è un insulto all'intelligenza; chi parla mentre
lo beve è come se bestemmiasse durante la messa. Certo,
quando sono in giro mi devo adattare: in ufficio, nascosto tra
le cartelle in uno scaffale, alla faccia di Raimondi Cesare, ho
tutto l'occorrente per prepararmelo; i baristi della città mi conoscono (e mi temono): per un caffè ignobile sono capace di
urlare come un pazzo o di andarmene senza pagare; per questo motivo ho i miei bar preferiti, primo fra tutti Filicori &
Zecchini. E quando me lo offrono in casa d'altri? Ve l'ho detto,
sono una persona educata: se posso mi offro di prepararlo io,
altrimenti butto giù la schifezza, fosse pure un caffè solubile.

Ma che razza di detective sono, direte voi. A questo punto
qualcuno avrà la tentazione di chiudermi il libro in faccia.

Posso capirvi. Dopo secoli che bazzicate con superuomini
di tutti i tipi (azzimati ed effeminati, dandy o stropicciati,
duri e meno duri, belli o drogati), non è facile ritrovarsi con
un questurino come tanti, solo come un cane, che si porta a
letto una prostituta (adesso che ci penso ce n'è un altro, ma
il nome non ve lo dico, che ha il mio stesso problema, ma è
su piazza da meno tempo di me), che beve caffè e che sta
metà del tempo con le braghe in mano.

Eppure ho avuto anch'io il mio quarto d'ora di celebrità
(deve averlo detto qualcuno famoso, ma certamente non Rosas): sono stato anch'io in TV e con un certo successo.

La prima volta è stato un po' come il «Grande Fratello»:
recitavo nella parte di me stesso. Ma poi hanno deciso che la
mia faccia non tirava e hanno scelto un tizio che incontro
ogni tanto a Bologna, un attore, dicono, anche se io me ne
intendo poco.

Ho visto solo la prima puntata, una sera assieme alla Biondina e Rosas. Poi ho deciso di non peggiorare la mia colite. E

se non riuscite a capire, andate sul satellite, se ce l'avete, e guardate qualche episodio: li danno ancora. Siamo tutti più belli, più educati, mi hanno fatto guarire dalla colite e alla Biondina hanno fatto fare l'università e persino il concorso in polizia; non vi dico Rosas: il talpone l'hanno invecchiato e ne hanno fatto un vecchio sporcaccione un po' rincoglionito.

Ma non sono più io, non siamo più noi.

Per fortuna che c'è ancora qualcuno che mi racconta per quello che sono veramente: Sarti Antonio, sergente.

Mi pare che basti.

Sarti Antonio fra gente perbene

Fra gente perbene

Nel dicembre 1977 l'antologia Buon sangue italiano, *curata da Raffaele Crovi con la collaborazione di Marco Tropea, dichiara agli increduli che esiste un giallo italiano. Sono presentati i racconti di ben ventuno autori e si parla di oltre sessanta di loro. Tra i ventuno Loriano Macchiavelli, che per questa occasione scrive il suo primo racconto giallo. Naturalmente motore della storia è Sarti Antonio, sergente, all'epoca interprete già di quattro romanzi (uno,* Fiori alla memoria, *ha vinto il Gran Giallo Città di Cattolica 1974). Attorno a lui i soliti: il comprimario Rosas, i caratteristi Felice Cantoni e Raimondi Cesare. E poi Bologna, in particolare il mercato della "piazzola", nel corso di un plumbeo torpido soffocante pomeriggio d'estate, così tipico della città. Un originale palcoscenico su cui sapide e colorite figurine si muovono secondo i ritmi di una brillante pochade: la lunga esperienza teatrale dell'autore trae dalla vicenda, in sé lineare, movimenti e variazioni divertite e divertenti.*

Solo chi conosce la "piazzola" può capire cosa significhi il caldo di un pomeriggio d'estate sotto i teloni dei "banchetti" allineati in piazza VIII Agosto.

Non un filo d'aria: la cappa rovente dei tendoni di plastica tesi a proteggere dal sole ha reso l'aria irrespirabile; l'odore di sudore ristagna e si confonde con quello della merce: cuoio e pelle di scarpe appena uscite dalla fabbrica, abiti nuovi e usati, boccette di profumo scadente, sapone da barba, vecchie divise militari, zaini e berretti portati da chissà quale esercito in chissà quale guerra...

Grasse venditrici ambulanti alle quali il caldo ha tolto perfino la forza di bestemmiare, intorpiditi venditori ormai suonati per l'afa di quel pomeriggio d'estate.

Nessuno in giro: i clienti si guardano bene dal mettere piede sotto i teloni infuocati.

È uno di quei pomeriggi nei quali il solo pensiero di ammazzare un uomo dovrebbe debilitare, sfinire.

Ma succede. Succede di tutto in questa tranquilla città di stampo antico.

Ecco perché la centrale chiama l'auto 28 e Sarti Antonio, sergente, con la testa fuori dal finestrino a cercare un alito di vento, deve fare forza su se stesso per reagire all'indolenza e rispondere alla chiamata.

«Sì. Auto 28 in ascolto.»

«Siete i più vicini a piazza VIII Agosto: recatevi sul posto e date inizio alle indagini preliminari sull'assassinio. Provvederemo a inviare la scientifica...»

«Non ho capito bene.»

«Ho detto che provvederemo a inviare la scientifica.»

«Prima, prima. Cos'è che devo iniziare?»

«Le indagini preliminari sull'assassinio. C'è un morto.»

Il cadavere, il morto, è rovesciato sulla schiena, all'interno di un furgone parcheggiato dietro un tendone-banco vendite di piazza VIII Agosto. È sdraiato su un letto di abiti nuovi, camicie da uomo, indumenti femminili intimi, e non, e chissà che altro. Strangolato. Con un fazzoletto da testa, di "materiale acrilico al 100%" attorno al collo; ma non più stretto. Una scatola di fazzoletti simili è sopra la mercanzia.

E fa caldo. Un caldo infernale. Il tetto in lamiera dell'autofurgone brucia, le pareti scottano e dai finestrini con i vetri abbassati della cabina entra quel po' d'afa che riesce a circolare sotto la galleria dei tendoni stesi al sole.

Sul viso del morto, ancora qualche goccia di sudore...

E la moglie, una grassona di novanta chili, strilla come un'oca fra le braccia di tre volonterosi individui che a malapena riescono a sorreggerla.

Qualcuno cerca di farle vento, ma è una finta perché non si riesce a smuovere quell'aria bollente, pesante come piombo fuso.

Sarti Antonio, sergente, si guarda attorno disperato: da che parte cominciare?

«Chiama la centrale e chiedi altri uomini.»

Felice Cantoni, agente, corre all'auto 28. Sarti ci prova:

«Com'è accaduto?» La grassona non lo ascolta neppure. C'è un vigile urbano vicino al gruppo da presepe. Dice:

«È la moglie.»

«Lo immaginavo. Lei arriva ora?»

«No: ero qui vicino quando ho inteso l'urlo.»

«L'urlo di chi?»

Il vigile urbano indica con un gesto del capo la grassona che continua a strillare come un'oca. Sarti Antonio annuisce:

«Ho capito. È stata la moglie a trovare...»

«Sì. Io sono arrivato e l'ho trovata con le mani nei capelli, immobile accanto agli sportelli laterali spalancati. Urlava come sta urlando ora. Non ha smesso un momento. Le prenderà un colpo. Ho guardato e ho veduto...»

Accenna ancora col capo: lo spettacolo non è dei più godibili. Il vigile urbano continua:

«Sono salito sul furgone per rendermi conto se ci fosse qualcosa da fare per il poveretto, se fosse ancora in vita. Gli ho allentato il fazzoletto attorno al collo e ho sentito il cuore, ma era andato. Mi dispiace molto: era mio amico, un carissimo amico.»

«Ha telefonato lei alla questura?»

«Sì.»

«E quelli chi sono?»

«Ambulanti; hanno il loro banco-vendita qui attorno.»

Sarti Antonio, sergente, maledice il momento in cui ha chiesto a Felice Cantoni, agente, mezz'ora fa, di dirigersi verso piazza VIII Agosto. Se avesse lasciato libero l'agente di andare a suo sentimento, a quest'ora magari l'auto 28 con a bordo il sergente Sarti Antonio e alla guida l'agente Felice Cantoni starebbe viaggiando verso il centro città e in piazza VIII Agosto sarebbe arrivato qualche altro. E qualche altro sfigato si sarebbe subito gli strilli della grassona.

«Mettetela là.» Indica una sedia abbastanza lontana dal veicolo con cadavere. I tre volonterosi ce la mettono tutta e riescono a trascinate i novanta chili e passa fino alla sedia indicata da Sarti Antonio.

«Cerchi di calmarsi, signora. Ho bisogno di alcune informazioni... Cerchi di calmarsi. Vedrà che riusciremo a...» Sospende perché non è proprio sicuro di riuscire a... E poi è come parlare al muro: la grassona non ci sente. Interviene uno dei tre volonterosi:

«È inutile: questa è in crisi. Ci vorrebbe un medico.»

«Arriverà anche il medico. Chi di voi era da queste parti quando è accaduto... Quando la signora ha scoperto...»

«Io ero al banchetto di fianco. Quello là, a lato di questo di Filippo.»

«E lei come si chiama?»

«Io?» Sarti Antonio, sergente, allarga le braccia. «Be' io mi chiamo Zelindo Sandoni, ambulante.»

Molti degli ambulanti della "piazzola" si sono ammassati attorno al veicolo col morto e in questo orribile pomeriggio estivo il cattivo odore dei corpi ha sopraffatto quello meno insopportabile delle merci in vendita. L'aria è irrespirabile, vomitevole, stringe alla gola. Arrivano quelli della scientifica e arriva Raimondi Cesare, ispettore capo. Getta, costui, uno sguardo distratto dentro la camera ardente, ardente a tutti gli effetti e si dirige verso Sarti Antonio, sergente.

«Cosa sei riuscito a sapere?»

«Che il cadavere si chiama Filippo e l'ha scoperto la moglie, che a telefonare alla questura è stato un vigile urbano e che quel signore a fianco della moglie del morto si chiama Zelindo Sandoni e fa l'ambulante. Ha il banco-vendite di fianco a quello del morto; di Filippo.»

Raimondi Cesare, ispettore capo, finge di non intendere la vena sarcastica e prende la direzione.

«Fa' sgomberare: qui non si respira. Ma prima vedi se qualcuno, è vero come si dice, ha sentito o visto qualcosa.»

Sarti Antonio, sergente, cerca di farsi ascoltare dai convenuti:

«Chi ha da dire qualcosa in merito a... a quell'omicidio?»

È difficile urlare sotto il sole di agosto fatto più caldo dal riverbero dei tendoni:

«Allora? Nessuno di voi ha udito o veduto... Qualunque cosa può essere utile...»

I convenuti cominciano a sfollare: meglio non correre rischi. Con la questura non si sa mai come può finire.

«Sgomberare, sgomberare... lasciate il passaggio. Tornate al lavoro...»

Alcuni agenti e il vigile urbano danno una mano e in piazza VIII Agosto torna la normalità. Il medico è riuscito a calmare la grassona, magari con una puntura; adesso la donna piange soltanto, in silenzio. I tre signori che l'hanno assistita riposano e si asciugano il sudore, il vigile urbano è a disposizione per ogni evenienza, quelli della scientifica fanno il loro lavoro e il cadavere è sempre là, sdraiato sulla merce in vendita, ad aspettare il permesso per andare al cimitero. O altrove, dove riterranno le competenti autorità.

La grassona sta mormorando qualcosa e Sarti Antonio, sergente, le si avvicina.

«È stata lei... li ho sentiti muoversi là dentro... Lui sbuffava. Facevano l'amore. È stata lei che me lo ha ammazzato!»

È il caso di saperne di più e Sarti Antonio ci prova:

«Vuol dirmi il nome, signora, di quella che l'avrebbe ammazzato?»

La grassona alza il viso e guarda Sarti Antonio. Poi scuote la testa:

«Lo sanno tutti di chi sto parlando.»

Ricomincia a piangere e poi riparte, fra le lacrime:

«Li ho sentiti: erano chiusi dentro e ho dovuto rompere lo sportello per entrare. Ma lei ha fatto a tempo a uscire dalla portiera opposta a dove ero io...»

Alza il tono e si rivolge a qualcuno, non so bene dove:

«Schifosa! Ma io sono capace di ammazzare te e quel coglione di tuo marito.»

«Stia calma, non è il caso di ammazzare qualcun altro...»

Il vigile urbano porta Sarti Antonio un po' lontano dalla grassona e lo informa, sottovoce:

«Dicono che suo marito se la intendesse con Cecilia, la ragazza del banchetto a fianco... La moglie di quel Zelindo Sandoni...»

«Dicono o è vero?»

«Io non li ho mai veduti assieme... Ma Filippo mi ha raccontato di loro due.»

Sarti Antonio guarda Raimondi Cesare, ispettore capo, intento a seguire le operazioni della scientifica, poi chiede al vigile urbano:

«E come mai il marito ha fatto a lei queste confidenze...»

Il vigile urbano indica la borsetta di cuoio che tiene al collo:

«Passo il mio tempo fra questa gente: riscuoto la tassa sul suolo pubblico. Ogni venerdì mattina e ogni sabato mattina che Dio manda in terra, io sono qui, fra loro. Le cose si imparano. Conosco un po' tutti.»

«Grazie.»

Sarti Antonio, sergente, lascia il vigile e si avvicina a Zelindo Sandoni per chiedergli:

«Come ha saputo di quanto è accaduto? Dov'era lei?»

Zelindo Sandoni ha due grandi occhi rotondi e inespressivi, sempre spalancati, che danno al viso un'espressione di eterno stupore. Quasi a significare: "Io cosa c'entro?". Ha lunghi capelli neri che gli coprono anche le orecchie, come va oggi, e le guance quasi prive di barba. Solo un po' di ciuffi malrasati sul mento e nei pressi delle basette. Niente altro.

«Dov'ero io?» Non è neppure troppo sveglio, a quanto è dato vedere.

«Sì, lei dov'era?»

«Oh be', dunque, dove vuole che fossi?»

«Non ne ho idea. Gliel'ho chiesto.»

«Ero nella mia sedia a sdraio, appisolato dietro il bancone.»

«Non ha sentito niente?»

«Oh be', dunque, gliel'ho detto: stavo appisolato. Nel bancone di fronte al mio c'è sempre la radio accesa che mi fa una testa così. Oh be', cosa vuole che senta con la cagnara di quella radio accesa?»

«E la sua signora?»

«La mia signora? Oh be', era andata a telefonare. Gino, il ragazzo del bar, è venuto a dire che la cercavano e lei è andata.»

«È ancora al telefono?»

«Oh be', no. L'ho mandata a casa: queste non sono cose da donne, non le pare?»

«Insomma, hanno strangolato uno a pochi passi da lei e lei non si è accorto di niente. La vedova ha detto che da dentro il furgone venivano dei rumori.»

Zelindo spalanca ancor di più i suoi occhioni rotondi e dice:

«Non so. Quali rumori?»

Non fa che ripetere le ultime frasi che gli vengono rivolte. Forse per prendere tempo. Continua:

«Oh be' quella? È fissata. Fissata e gelosa.»

Sarti Antonio lascia "occhiogrande" ai suoi stupori e ai suoi pensieri di marito. Gli si avvicina Felice Cantoni:

«Non sarebbe ora di piantare tutto e andare a casa?»

«Prova a dirlo all'ispettore capo Raimondi Cesare.»

Le gallerie dei tendoni colorati e bollenti sono deserte: la notizia non è più una novità; oppure il caldo è talmente opprimente da togliere al prossimo perfino la voglia di interessarsi a ciò che accade attorno, sia pure un omicidio.

Poco lontano, appoggiato al paletto di una tenda, vicino a una distesa di scarpe in vendita, Rosas, sorridente, miope, fissa Sarti Antonio e fischietta le sue arie incredibili.

«Che ci fai qui?»

Rosas alza le spalle, indifferente, senza smettere il fischio solista. Da qualche parte Raimondi Cesare, ispettore capo, urla:

«Sarti!»

«Presente.»

Raimondi Cesare, ispettore capo, suda abbondantemente e il suo cranio, coperto da rari peli, è imperlato da finissime goccioline di sudore che, sul collo, si uniscono in rivoletti e si perdono sotto la camicia bianca.

«Io devo andare. Vado in ufficio. Se hai bisogno chiama. Ma credo che non dovresti metterci molto, per venirne a capo.»

Sarti Antonio, sergente, ha una gran voglia di piantare e andare a casa, in bagno, per togliersi di dosso il sudore suo e degli altri.

«Io pensavo... dato che il turno sarebbe finito... Forse è il caso di affidare le indagini...»

«Niente, niente, caro Sarti. Mi fido pienamente di te. Buon lavoro, caro» e se ne va.

«Buon lavoro, caro.»

Rosas lo sfotte e ci si diverte, ma Sarti Antonio non abbocca: guarda l'ispettore capo che si allontana sotto la pesante galleria di teloni colorati.

Attorno al veicolo col morto si muovono lentamente, a fatica, gli uomini della scientifica. Il medico della questura urla:

«Muovetevi, perdio! Volete che quel povero cristo dentro al furgone vada arrosto?»

Sarti tenta di farsi vento col coperchio di scatola da scarpe, senza ricavarne sollievo. Si avvicina al bancone di fronte a quello di Zelindo Sandoni.

La radiolina, appesa al paletto da tenda, non ha mai smesso di spandere musica trasmessa da una stazione "libera" locale. Rosas e il vigile urbano seguono il sergente.

C'è una ragazza seduta dietro il bancone; osserva attorno con superficialità e ritma, con movimenti del capo e delle spalle, le battute della musica.

Il vigile stringe gli occhi, insofferente. Dice:

«Non so come faccia tutto il giorno in questo casino. C'è da impazzire. Io non sopporto la musica in genere: questa poi...»

Sarti Antonio è dello stesso parere e chiede, rivolto alla ragazza:

«Non si potrebbe spegnere?»

La ragazza annuisce e dice:

«Spenga pure, capo.»

Il "capo" ci prova, ma sbaglia tasto e la musica aumenta di intensità.

«Come ti chiami?» chiede Sarti alla ragazza.

«Lola, capo. Cosa posso fare per lei?»

«Vedi tu: cosa mi dici di questa storia?»

«Niente.»

«Hai visto il morto?»

«No. I morti mi fanno impressione.»

«Lo conoscevi?»

«Chi non conosceva Filippo?»

«È vero quello che ho sentito sul suo conto?»

«Se ne dicono tante su Filippo.»

«Fra le tante: si dice che se la intendesse con una certa Cecilia.»

«Filippo ci provava con tutte.»

«Vuoi dire che ha provato anche con te?»

«Come no? Più di una volta.»

«E c'è riuscito?»

Lola, la ragazzina, si mette a ridere forte:

«Ci vuole altro, capo, ci vuole altro per me.»

«E che si dice ancora sul povero Filippo?»

Lola alza le spalle:

«Chieda in giro, capo.»

«Ho chiesto a te.»

«Se ne dicono tante...»

Non c'è verso di cavarle altro. Sarti Antonio riprende:

«Dov'eri quando è accaduto il fatto?»

«Qui. Non mi sono mossa per tutto il giorno.»

«E lui?» Sarti accenna con la testa, senza voltarsi, verso il bancone di Zelindo.

«Zelindo ogni volta che mi alzavo in piedi, lo vedevo sdraiato dietro il bancone, a occhi chiusi come se dormisse. Non si è mosso per tutto il pomeriggio.»

«Proprio come te. Bene. Che altro puoi dirmi?» Lola si stringe nelle spalle e Sarti Antonio la lascia. Gli grida dietro:

«Capo, la radio.» Sarti non l'ascolta. L'ascolta Rosas, che, prima di seguire il sergente, rimette in funzione il piccolo mostro di plastica.

Stanno tirando fuori dal forno la salma dell'estinto, la caricano su un'ambulanza che parte, sotto la galleria di tendoni, verso l'obitorio. Sarti Antonio si avvicina al capo della scientifica:

«Trovato qualcosa?» Costui scuote il capo, deluso:

«Niente di niente. Come se si fosse strangolato da solo. Niente impronte, niente segni di lotta come graffi, contusioni, peli di altre persone o capelli. Niente nelle tasche del morto, niente sul pianale del furgone e niente fra la merce. Di certo c'è un fazzoletto in "materiale acrilico al 100%" stretto attorno al collo del defunto. Un fazzoletto come gli altri sul veicolo e in vendita. E c'è anche la serratura della portiera laterale, quella verso il bancone, forzata. Ma dicono sia stata la moglie del morto per entrare. Vedremo le analisi di laboratorio. Vedremo se ci saranno altri dati più consistenti. Qui si soffoca. Buon lavoro.» E se ne va, lontano dalla cappa opprimente di teloni cotti al sole.

Sarti si rivolge al primo ambulante che gli capita a tiro e chiede, sgarbato:

«Dov'è che si può bere un caffè in questo mercato di merda?»

«Sotto il porticato ai lati della piazza, di fronte.»

Gli ha risposto un vecchietto pulito e a modo. Gli ha risposto e ha finto di non accorgersi del tono di Sarti. Sul suo viso antico si è stampato un sorriso cordiale. La cosa fa effetto sul sergente: lascia perdere la voglia di caffè e si avvicina al vecchietto.

«Scusa, nonno. Il morto, il caldo, tutte queste bocche cucite mi hanno fatto saltare i nervi.»

Il vecchietto si trova a suo agio: non suda, non si muove dallo sgabello sul quale sta seduto, dietro il bancone vendite. Ha in bella mostra le più assurde e inutili vecchie cose della città. È un vecchietto tanto nuovo che sembra finto e visto che Sarti Antonio gli ha parlato con il "tu", con il "tu" gli risponde.

«Ci vuole pazienza. Tu ne hai le tasche piene di questo posto e sei qui da appena mezz'ora; gli ambulanti sono in piazza da questa mattina alle sei. Ci vuole pazienza. Non sono cattivi come dici tu. Brava gente. Solo, bisogna prenderli per il verso. Sai, come i cani. Se urli e sbraiti, i cani si accucciano e aspettano le legnate. Brava gente.»

Si muove per mettere ordine fra gli oggetti in mostra: una serie di pipe vecchie, un paio di ruote dentate, alcune valvole bruciate per radio di chissà quanti anni fa, il cerchione in legno di una bicicletta dei tempi dell'autarchia e sa Dio cos'altro.

«Ti andrebbe una birra fresca, nonno?»

Il vecchietto sorride e sul suo viso fresco appare una espressione furba.

«Non bevo. Ma se vuoi sapere qualcosa da me, non è mica necessario che mi offri da bere.»

Sarti Antonio, sergente, guarda ancora le innumerevoli inutili cose allineate davanti al vecchio, ne raccoglie una e la rigira fra le mani. Chiede:

«Cos'è?»

«Una "galena". Con una cuffia sulle orecchie si poteva ascoltare musica, commedie. Come dire? Era la radio dei poveri. Una volta...»

Sarti Antonio depone l'oggetto, con precauzione.

«Sai come sono andate le cose?»

«Posso dirti ciò che ho veduto di qui.»

«Mi basta.»

«Dunque, Filippo dormicchiava sulla sedia, a fianco di sua moglie, la grassona. Ogni tanto consultava l'orologio come se aspettasse qualcuno. Dopo un'altra occhiata, si è alzato, si è stiracchiato, ha ruttato, ha esaminato un foglio estratto dalla tasca dei calzoni, lo ha letto attentamente, lo ha rimesso in tasca e poi se n'è andato dietro il tendone, verso il furgone. La moglie gli ha chiesto dove andasse e lui ha risposto: "Cavoli miei" ed è sparito.»

«Di qui hai inteso anche il dialogo?»

Il vecchietto continua a sorridere. La cosa sorprendente è che non suda; non una goccia di sudore sul viso fresco di vecchio pulito; dice:

«Non ho sentito: ho veduto i movimenti delle labbra. Sono un po' sordo e ho imparato a leggere i discorsi della gente sulle labbra.»

«Riesci a vendere questi oggetti?»

«Ogni tanto.»

«E ci campi?»

«Ho la pensione. Questo è per passare il tempo e per arrotondare...»

«Va' avanti.»

«Dopo qualche minuto che il marito era andato via, la grassona ha sollevato la testa come se tendesse l'orecchio, si è alzata, ha guardato verso il "banchetto" di Zelindo e poi, visto che Cecilia non c'era, è corsa dietro, verso il furgone. Ancora un paio di minuti e poi l'urlo. Tutto qui.»

«Ho capito. E gli altri?»

«Tutti quelli che riesco a vedere erano ai loro posti. Zelindo era sdraiato dietro il suo "banchetto" e non lo vedevo direttamente, ma, appena si è inteso l'urlo della grassona, è spuntato ed è corso anche lui a vedere. Lola non si è mossa dal suo "banchetto" e ha continuato ad ascoltare musica e a dondolare. Gli altri si sono alzati per correre a vedere.»

Sarti Antonio, sergente, dà un'occhiata in giro e chiede:

«Cecilia?»

«Non c'era. Quando il ragazzo del bar ha portato il caffè freddo, è andata via con lui ed è tornata solo dopo... dopo il fatto. Zelindo l'ha spedita di nuovo via.»

«Lui dice di averla spedita a casa. Bisognerà parlare con questa Cecilia. Se la intendeva con Filippo?»

«Ogni tanto.»

Il vecchietto sorride furbo e ha finito.

«Cos'altro faceva questo Filippo?»

«Arrotondava le entrate.»

«E cioè?»

«Vendeva merce, come dite voi? di dubbia provenienza.»

«E tu?»

«La mia merce è sotto i tuoi occhi.»

Il buon vecchio alza le spalle e continua:

«È la vita, caro amico, la vita.»

«La mia è piuttosto complicata...»

«Ti capisco. Fa' come me: pianta tutto, va' dal vigile urbano, chiedi una licenza e metti su un "banchetto". Ti assicuro che la tua vita cambierà da così a così.»

«E cosa vendo? Divise da questurino fuori moda?» Il vecchietto strizza gli occhi vivaci e sorride scoprendo i denti bianchi e sani. Non risponde. Un vecchietto in gamba, perdio.

«Posso mandarti una birra fresca dal bar?»

«Non bevo. Se bevo comincio a sudare come una fontana.»

Al bar Sarti Antonio, sergente, ordina un caffè per sé e un caffè per Rosas.

Il ragazzo del bar mette sul banco due bicchieri. Sarti reagisce.

«Che cavolo mi hai dato?»

«Due caffè, signore.»

«Caffè freddo? Se chiedo un caffè, deve essere un caffè. Un caffè freddo non è niente: è acqua sporca e gelata. Uno schifo.»

Il ragazzino del bar è confuso; guarda verso la cassa e dice sottovoce: «Scusi, signore».

Porta via solo il bicchiere di Sarti, perché, intanto, Rosas si è vuotato il suo. Con gusto, pare.

Il ragazzo del bar porta la tazzina fumante.

«Va bene così?»

Sarti Antonio sorseggia e non pare scontento. Entra anche il vigile urbano, sudato, come tutti, con la borsina da postino al collo.

«Che razza di caldo! Una birra fresca, Gino.»

Gino, il ragazzo del bar, lo serve. Una birra fresca che appanna il bicchiere. Sarti Antonio, sergente, dice:

«La roba gelata è veleno.»

«Qualche novità?»

«Niente di niente, cristo. Mi ero messo dietro la pista delle donne, ma ho idea che si finisce l'anno prossimo.»

Il vigile urbano è d'accordo:

«È vero: Filippo era un po' largo a donne. Beato lui.»

«Però, che idea, andare a fare all'amore con questo caldo. Lei è stato nel furgone?»

«Sono entrato per primo; subito dopo l'urlo della donna. Un forno.»

Rosas segue i dialoghi guardando ora Sarti Antonio, ora il vigile urbano, con i suoi occhietti da miope dietro le lenti spesse. Non interviene.

Sarti Antonio continua col vigile:

«Lei sapeva dei traffici di Filippo?»

«In che senso?»

«Nel senso che Filippo smerciava anche materiale rubato.»

Il vigile si stringe nelle spalle:

«Lo fanno tutti: roba da poco.»

«E lei non denuncia il fatto?»

«Vendono tutti quattro stracci... Il mio lavoro non è di controllo: riscuoto e vendo le aree. Lo faccio ormai da dieci anni e so che ho a che fare con brava gente...»

«Difatti si ammazzano fra loro, in allegria.»

Rosas tocca il fianco di Sarti con un gomito e gli indica il ragazzo del bar.

«Senti un po', Gino.»

Il ragazzo gli corre davanti.

«Pronto, signore: un altro buon caffè caldo?»

«Senti un po', Gino: sei andato tu a portare il caffè alla signora Cecilia?»

«Vado sempre io.»

«E lei è venuta via con te, dopo?»

«Sissignore. Non ha neppure bevuto il caffè. Lo ha posato sul "banchetto" ed è venuta al bar assieme a me. C'era un tale che l'aspettava al telefono.»

«Chi?»

«Non lo so. Mi ha chiesto di andare a chiamare Cecilia e ho eseguito.»

«Una voce che conosci? Qualche sfumatura particolare? Un dialetto?»

Gino, il ragazzo del bar, resta un attimo sopra pensiero e poi scuote il capo.

«Niente. Una voce di uomo normale. Come la sua.»

«Vuol dire che avrò telefonato io. Quanto tempo è restata in cabina?»

«Un bel po'.»

«È uscita prima o dopo che scoprissero il cadavere di Filippo?»

Ancora il ragazzo si ferma a pensare.

«Non lo so. Quando è uscita, era rossa in viso e sembrava... sembrava che avesse appena fatto...»

Non decide e allora Sarti Antonio cerca di aiutarlo.

«Come se avesse appena fatto una corsa?»

Il ragazzo nega col capo.

«Come se avesse appena ammazzato qualcuno?»

«No. Come se avesse fatto all'amore. Aveva gli occhi... umidi e imbambolati. Sono andato in cabina, appena lei è uscita e...»

«Ci hai trovato un uomo nudo.»

Il ragazzo fa di no col capo.

Gino risponde sottovoce, quasi si vergognasse di ciò che sta per dire. «Io... ho sentito quell'odore di donna.»

«E con chi avrebbe fatto l'amore, secondo te, in cabina?»

«Oltre a Cecilia, in cabina non è entrato né uscito nessuno.»

«Allora vuoi dire che Cecilia... là dentro...»

Gino annuisce vigorosamente e aggiunge:

«Per me sì.»

Interviene il vigile urbano:

«Ma che stupidaggini dici?»

Sarti si rivolge al vigile:

«Dove eravamo rimasti? Ah sì: tutta brava gente, a sentire lei. Sa dirmi con chi posso parlare senza sentirmi rispondere stupidaggini?»

«Se vuole, posso chiedere in giro io. Di me hanno più fiducia e magari parlano più liberamente che con lei.»

«Mi farebbe comodo. Segni il mio indirizzo e il telefono.»

Cerca nelle tasche qualcosa per scrivere, ma il vigile lo previene:

«Ho io l'occorrente.»

Dalla borsetta che tiene al collo estrae un mangianastri e lo posa sul tavolo del bar. Cerca ancora: un blocco di carta e una biro.

«Dica.»

Sarti Antonio detta e il vigile scrive. Rosas armeggia col mangianastri rimasto sul tavolo. Il vigile sorride:

«È per passare il tempo: un po' di musica nelle pause del mio lavoro.» Rimette il tutto nella capace borsa da postino.

Il sole è calato dietro i fabbricati di via Indipendenza e piazza VIII Agosto riprende il suo aspetto di piazza. Gli ambulanti hanno smontato i tendoni, piegato i "banchetti" e caricato la merce sui veicoli. Alcuni se ne sono già andati, altri lo faranno fra poco. Presto la piazza resterà deserta, invasa da fogli di carta, da giornali, da scatole per scarpe vuote. Tutta roba che questa notte i netturbini faranno sparire per preparare la piazza al casino di domani mattina, sabato. Per permettere agli ambulanti di rizzare ancora i teloni, i "banchetti" e per dar modo di mettere in vendita le quattro cose di sempre.

È rimasto il buon vecchietto pulito e a modo che sta ancora impacchettando i suoi ruderi e li carica sul triciclo a pedali. Ed è rimasto Zelindo Sandoni, seduto dietro il "banchetto", ancora da smontare. Guarda fisso davanti a sé e non si muove. Ha gli occhi rotondi, stupidi e spalancati di sempre. Ho l'impressione che andrà a buttarsi a fiume anziché rincasare dalla sua Cecilia.

L'aria si è fatta respirabile.

Felice Cantoni, agente, appoggiato alla sua auto 28, attende Sarti Antonio, sergente. Appoggiato, ma con delicatezza per non rovinare la vernice della fedele, insostituibile auto 28. È anche piuttosto arrabbiato.

«Quattro ore di straordinario che nessuno ci pagherà mai. E avevo un appuntamento...»

«Telefona e rimandalo.»

«Si è rimandato da solo: quattro ore fa.»

«Meglio così. Non abbiamo ancora finito.»

«Non abbiamo finito? Ma cosa credi che io...»

«Cosa credi tu? Che io mi diverta? Vai a dirlo a Raimondi Cesare, se non sei contento della tua vita. Digli che quattro ore fa tu avevi un impegno.»

Salta sulla vettura. Rosas è già seduto dietro e ha ripreso la sinfonia per fischio solista dal punto esatto in cui l'aveva interrotta un paio d'ore fa. Felice Cantoni, agente, si mette al volante e si calma. L'auto 28 ha questo potere su di lui. «Dove andiamo?»

Vanno a cercare Cecilia. Cecilia è una ragazza giovane, robusta. La prima cosa che dice è:

«Dove avete messo mio marito?»

«Vuoi dire che Zelindo Sandoni non è ancora rientrato?»

«Voglio dire che se lo avete arrestato, avete sbagliato tutto. Zelindo non farebbe male a una mosca.»

«Ma non lo abbiamo arrestato, sta' tranquilla.»

«Non lo avete... Allora dovrebbe essere rientrato.»

«Tornerà: i buoni mariti tornano sempre. Come è andata?»

Cecilia è molto agitata: si passa le mani fra i capelli, nervosamente e ripete piano:

«Non so niente... Io non c'entro. Non c'ero quando è successo.»

«Con chi parlavi al telefono?»

«Non lo so. Un tale che non conosco.»

«E sei stata al telefono più di cinque minuti con un tale che non conoscevi? Che voleva da te?»

«Niente. Diceva... Diceva delle porcherie.»

«Sei certa di non sapere chi era al telefono?»

Si passa le dita fra i capelli e dice:

«Non lo so... Ho solo l'impressione che fosse... che fosse... Filippo. Era Filippo. Ma se mi telefonava, non era morto. La sua voce la conosco bene. Era lontana, cupa, proprio come se venisse... da un altro mondo, adesso che ripenso!»

Tornati in strada, Sarti salta sull'auto 28, ma Rosas se ne va a piedi, si allontana borbottando:

«A pensarci bene è un caso piuttosto semplice. Direi elementare.» Sarti Antonio schizza fuori dalla vettura e lo raggiunge.

«Vuoi ripetere per favore?» Rosas stringe ancora di più i suoi occhietti miopi.

«Dico che a pensarci bene è un caso piuttosto semplice.»

«Un accidente che ti spacchi. Cosa c'è di semplice? Un morto che telefona dall'inferno? O una donna che si chiude in una cabina telefonica per... per masturbarsi.»

Rosas riprende il suo cammino.

«Devi soltanto chiederti, perché mai non si è trovato nelle tasche del morto il bigliettino che Filippo aveva appena consultato. Lo ha detto il Capo della scientifica, no? E prova a chiederti anche da dove può telefonare un morto e come. E poi sei tu il questurino, non io.»

Sono le dieci di sera e da sedici ore i due questurini viaggiano in auto o a piedi. Hanno diritto di averne le tasche piene.

Nudo come un verme e sdraiato sul letto, Sarti Antonio, sergente, cerca di godere di quei rari momenti di vento che le finestre spalancate gli regalano. Poca roba, ma dopo l'afa di quel pomeriggio in "piazzola", sotto il piombo fuso dei tendoni, quello che viene è un paradiso. È appena uscito da una vasca d'acqua bollente e si gusta un caffè: caldo, un caffè come dice lui.

Ha gli occhi chiusi, ma la mente ripassa le immagini della giornata.

Di colpo, si alza a sedere, salta dal letto, infila i calzoni senza mettere prima le mutande; infila la vecchia camicia sporca di sudore, borbotta:

«Cristo, quanto sono stato fesso. E Rosas, maledetto talpone, lo sapeva!» Entra in casa di Rosas, al piano terreno di via Santa Caterina diciannove. La porta è sempre aperta, anche se è mezzanotte, come ora. Rosas dorme nel lettino sotto la finestra, che dà nel porticato della via. Nella penombra, che entra dal portico, Sarti Antonio si accorge che il talpone dorme con gli occhiali sul naso. O non dorme affatto?

«Ce n'hai messo di tempo.»

L'umidità della camera si attacca ai vestiti e li appiccica alla pelle, anche se è estate.

Sarti Antonio, sergente, siede vicino al letto dal quale Rosas non si è ancora mosso. Comincia:

«Dov'è finito il biglietto che Filippo aveva consultato prima di entrare nel furgone? I casi sono due: o l'ha preso l'assassino o è sparito dopo. L'assassino non ha fatto a tempo a trovarlo, perché la grassona appena sentito il rumore della colluttazione, che aveva scambiato per due che facevano l'amore, è corsa a forzare lo sportello. Vuol dire che è sparito dopo. E una cosa tira l'altra... Le cose sono andate così: qualcuno, un amico di Filippo certamente, sapeva che questi doveva trovarsi nel furgone a una certa ora con la bella Cecilia. Ha fatto in modo che la ragazza rimanesse occupata al telefono mettendo in onda la storia che sapeva piacere a Cecilia. Lui ha avuto tutto il tempo per entrare nel furgone in modo che Filippo ha trovato costui anziché la donna.»

Sarti Antonio è felice. Stanco per le ore passate in piedi, ma felice come un questurino che risolve il suo problema quotidiano.

«Trovare un movente mi sarà facile; qualcosa salterà fuori certamente. L'importante è avere capito il meccanismo. Primo: il vigile urbano si trovava da quelle parti al momento giusto: la piazza VIII Agosto è grande. Può essere una coincidenza. Secondo: cosa ci faceva quel pomeriggio in "piazzola" quando lui stesso ha detto di avere sempre lavorato al mattino? Può essere un'altra coincidenza, ma allora diventano troppe. Fatto sicuro è che al mattino c'è molta gente in giro fra i "banchetti", mentre, col caldo bestia che fa, alle tre del pomeriggio non c'è un'anima e ci si può muovere dietro i tendoni sicuri di non essere notati. Terzo: il vigile urbano odia la musica, non la può sopportare. Testualmente: "Non so come faccia a resistere tutto il giorno in questo casino. C'è da impazzire. Io non sopporto la musica in genere: questa poi..."»

Rosas esce dal letargo per dire:

«Non una parola di più né una di meno. Complimenti, questurino.»

«Detto questo scopriamo che il vigile urbano si porta dietro un mangianastri. "... Per passare il tempo: un po' di musica nelle pause del mio lavoro." A cosa gli serve il registratore? Per mandare in onda, da qualche posto telefonico pubblico, magari d'accordo con un barista dei dintorni, la registrazione da fare ascoltare alla bella Cecilia. E sono sicuro che troveremo il posto pubblico e il nastro fra quelli di proprietà del vigile urbano. Sul nastro troveremo la voce dell'amico Filippo... lontana, cupa, come se venisse da un altro mondo. Invece, veniva fuori da un pessimo registratore. Per il vigile urbano non sarà stato difficile procurarsi la registrazione di Filippo dal momento che, a detta del vigile stesso, costui era un suo buon amico. Da ultimo: solo il vigile ha potuto recuperare in tutta calma il biglietto (che magari sarà compromettente dal momento che è sparito) quando è entrato nel furgone per rendersi conto... se c'era qualcosa da fare per il poveretto. Come dicevo, trovare un movente sarà facile. Penso al traffico di materiale rubato, a una tangente che Filippo doveva passare al vigile per comperare il suo silenzio; penso a una cointeressenza negli affari illeciti... Qualcosa salterà fuori. Un legame fra Filippo e il vigile c'è sicuramente. Non si vive dieci anni fra ricettatori, truffatori, senza sporcarsi.»

Non c'è altro da aggiungere e Rosas dice:

«Se vuoi, puoi farti un caffè.»

Sarti Antonio è già in cucina.

Il buon odore di caffè si sparge attorno, nella piccola, umida tana del talpone miope.

(da *Buon sangue italiano*, Rusconi, Milano 1977, pp. 137-155)

Storia breve e molto semplice,
da una storia lunga e più complessa

Questo racconto è davvero straordinario. Innanzi tutto perché è la prima inchiesta (e una delle pochissime, a dire il vero) in cui Sarti Antonio, sergente, indaga da solo: basterebbe questo per meritargli un posto d'onore nella nostra memoria. Ma la sua storia editoriale è talmente intricata e pieni di colpi di scena da costituire un vero giallo nel giallo: e, per certi versi, quasi più avvincente della vicenda stessa. Storia breve *nasce infatti nel 1979, con un altro titolo, come quinto "atto" di un testo radiofonico (*Conversazioni perimetrali di Sarti Antonio*) di Macchiavelli, pubblicato insieme alla prima raccolta di romanzi dedicati a Sarti Antonio (*Sarti Antonio: un questurino e una città*). Tempo un anno e l'autore, nei fumosi alambicchi del suo laboratorio, lo sottopone a una drastica mutazione genetica: e così sulla rivista «La Lettura», cara a tutti i fan di Oreste del Buono, esce questo racconto, in cui il buon sergente indaga sulla morte di un tossico, un tale di nome Kim. Ma Macchiavelli non è del tutto contento di questo figlio un po' troppo gracile: nel 1985 lo sottopone prima a una massiccia dose di ormone della crescita e ne fa un romanzo breve che esce a puntate su «l'Unità»; di lì a pochi mesi, invece, lo stende sul letto di Procuste, facendone uno dei flashback di cui si compone il romanzo* Rapiti *si nasce. Solo nel 2003 questa avventura di Sarti Antonio raggiunge l'agognata indipendenza in libreria con un titolo nuovo di zecca,* Una bionda di troppo per Sarti Antonio, *che suscita legittime curiosità sulle preferenze femminili del nostro questurino. Che sia finita? Alla prossima mutazione genetica…*

35

Quando Sarti Antonio, sergente, arrivò, il giovane Kim, venticinque anni e hippy (ammesso che di hippy ne esistano ancora), se n'era già andato, ma non nel senso che era uscito a fare due passi: se n'era andato da questa valle di lacrime e nessuno, attorno al divano, che versasse una lacrima per la sua partenza.

A Sarti Antonio venne da pensare che la stessa cosa sarebbe accaduta per lui, il giorno della sua prematura scomparsa.

Per il colmo di sfiga, non era arrivato ancora Raimondi Cesare, ispettore capo. E neppure era arrivato il medico della scientifica, per cui toccò a lui guardarsi attorno e prendere nota della situazione che gli si presentò nei seguenti termini: detto Kim era rannicchiato sul divano e teneva le mani premute sul ventre, quasi nascoste dalle ginocchia raccolte vicino al petto; sul divano, un lago di sangue scuro macchiato di grigio; dalla soglia del salotto e fino al divano, una traccia abbondante di sangue; nell'ingresso, uno zainetto da hippy (ammesso che di hippy ne esistano ancora), un sacco a pelo debitamente arrotolato e una borsa di plastica, di quelle che usano le massaie per la spesa. Il tutto gettato a terra con gran fretta e lasciato a ingombrare il passaggio perché, evidentemente, c'era qualcosa di più urgente da sistemare.

Una ragazza giovane, bionda e carina... non so se ci avete fatto caso, ma le ragazze giovani sono quasi tutte bionde e carine... e un giovanotto barbuto e brutto (brutto per quel tanto che il pelo lasciava scoperto) stavano in piedi a fianco del divano con morto, in silenzio. La ragazzina era nervosa e si tormentava le mani, strette sullo stomaco, e si mordeva le labbra e cercava di tenere gli occhi a terra, il più lontano possibile dal povero Kim; il giovanotto, invece, non aveva difficoltà a guardare il morto e si tormentava il baffo di destra con un gesto meccanico e abituale. Fate conto Maurizio Costanzo...

Messo a fuoco e memorizzato quanto sopra, Sarti Antonio, sergente, fu costretto a guardare il viso del disgraziato morto. Gli bastò poco e disse: «Lo conosco: è Kim, uno di quelli che stanno sotto il porticato del Baraccano».

Felice Cantoni, agente, preferiva restare fuori il più possibile da queste situazioni, ma, costretto a entrare in casa, se ne rimase sulla soglia, lontano anche dalla traccia di sangue. Disse:

«Quel ragazzo che abbiamo portato dentro l'altra sera, suonato duro?»

Sarti Antonio, sergente, annuì con il capo e disse:

«Vieni a vedere.»

«Ti credo, ti credo sulla parola anche senza guardare.»

Sarti Antonio lasciò perdere Felice Cantoni e chiese, senza rivolgersi in particolare a nessuno dei due giovani presenti:

«Com'è accaduto?» e nessuno dei due gli rispose. Andò dritto dalla ragazza e chiese: «Sei stata tu?».

La ragazza bionda, giovane e carina, non riuscì più a trattenersi: cominciò a piangere come un vitello da latte e scappò in cucina. Sarti Antonio, sergente, dovette avvicinarsi all'altro protagonista.

«È stata lei?»

«Non dire stronzate!» La voce del barbuto brutto era profonda e calma, come quella di certi attori. «Non dire stronzate! Quando Kim è arrivato qui, era già moribondo.»

«Ho capito. Perché piange quella?»

«Era un suo amico.»

«Anche tuo?»

Il barbuto brutto lasciò perdere il cadavere e si allontanò dal divano, prima di dire:

«L'ho veduto per la prima volta quando è entrato qui, moribondo. Ne avevo sentito parlare, ma non volevo averci a che fare: non mi piace la droga e non mi piace chi la usa.»

«Vuoi dire che era drogato?»

Il barbuto brutto alzò le spalle. A Sarti Antonio, sergente, avrebbe potuto rispondere il medico legale, ma solamente qualche giorno dopo.

Raimondi Cesare, ispettore capo, non arrivò; mandò a dire, per uno della scientifica, che aveva piena fiducia in Sarti Antonio, sergente, e che facesse pure lui e che ogni cosa sarebbe stata ben fatta e che poi riferisse i risultati. Un discorso che, a chi sapeva leggere fra le parole, doveva sembrare subito ipocrita, vuoto e che in realtà significava: "Non vale la pena che il sottoscritto Raimondi Cesare, ispettore capo, si muova dall'ufficio per la morte di un drogato. Basta un Sarti Antonio, sergente qualunque". E Sarti Antonio, sergente qualunque, avrà mille difetti e manchevolezze, ma fra le parole di Raimondi Cesare aveva imparato a leggerci da parecchi anni; per cui borbottò fra sé un "prendilo in culo" privo di riferimenti reali e passò a interrogare la ragazza che si era chiusa in cucina.

«Aprimi.»

«Che vuole?»

«Parlarti.»

«Parli con Gesso.»

«Ci ho già parlato con Gesso; adesso mi serve la tua deposizione. Aprimi.»

«No!»

Sarti Antonio guardò il barbone brutto, Gesso, alzò le spalle e disse:

«Va bene: adesso sfondo la porta» e alzò il piede destro per colpire la porta a vetri che metteva in cucina.

Gesso intervenne:

«Non fare stronzate»

E Sarti Antonio, sergente, si incazzò. E mi pare con giusta ragione:

«Senti un po', mezzasega, adesso la pianti e mi dai del lei. Anzi, mi chiami signor sergente. "Non dire stronzate. Non fare stronzate." Non sono tuo fratello, se mia madre non mi ha detto balle!»

Gesso "mezzasega" borbottò qualcosa che nessuno dei presenti capì e picchiò con le nocche contro la porta di cucina. Disse, con la sua voce calda, suadente e calma da attore televisivo:

«Non fare stronzate: apri al signor sergente, se no ci disfano la casa e non ne vale la pena.»

La chiave girò, ma la porta restò chiusa e, quando Sarti Antonio, sergente, ci provò, si aprì cigolando. Allora lui entrò e spinse fuori Gesso mezzasega chiarendo i termini della questione:

«No, tu resti fuori. Con te ho già parlato. Se io o lei dovessimo avere bisogno, ti chiameremo. Sta' tranquillo.» E richiuse la porta a chiave.

La ragazzina era seduta e aveva il capo posato sulle braccia e le braccia sul tavolo e il tavolo... Era seduta in cucina e piangeva, ecco!

«Perché te la prendi tanto? Credevo che Kim... Insomma, quando era vivo, non c'era un cane che si occupasse di lui, che gli fosse amico...»

«Non è vero! Kim è sempre stato un amico. È sempre venuto in casa nostra ogni volta che ha avuto bisogno.»

«Ma era un drogato irrecuperabile, partito...» La ragazzina cercò di asciugarsi gli occhi, in silenzio. «Non importa: com'è accaduto?»

Lei si mise più comoda e cercò di parlare senza guardare in viso Sarti Antonio, sergente.

«È andata che... Saranno state le due... Mezz'ora, un'ora fa... Non so bene: il tempo mi è passato e non ci ho fatto caso. Le due di notte e io e Gesso eravamo a letto che... Non importa. Ho sentito suonare alla porta e ho detto a Gesso di andare ad aprire. "Non ci vado" mi ha detto. "Sono nudo." Allora mi sono alzata e sono andata io...»

«Che invece eri a letto completamente vestita.»

«No. Ero nuda anch'io.» Sarti Antonio, sergente, sorrise e aprì qualche cassetto. «Ma che importanza ha se ero nuda o vestita?»

«Dove tieni il caffè?»

«Nel primo cassetto. Quello.» Mentre Sarti Antonio riempiva per benino la caffettiera con acqua e caffè in polvere, la ragazzina continuò: «Sono andata io e ho visto Kim appoggiato al muro e con le mani premute contro lo stomaco. Era pallido come un morto...». La battuta non era delle più felici e infatti la ragazzina ci pensò su un momento e ricominciò a piangere.

«Sta' buona che adesso ti preparo un caffè. Ti va un caffè?» La ragazzina annuì senza parlare. «Le tazzine?» Lei indicò un altro mobiletto. «Va' avanti, intanto. Cos'è successo poi?»

«Dopo... dopo Kim ha provato a spostarsi dal muro, ma non ce l'ha fatta e mi è caduto addosso. Per poco... Ho chiamato Gesso... "Gesso, Gesso, vieni ad aiutarmi che Kim sta male!" È arrivato anche Gesso e insieme lo abbiamo portato...»

«Era sempre nudo Gesso?» La ragazzina guardò Sarti Antonio, sergente, senza capire il senso della domanda. «Voglio dire: aveva avuto il tempo di infilare i calzoni o no?» La ragazzina alzò le spalle: «Non lo so, non ci ho badato... Kim stava male». Sarti Antonio servì il caffè; in cucina si era diffuso il buon profumo amaro della bevanda.

«Bevi, ti farà bene.» Le lasciò il tempo per un paio di sorsi e un paio di sorsi li mandò lui. Dal profumo si sarebbe detto un buon caffè.

«Appena Gesso lo ha aiutato a reggersi, mi sono accorta che Kim era ferito... Sangue, sangue dappertutto: sugli abiti, sulle mani... Una pena! Lo abbiamo accompagnato in salotto, lo abbiamo sdraiato sul divano e lì è... Lì è morto!» Finì di vuotare la tazzina e rimase imbambolata a fissare il secchiaio davanti a lei.

«Tu usi droga?» La ragazzina negò col capo. «Neppure erba?»

«Chi non fuma al giorno d'oggi?»

Sarti Antonio, sergente, parlò per sé:

«Ce ne sono che non fumano, ce ne sono.» Poi parlò per lei: «Ha detto qualcosa prima... prima di andare?».

«Mi pare di sì. Ha detto: "La mia agenda... Sono stati loro. Volevano la mia... Ma non ne avevo più". Cose così, ma non si capiva bene. Gli ho anche chiesto di dove veniva e mi ha risposto "Baraccano".»

«È possibile: frequentava i paraggi della chiesa del Baraccano. Cos'altro?»

«Ha detto, mi pare: "Sono stati loro... Il piccoletto e l'altro... il lungo". Ma perché non lo chiedi a Gesso? Lui era più attento di me e ricorderà certamente meglio.»

«A chi alludeva, secondo te?»

«Non lo so, non lo immagino.»

«Conosci un piccoletto fra i suoi amici?»

«Non conosco i suoi amici. Non so chi frequentasse.»

«Ho capito: una bella pipa. Non ci voleva proprio.»

Sarti Antonio lasciò la ragazzina alla sua fissità e tornò in salotto. Felice Cantoni, agente, che non si era mosso di un dito dalla soglia, chiese: «Antonio, ne hai per molto?».

«Se tu mi aiutassi, ce la caveremmo più in fretta.»

«Non saprei di dove cominciare. E poi a me i morti fanno senso.»

«Anche a me.» Andò vicino a Gesso e gli chiese: «Chi ha telefonato alla questura?».

«Io. Sono uscito e ho telefonato dalla cabina sotto casa, a cento metri da qui.»

«Ti sei messo i calzoni per uscire?» Gesso non capì la battuta e Sarti Antonio lasciò cadere il discorso. «Era già morto quando hai telefonato?» Gesso mezzasega si arrabbiò e urlò:

«Come faccio a saperlo!»

«Non t'incazzare. Dovrò pur chiedere, no? Che ci sto a fare qui se non chiedo?» Lo lasciò in pace e per un po' tornò al povero Kim che, da quel momento, non avrebbe più avuto bisogno di droga.

Chiese a uno della scientifica che stava rilevando attorno:

«Com'è morto?». Lo si vedeva bene com'era morto il disgraziato.

«Una pugnalata nello stomaco gli ha rotto tutto dentro. Uno stiletto piuttosto lungo. Per essere più preciso, dovrò aspettare le conclusioni dell'autopsia, ma posso dirti che ha perduto molto sangue...»

«E ti credo: veniva dal Baraccano e ce n'è di strada da fare con un buco nella pancia.»

Quello della scientifica mostrò un'agendina e disse:

«È la sola cosa interessante fra quelle trovate addosso a Kim o nel suo zainetto.» Sarti Antonio, sergente, trovò una lunga teoria di nomi e numeri telefonici. Mormorò:

«Clienti. Dovrebbero star dentro tutti.» Alla lettera p trovò "Piccoletto due" e alla lettera l "Lungo due o tre". Di fianco c'era un punto interrogativo.

Sarti Antonio non era particolarmente esperto in campo "droga"... Per la verità non era particolarmente esperto in alcun campo, ma questo non significa. Non era particolarmente esperto in campo "droga", ma sapeva, per sentito dire, che i numeri a fianco dei nomi stavano a indicare le dosi richieste abitualmente dal consumatore.

Tornò da mezzasega e gli domandò:

«La ragazza, di là, se la intendeva con Kim?»

«Non lo so, ma cosa c'entra?»

«Non è tua... Non è la tua ragazza?»

«Certo che è la mia ragazza, ma questo non le impedisce di avere altri amici.»

«Contenti voi.» Non aveva altro da fare. «Andiamo, Felice.»

«Era ora. Smontiamo?»

«Andiamo al Baraccano, se non ti dispiace.»

«Mi dispiace sì! A quest'ora? Ma lo sai che sono le quattro del mattino?»

«Se sono matto, non è colpa mia: lo sono diventato in questo mestiere di...» Non terminò la frase per non essere monotono.

Il cadavere di Kim era ancora sul divano, e, quando il Piccoletto, fra i fumi della droga, lo vide, non fece una piega e disse sottovoce:

«Poveretto. Una brutta fine.»

Il Lungo invece, che non aveva fumi per la testa, domandò:

«Chi è stato?»

«Dimmelo tu.» Il Lungo guardò da altra parte e non aprì più bocca e, dopo un po', Sarti Antonio, sergente, cominciò a incazzarsi. E i morsi della colite non tardarono a saltargli addosso: una storia vecchia che non vale la pena di riprendere continuamente. Ognuno ha i suoi guai.

Il Piccoletto continuò a negare con cenni del capo e con dei «no» borbottati sottovoce, per più di due ore. Più tardi, un po' schiarito, riuscì perfino a dire:

«Vuol capire, signor agente, che io non so niente di niente? Non conosco Kim, non so chi sia.»

Tutto d'un fiato, senza perdere il segno, e Sarti Antonio, sergente, approfittò dell'attimo di lucidità:

«E come mai il tuo nome è nell'agenda di quel disgraziato?» Gli passò sotto il naso l'agenda di Kim, ma il Piccoletto era ormai ripartito e allora Sarti Antonio tornò al Lungo. «E tu? Neppure tu conosci Kim, vero?»

«Lo conosco. Siamo stati assieme fino a due ore prima che lo ammazzassero, ma, quando se n'è andato dal Baraccano, Kim era vivo e stava bene. Era solo un po' imbestialito per via che tutti gli chiedevano della roba e lui l'aveva finita.»

«Cos'è la storia di due ore prima che l'ammazzassero? Tu cosa ne sai di quando è morto?»

Il Lungo prese un foglio dal tavolo e lo passò a Sarti Antonio, sergente.

«C'è scritto qui.» Erano gli appunti del medico della questura e c'era scritto: "Ora presunta del decesso: due e trenta circa, della notte fra il...". Sarti Antonio, sergente, bestemmiò e cercò di calmarsi; per via della colite.

«Vuoi vedere che il povero Kim, disperato per non avere più droga da vendere, si è piantato un coltello nella pancia da solo? Vuoi vedere?» Andò in cucina e sollevò la ragazzina che si era addormentata col capo posato sul tavolo, la trascinò nel salotto e disse:

«Racconta un po' a questi due tipi come sono andate le cose.» La ragazzina ripeté, come un registratore:

«Kim ha suonato alla porta di casa mia... Ho aperto e mi è caduto fra le braccia: perdeva sangue e Gesso mi ha aiutata a portarlo sul divano e poi abbiamo subito telefonato alla polizia...»

«E che ha detto prima di morire?»

«Di nuovo?»

«Di nuovo, se non ti dispiace.» La ragazzina sospirò, guardò Gesso seduto in un angolo del salotto e attaccò:

«Ha detto: "La mia agenda... Sono stati loro. Volevano la mia... Ma non ne avevo più. Baraccano. Sono stati loro... Il Piccoletto e l'altro, il Lungo".» Sarti Antonio, sergente, guardò il Lungo, dei due citati il più sveglio. «Sentito?»

Ma il Lungo non si sbilanciò. Disse soltanto:

«Quella donna è matta! Oppure Kim era drogato e non sapeva quello che diceva. E, se anche avesse detto così, non significa che io c'entri. Non sono il solo lungo di Bologna e lui non è il solo piccoletto.»

E la storia finì lì, senza un vinto e senza un vincitore, ma con un morto vero, un Sarti Antonio a letto a massaggiarsi la colite e un Raimondi Cesare, ispettore capo, a chiedersi che valesse avere dei collaboratori, è vero come si dice, se poi non erano in grado di collaborare risolvendo i casi più semplici.

Ma, giusto per fargli un dispetto, Sarti Antonio, sergente, sdraiato sul letto a massaggiarsi, ripensò e ripensò ai fatti. Ha di bello, costui, che gli avvenimenti gli si fissano in memoria come su un nastro magnetico. E parla da solo perché riesce meglio a seguire i pensieri che gli vengono. «Quando siamo arrivati, Kim era già morto ed era disteso sul divano. Aveva il suo bravo buco nello stomaco... Non capisco come sia arrivato fin dalla ragazza, partendo dal Baraccano, con un buco nello stomaco... Forse era drogato. La droga fa miracoli. È possibile. Dunque: nell'ingresso c'erano lo zainetto, il sacco a pelo e la borsa di Kim. Tutto gettato a caso sul pavimento come se Kim fosse entrato di fretta. Regolare: si era portato dietro le sue belle cosine dal Baraccano dopo aver litigato con il Piccoletto e con il Lungo, e nel tragitto...» Sarti Antonio, sergente, si fermò come se lo avesse colpito la rivelazione. Urlò: «Regolare il cazzo! Né sullo zainetto, né sul sacco a pelo c'era traccia di sangue. E con un coltello nella pancia, uno non sta a portarsi dietro per più di due chilometri uno zainetto e un sacco a pelo e una borsina di plastica. Assurdo! vuol dire... Vuol dire che il povero Kim è arrivato a casa della ragazza in perfetta salute e con gli accessori d'uso. Vuol dire che lei e mezzasega mi hanno raccontato un sacco di balle e che Kim è stato pugnalato sulla soglia del salotto, esattamente dove iniziano le tracce di sangue. Ridicolo non esserci arrivato prima. Ridicolo». Si alzò a sedere sul letto solamente per poter scuotere il capo desolatamente. «Avrei dovuto accorgermene subito. Intanto Gesso mi ha detto che aveva veduto Kim per la prima volta proprio quella notte mentre la ragazza mi ha detto che Kim era un amico e che veniva da loro, a casa loro, ogni volta che aveva bisogno. Bastava pensarci prima... Poi te ne dico un'altra: la ragazza mi ha raccontato che, quando Kim era ancora sulla porta delle scale, si è accorta che c'era sangue dappertutto: sugli abiti, sulle mani... E per dio, doveva essercene anche sul pavimento dell'ingresso! E invece niente: la traccia cominciava dalla soglia del salotto.» E com'era solito fare, bestemmiò contro chissà chi o chissà cosa. Forse contro la sua intuizione che arrivava sempre dopo la puzza, come dicono dalle mie parti.

Gli obietto: «Mi pare che non hai tenuto conto di una cosa da niente: nella tua bella storia manca il movente. O almeno non l'hai ancora trovato».

«Sei rimasto indietro. Oggi non servono moventi per uccidere. Si uccide e basta e il movente è sempre più un filo esile che lega l'ammazzato all'uccisore. Tanto esile che, a volte, non si individua neppure... Ma, se ti fa piacere posso dartene dieci di moventi: Kim doveva portare droga ai due, Kim aveva dei soldi, Kim li ricattava, Kim era pieno di bumba e minacciava i due...» Altra rivelazione: «Vuoi un movente? Eccolo qua: Kim suona alla porta, la ragazza va ad aprire nuda e Kim, drogato fin nel midollo, al vederla, le salta sopra e se la vuol fare lì, nell'ingresso. Lo zainetto finisce a terra, finisce a terra il sacco a pelo... Arriva Gesso e siccome non ce la fanno a tenerlo, gli piantano un pugnale nella pancia, così si calma. Quando si rendono conto, inventano una storia plausibile: guardano nell'agenda di Kim, scelgono due nomi a caso, il Piccoletto e il Lungo, tanto per darmi una traccia... Avrei dovuto capirlo subito. Senti qua: la ragazza mi ha detto che le parole di Kim non si capivano bene e poi mi ha raccontato, per filo e per segno, nei minimi particolari. "Sono stati loro... La mia agenda..." Nota bene: che bisogno aveva Kim di parlare della sua agenda? Bastava avesse detto i due nomi, no?».

E io che gli rispondo? La cosa mi convince e Sarti Antonio ha ragione: di una semplicità ridicola.

«"Vengo dal Baraccano... Sono stati loro... Volevano la mia... Ma io non ne avevo più..." Per poco Kim, moribondo, non raccontava tutta la sua vita.» Si ferma un attimo. «Ho l'impressione che abbiano voluto strafare quei due.»

Sono del suo parere.

(da «La Lettura», XLVII, 7, luglio 1980, pp. 71-78)

Se non puoi frustare l'asino...

Avete presente al cinema l'ispettore Callahan (non "Callaghan" come sciaguratamente tradotto in Italia!), quello che con una Magnum 44 gira per la città facendo a fettine chiunque si opponga alla sua etica da Far West e alle sue maniere spicce? Bene, direte, che c'entra Sarti Antonio, che, tra l'altro, ha già i suoi problemi, visto che l'anno prima l'autore ha tentato di rimpiazzarlo per ben due volte con un anonimo Maleducato (La strage dei centauri, *1981) e persino col collega Poli Ugo* (L'Archivista, *1981)? Quasi niente, a dire la verità. Non che il mite sergente, più uso a prenderle che a darle nonostante le sue lontanissime ascendenze marlowiane, qui si trasformi in un giustiziere della notte fatto in casa, si armi della sua pistola, che da secoli dorme tra i fazzoletti del suo comò, e faccia piazza pulita dei cattivi sull'onda di quei "poliziotteschi" tanto di moda nel decennio precedente. Ma, a modo suo e oscillando pericolosamente tra generoso impulso etico e generico moralismo, si ribella quando scopre che, davanti a una ragazzina picchiata a sangue, l'unico protagonista è il silenzio pieno di paura di un'omertà che evidentemente non ha latitudine. Come? A voi la gioia di scoprirlo assieme a un finale niente affatto convenzionale.*

Una Bologna tanto squallida, Sarti Antonio, sergente, non l'aveva veduta ancora. Eppure l'ha vissuta per anni e per anni ha passeggiato sotto i portici e, di sera, scambiato quattro chiacchiere con i vecchi seduti sui gradini di casa a prendere il fresco. A poco a poco si è trovato solo, durante il servizio notturno, e sui gradini ha incontrato giovani siringati con i quali è impossibile comunicare, suonati come sono. A volte è costretto a scavalcare corpi di giovani addormentati sotto i portici e all'inizio, inesperto, pensava che quei giovani si sentissero male; ha capito l'errore quando, cercando di scuoterli dal letargo, ne ha ricavato insulti.

«Che cazzo vuoi? Lasciami dormire, questurino!»

«Crepa!»

Ma non ce la fa a vederli crepare come bestie, non ci si abitua e se ne incontra che non danno segni di vita, chiama la centrale e l'ambulanza. È una questione di onestà con se stessi.

L'auto 28 sale via Zamboni verso le due Torri e, oltrepassata la zona universitaria, Felice Cantoni, agente, che sta al volante, indica con un cenno del capo le nicchie nel muro della chiesa di San Giacomo Maggiore, sotto il porticato. In ogni nicchia c'è un bastardo infilato nel sacco a pelo. In alcuni, i bastardi sono due.

Sarti Antonio, sergente, alza le spalle e dice: «Contenti loro. Io preferisco il letto di casa».

Ad andatura turistica l'auto 28 percorre via Rizzoli e poi scende Indipendenza e prende verso la stazione. La luce dei fari, in curva, illumina un mucchietto di stracci sul marciapiede dei giardinetti di piazza XX Settembre. Non sono stracci: è una ragazzina svenuta; ha il viso insanguinato e tumefatto, quasi livido, sangue sulle mani e sangue sugli abiti. Avrà sedici o diciassette anni, è esile e tremante come un passerotto e, appena il questurino riesce a farla tornare in sé, spalanca gli occhi terrorizzata e apre la bocca per gridare. Non ci riesce. Ora che l'auto 28 si è fermata, anche alcuni passanti hanno il coraggio di fermarsi a controllare e a protestare.

La ragazza riesce a balbettare: «Stavo attraversando i giardinetti per andare alla stazione... Un gruppo di giovani mi si è avvicinato... Erano sei o forse sette. Mi hanno sbarrato la strada, mi hanno spinto da tutte le parti e mi hanno strappato la catenella e l'orologio. Anche la borsetta mi hanno preso. Ho urlato e loro mi hanno picchiata. Erano in sei o sette... Io urlavo e quelli picchiavano, picchiavano... Nessuno mi ha sentito, nessuno è corso a darmi aiuto. Nessuno». Piange.

Dopo averla sistemata sull'ambulanza, Sarti Antonio, sergente, chiede: «Qualcuno era presente? Qualcuno passava nei dintorni e ha veduto come si sono svolti i fatti?». Gli risponde un tipo che tiene un cane al guinzaglio: «Come vuole che si siano svolti i fatti? L'hanno picchiata per derubarla. È una storia vecchia e ormai capita quasi tutte le notti. Io ho inteso gridare. Sa, porto a spasso il cane...».

«E perché non è accorso?» «Sì, per farmi picchiare anch'io e farmi ridurre come lei. Lo sanno tutti, lo sanno, che questi giardinetti sono diventati un ghetto vietato alle persone civili. Drogati, puttane, invertiti... È uno schifo e le autorità dovrebbero...»

Sarti Antonio, sergente, sa benissimo che dovrebbero le autorità. Interrompe e guarda verso i giardinetti dove l'ombra, i pochi alberi e gli scarsi arbusti nascondono ancora, forse, i sei, sette che hanno malmenato la ragazza. Chiede: «Chi altri ha inteso gridare? Qualcuno li ha veduti?». Un distinto signore dice: «Io ero dall'altra parte della strada, sul piazzale dell'autostazione e aspettavo l'autobus. Ho inteso gridare...».

«Ha veduto qualcuno correre o allontanarsi?» «No, non da questa parte. Forse sono usciti verso il cassero di Porta Galliera.» «Chi altri passava e ha inteso?» In tutto sono cinque e Sarti Antonio, sergente, ci si arrabbia: «Cristo! Eravate in cinque e nessuno ha mosso dito. Felice, controlla i documenti e non lasciarli andare. Ci voglio parlare ancora con questi bei tipi».

Felice Cantoni, agente, si fa accompagnare sotto la luce di un lampione e procede mentre Sarti Antonio, sergente, si avvia verso il giardinetto. Dice al collega: «Felice, tieni aperte le orecchie e se m'intendi gridare, corri a darmi una mano. Non si sa mai».

Il giardinetto è un fazzoletto e si stende dal cassero di Porta Galliera fino alla statua di Ugo Bassi che, alto sul piedistallo, indica agli austriaci, con gesto autorevole e da più di un secolo, la via della ritirata.

Incontra un paio di drogati sdraiati sull'erba, accanto alle siringhe, e un ubriaco che vomita, appoggiato al tronco di un albero. Nessun altro. Se qualcuno c'era, se n'è andato nel momento in cui l'auto 28 si è fermata vicino alla ragazzina svenuta. Ora neppure uno più in gamba di Sarti Antonio, sergente, rintraccerà i malnati. Il questurino è cosciente della propria incapacità e gli nasce dentro, e lo rode, una rabbia che lo fa imprecare e gridare: «Venite fuori! Mostrate la faccia, delinquenti!». Gli risponde una lunga e modulata pernacchia. Da specialista, che ricorda, nel tono e nella perfetta esecuzione, quella classica di Eduardo De Filippo. Poi il silenzio. Che più accresce la rabbia del questurino.

Torna all'auto 28 e parla da solo, come un matto. «Vi faccio vedere io! Quelli non li prenderò, ma ho questi altri che dovranno rispondere. Vi faccio vedere io! Li sbatto dentro per concorso in rapina, percosse... E tentato omicidio anche. Assistere a un delitto e non intervenire a difesa, è reato. Cristo, se è reato!» Se lo dice lui.

Sono attorno a Felice Cantoni, agente, e protestano; se ne vogliono tornare a casa. «Felice, chiama il cellulare e portiamoli dentro. Tutti a San Giovanni in Monte.» «Antonio, la-

scia perdere: l'ispettore capo non te la perdonerà. Lascia perdere e rientriamo per il rapporto. Questi non c'entrano.»
«Non c'entrano? Felice, pensa ai fatti tuoi.»

Felice Cantoni, agente, ha ragione: quelli non c'entrano, ma per Sarti Antonio, sergente, qualcuno deve pagare almeno la paura che la ragazzina di sedici, diciassette anni aveva negli occhi spalancati.

Raimondi Cesare, ispettore capo, non perdonerà al sergente l'alzata di testa. E neppure i giornali.

Portarli dentro non è una soluzione, ma sono molte le storie d'indagine per le quali soluzioni non se ne trovano. E forse questa neppure ce l'ha. O, se ce l'ha, Sarti Antonio, sergente, non l'ha trovata. O forse sì?

(da «Paese Sera», XXXIII, 190, 9 agosto 1982, p. 7)

Se d'estate si spara è colpa di Nicolini

*Un grottesco esercizio di satira sulle iniziative "culturali", con cui le amministrazioni comunali cercano invano di lenire le sofferenze estive dei cittadini che non possono andare in vacanza. Frecciate sugli assessori alla cultura, sul velleitario teatro da "strada", sui film d'essai: a un bambino impertinente è affidata la battuta «Il film è una troiata», riferito a quell'*Ombre rosse *di John Ford, sacro a ogni cinefilo. Si suda durante la lunga kermesse cinematografica, si suda, non si dorme e si spara. In tanto caldo, in tanta insonnia, può darsi che il sudore affili l'acume, persino Sarti Antonio, che "non è esperto in nulla", ha l'intuizione risolutiva.*

A Bologna le notti estive sono sempre passate piuttosto tranquille sull'auto 28 di Sarti Antonio, sergente, e Felice Cantoni, agente. In giro sui colli, dove l'aria è fine anche quando le giornate sono delle più afose, e a volte in centro, ma sempre da signori e accompagnati dal fresco della notte.

A rompere una tradizione di anni è arrivato il nicolinismo, malattia contagiosa che ha costretto le amministrazioni democratiche a somministrare ai cittadini dosi di cultura più o meno aleatoria, più o meno futile, più o meno effimera. E così nei mesi di luglio e agosto, quando bello sarebbe passeggiare nella calma di antiche vie o al fresco di vecchi portici, l'auto 28 è costretta a correre fino alle tre di notte per assicurare un ordine pubblico sempre più compromesso dalla troppa gente in giro con pochi soldi in tasca. Dal cortile-teatròpoli dove si teatralizza tutto, anche le sedie, a una piazza-contaminazione; da una rassegna di burattini a un concerto; da un parco dove si proiettano 31 film che Fellini vorrebbe rivedere (ma che poi non si sogna di rivedere perché non gli frega assolutamente e preferisce godere il fresco al mare), a un vicolo dove si danno battaglia tre gruppi teatrali appositamente nati.

Una sudata bestia, e Sarti Antonio, sergente, arriva al mattino disfatto. Durante il giorno non si chiude occhio per il caldo, che non si sentiva tanto pesante da almeno quindici anni.

«Auto 28 recarsi al parco dell'ex Manifattura Tabacchi. È stato ucciso l'operatore. Attenzione: forse si tratta di un colpo d'arma da fuoco. Attenzione!» Per Sarti Antonio, sergente, non è una novità. Prima o poi, nel casino che sono riusciti a creare, doveva accadere. Ed è accaduto.

Trova l'operatore scaraventato a terra, fuori dalla baracca che funge da cabina di proiezione; ha un foro in fronte e non ci sono dubbi: è andato. A Sarti Antonio ha sempre fatto senso avvicinarsi ai morti ammazzati, ma è costretto a farlo per contratto. Il sangue ha macchiato l'erba, rinsecchita per il calpestio, e il disgraziato ha ancora gli occhi spalancati. Da vivo era un bestione alto e grosso, con una lunga barba e lunghi capelli che lo fanno assomigliare al Che di antica memoria. Sarti Antonio, sergente, non è esperto in balistica, anzi, non è esperto in nulla, ma è pronto a giurare che il foro in fronte è stato provocato da un colpo di fucile. Preciso e di lontano perché, in caso contrario, avrebbe aperto il cranio del disgraziato come un cocomero maturo.

Il questurino sa benissimo che farà ridere, eppure chiede: «Chi è stato?». Nessuno dei presenti alza la mano; anzi, tutti si guardano attorno come a cercare nel prossimo il responsabile. Il prato-platea è illuminato da faretti e gli spettatori hanno abbandonato l'arena appena avuta assicurazione che gli organizzatori non avevano disponibile un operatore di riserva. Dalle finestre delle case limitrofe, gli abitanti hanno rinunciato a dormire e guardano aspettando il colpo di scena e l'arresto del colpevole. Sono le due di notte, e temo che Sarti Antonio, sergente, li deluderà.

«Io stavo alla cassa e si proiettava il film *Ombre rosse* di John Ford, anno 1939, produzione Usa. Prima della fine sono passato di qua per vedere se lui...» indica il Che Guevara bolognese «... se lui aveva bisogno e l'ho trovato lì, dov'è ora e già morto. È possibile che gli abbiano sparato quando sullo schermo passa la sparatoria fra gli indiani e John Wayne. Infatti nessuno degli spettatori, neppure quelli più vicini, dell'ultima fila, ha inteso.»

Sarti Antonio, sergente, è intristito e si guarda attorno. Ha fra le mani una di quelle storie destinate a rimanere insolute.

Dice: «Va bene, dove li trovo gli spettatori, ora? E poi, sono certo che hanno sparato da lontano. Ci vuole una buona mira». Si asciuga il sudore della fronte e vorrebbe correre a casa, sotto la doccia. Borbotta: «Vediamo che hanno visto quelli». Allude agli spettatori abusivi, affacciati e in attesa.

A quest'ora di notte, se qualcuno lo manderà al diavolo, avrà ragione, ma un omicidio riscalda le menti refrattarie. Il primo che incontra è un vecchietto grinzoso, storto e arteriosclerotico che, quando Sarti Antonio gli entra in casa, pare prenderci gusto. Ride fra sé, scuote il capo e si diverte: «No, non ho visto perché stavo a letto sperando di dormire, ma quei bambocci sul telone non me lo permettono da sei notti. L'hanno ammazzato? Ci ho gusto. Adesso potrò dormire. Ci ho gusto. E se anche avessi veduto chi è stato, non lo verrei a raccontare a te!». E chiude la porta in faccia al questurino.

Una signora del secondo piano lo fa accomodare, lo accompagna nel salotto, gli offre un caffè, lo invita ad affacciarsi sull'area cinematografica e non fa che ripetere: «Mio Dio, che disgrazia». Ha preparato un caffè imbevibile e non fornisce notizie utili, anche se era affacciata e guardava il film. «Ma l'avevo già visto due o tre volte in televisione. Mio Dio, che disgrazia.» Non si capisce se la televisione o l'incidente.

Al successivo appartamento c'è un ragazzino che dice: «Io ho veduto. Da grande farò l'operatore cinematografico. Perciò osservavo quell'operatore: per imparare il mestiere».

«E non guardavi il film con gli indiani?»

«No, il film è una troiata.»

La madre sorride imbarazzata e il piccolo continua: «E John Wayne è un cagone. L'operatore era appoggiato alla cabina di proiezione...».

«Appoggiato come? Fissava lo schermo?»

«No, guardava dalla parte mia e l'ho veduto bene perché era nel fascio di luce della cabina. Ho veduto che di colpo, mentre sullo schermo si sparava, lui ha allargato le braccia, ha fatto un salto indietro ed è caduto sulla schiena. Non si è più mosso.»

Salendo le ultime due rampe del fabbricato, Sarti Antonio

parla fra sé: «Questo significa che hanno sparato da queste parti».

Gli apre un signore di mezza età, sorridente, grassottello e in pigiama, che gli fa cenno di accomodarsi. L'ingresso è decorato da targhe e trofei sportivi. Altri ce ne sono per tutta la casa, e dalle didascalie che Sarti Antonio, sergente, scorre rapidamente, ha idea di essere capitato nel posto giusto. Ha avuto una fortuna sfacciata. Controlla la distanza fra la finestra e l'operatore e dice: «Ci vuole una mira da campione e tu sei un campione. Perché gli hai sparato? Che ti aveva fatto?».

Da quando il sergente è entrato in casa, il padrone non ha ancora parlato; alza le spalle e stringe gli occhietti, sempre sorridente. Ha sul viso rotondo l'espressione di beatitudine e fa cenno di tacere e ascoltare il silenzio del parco. Poi, finalmente, parla: «Sente che pace? Per questo mi sono comperato l'appartamento. Fa caldo, vero? Pensi che da sei notti qui è diventato l'inferno e sarebbe durato altre venti notti se io non... Capisce? Insopportabile. Capisce?».

Sarti Antonio, sergente, annuisce: «Certo, fa un caldo infame». Alza il tono e posa una mano sulla spalla dell'ometto in pigiama. «Ora ti vesti e mi accompagni da un amico, al quale racconterai come sei riuscito a colpirlo in piena fronte da tanto distante.»

«Oh, è stato facile. Era immobile e ho potuto mirare con calma.» Indica una coppa color oro, su un mobile del salotto. «Vede quella? L'ho conquistata a Torino in un incontro internazionale. Allora fu più difficile che questa sera.»

«Ne sono convinto, amico.»

Scendono le scale, e Sarti Antonio, sergente, borbotta: «Certo, il caldo ci ha una buona parte di colpa, ma anche quell'ostia di Nicolini... Poteva fare a meno di inventare l'effimero notturno. Di notte, la gente sta bene a dormire. Meno guai per tutti».

(da «Paese Sera», XXXIII, 197, 17 agosto 1982, p. 6)

Il mistero della ragazza svanita a Porta San Vitale

Sempre più immerso nelle vicende e nelle tensioni di una Bologna in continuo mutamento, Macchiavelli ne diventa quasi il cronista ufficioso sul locale «Resto del Carlino». È il momento in cui egli si definisce un "romanziere d'indagini". Del resto la cronaca gli fornisce materiale in abbondanza. È il caso di questo racconto, che, come gli altri della serie, trae diretto alimento dalla realtà cittadina. Macchiavelli tratteggia, tramite la figurina della quattordicenne scomparsa, il mondo degli adolescenti. Nonostante il suo approccio sia particolarmente rispettoso e cauto, di fatto quel mondo risulta fondamentalmente misterioso e impenetrabile. I fatti e le testimonianze, raccolte da Sarti, sono soltanto frammenti che non combaciano. C'è un vuoto, che stavolta nemmeno il decifratore delle vicende sociali, Rosas, riesce a colmare in maniera soddisfacente.

L'auto 28 passeggia per i viali e Sarti Antonio, sergente e Felice Cantoni, agente, si godono i primi raggi di una primavera calda. Calda in tutti i sensi: dal sole agli studenti che si agitano, si agitano... e non immaginano l'inutilità dell'agitazione. Ne riparleremo fra qualche anno, ragazzi! I due, Sarti Antonio e Felice Cantoni, stanno terminando il turno di notte.

«Auto 28 a centrale. Percorriamo via San Vitale diretti in centro. Nulla da segnalare. Stiamo per terminare il turno.» Sarti Antonio, sergente, aggancia il microfono, si distende quel tanto che gli consente l'abitacolo, chiude gli occhi e va a sbattere la fronte sul vetro anteriore. Felice Cantoni bestemmia e inchioda l'auto per non investire due giovani che hanno attraversato la strada senza guardarsi attorno. I due ragazzi, un lui davanti e una lei dietro, si girano a sorridere allo stridore di due millimetri di pneumatico rimasti incollati all'asfalto. Antonio si preme la fronte, si sporge dal finestrino e grida: «Stronzi!». La ragazzina si volta di nuovo: ha capelli castani lisci e raccolti a coda di cavallo sulla nuca, ha grandi occhi chiari e un bel sorriso. Fa un gesto di saluto e imbocca via Apollonia con lo svolazzare di un primaverile cappotto chiaro. «Cristo, che botta.» A Felice Cantoni: «Accosta a quel bar. Ho bisogno di bagnarmi la fronte». Felice esegue e chiede: «Ti accompagno al pronto soccorso?». Il sergente non gli risponde: guarda il collega con ironia e scende dall'auto. Senza chiedere permesso, passa dietro il bancone, bagna il fazzoletto e si impacca la fronte. Il barista lo guarda e non apre bocca. Con i tempi che corrono, non si sa mai come la gente reagisca. Se quel tipo metterà le mani sui soldi... Il sergente bagna di nuovo il fazzoletto e riprende il ruolo di cliente, dall'altra parte del banco. «Un caffè. E che sia un buon caffè. Ne ho bisogno.» Dall'espressione che gli colora il viso, il caffè non è speciale. Appena bevibile.

Tutto questo per dirvi che ogni cosa che capiti a Sarti Antonio, sergente, ha un seguito. Non sempre piacevole. Infatti, oltre al bozzo che gli cresce in fronte e che non gli sta bene, quando riprende servizio, la sera, trova Raimondi Cesare, ispettore capo, e alcuni colleghi riuniti per un'emergenza. «Pare, è vero come si dice, che sia scomparsa una ragazzina di 14 anni, tale Alessia Dansi. Non si è presentata a scuola e non è tornata a casa. Tenete gli occhi aperti e comunicate ogni eventuale segnalazione.» Affonda le mani nelle carte che fanno montagna sul tavolo: «Dov'è finita la foto. I soliti grilli, è vero come si dice, che hanno in testa i giovani d'oggi. Quando avrà fame e sonno, tornerà dalla mamma». Distribuisce le foto a colori e una capita a Sarti Antonio, sergente. «Oh Cristo! È la ragazzina di questa mattina.» Si tocca il bozzo in fronte. Gli stessi occhi chiari, lo stesso sorriso, gli stessi capelli castani tirati dietro la nuca. «Come sarebbe a dire?» chiede Raimondi Cesare, ispettore capo. Sarti Antonio controlla meglio la foto e borbotta: «È lei, non c'è dubbio. Le devo il bozzo. Mi piacerebbe incontrarla». Racconta il quasi incidente e l'ispettore capo conclude: «Visto che ti sei offerto, il caso è affidato a te. E non combinare i soliti casini, è vero come si dice». A Sarti Antonio, sergente, non risulta di essersi offerto, ma non contraddice il superiore. Quasi mai. E se qualche volta lo ha fatto, non ci ha guadagnato. «I colleghi, è vero come si dice, faranno capo a te e ti terranno informato.»

Con qualche ora di anticipo sul previsto, Sarti Antonio e Felice Cantoni montano sulla 28 e riprendono da dove erano rimasti la mattina: da via San Vitale, angolo Bolognetti. Il sergente chiede al collega: «Il giovane che la precedeva... Lo ricordi?». Felice Cantoni annuisce, accarezza il volante e accosta al portico. «Ricordo ogni particolare di chi mi viene tra le ruote. Alto 1 e 75, capelli lunghi e neri, 18 anni, jeans, camicia chiara e maglione rosso sulle spalle con le maniche allacciate sul petto.» Sorride e Sarti Antonio chiede ancora: «L'indirizzo?». «Aveva libri sotto il braccio: studente.» Il sergente scende e sbatte la portiera più del necessario. Felice Cantoni gli grida: «Piano, piano, accidenti!». Poi si rivolge all'auto: «Fa sempre così quando non sa da che parte cominciare. Non bisogna farci caso». Ma Sarti Antonio, sergente, almeno questa volta, da che parte cominciare lo sa: dal bar che sta in via Vinazzetti ed è pronto a scommettere che i due ragazzini sono andati là, dopo essere scampati all'investimento dell'auto 28. Ci vanno tutti gli studenti della zona quando non desiderano incontrare i professori. E infatti il barista guarda la foto e annuisce: «Sì, ma non la vedo da una settimana». «E lui come si chiama?» «Non c'è un lui,» risponde il barista «la ragazza entra sola, siede a quel tavolo e si mette a studiare. Ordina un cappuccino a mezza mattinata, mangia un cornetto salato...» Non è un comportamento normale e Sarti Antonio, sergente, ha necessità di conferma: «Non va a scuola per venire a studiare qui?». Il barista posa la tazzina fumante sul banco e si stringe nelle spalle: «Anche a me non pare normale. E gliel'ho detto, un giorno. Mi ha risposto che a casa non la lasciano in pace e che non vede l'ora di uscire. Come se qui ci fosse pace». Parla a voce alta perché un disco urla le sue note, quattro ragazzi gridano le loro opinioni, un giovane litiga con la ragazza e va sul pesante... Alessia ci si trovava bene. Misteri dei giovani.

In attesa che venga domattina per controllare gli studenti, Sarti Antonio, sergente, va a chiacchierare con i genitori. Il capofamiglia è un ometto piccolo, la fronte ampia per i pochi capelli, indossa una giacca pesante sulla maglia a collo alto e ha lo stomaco prominente. Anche la madre è piccola e grassa: la classica massaia di campagna trapiantata in città. I due non lasciano il tempo a Sarti per fare domande e la donna è la più opprimente. «Ci sono notizie? Che pensate di fare? Dove sarà andata? Lei che ne dice?» Il sergente la calma come può e comincia lui a chiedere: «Aveva il ragazzo?».

La donna si mette le mani nei capelli. «Ma che ragazzo e ragazzo! La mia piccola aveva solo 14 anni. Che ragazzo può avere una bambina? Me lo dica lei.» Sarti Antonio potrebbe anche dirlo perché lui ha veduto la bambina, ma continua a chiedere: «Vi avverte quando non va a scuola?». È il turno del padre prendere le difese della figlia: «Vuole scherzare? La nostra bambina non fa cose del genere. Va a scuola ogni mattina come io vado a lavorare». Bene: due domande e due risposte che non quadrano con le notizie già in possesso del sergente. Ma non lo dice. Perché distruggere l'immagine? «Ci sono dissapori fra voi e la ragazza?» La madre fa per rispondere, ma si trattiene, guarda il marito e chiede: «Che vuol dire?». Sarti Antonio è più popolare: «Andate d'accordo?». Adesso sì che è chiaro! «Più che d'accordo. La mia bambina ha sempre obbedito alla sua mamma. Io la consiglio e lei mi ascolta.» «Insomma, nessun motivo perché Alessia fugga di casa.» Il padre si agita: «È venuto per offendere? Perché mai Alessia dovrebbe fuggire di casa?». Ancora Sarti Antonio potrebbe rispondere, ma non lo fa. Chiede: «Ha amici?». La madre: «Sissignore. E tutti come si deve. Ragazzi e ragazze che prima di tutto stanno bene a noi». Il padre precisa: «Più di una volta abbiamo convinto Alessia a non frequentare certe amicizie e lei sempre ci ha ascoltato». «Avete una vostra opinione?» Il signor Dansi parte sicuro: «Si fa presto a immaginare cosa può essere accaduto. La nostra famiglia non può pagare un riscatto, è chiaro. Alessia ha la testa sulle spalle, non farebbe nulla di irragionevole. Niente rapimento e niente fuga, quindi. Resta una sola ipotesi, la più brutta e non ci voglio pensare. Alessia aveva 14 anni, ma sfortunatamente ne dimostrava di più». Sarti Antonio dice: «Lo so, l'ho vista». Il padre spalanca gli occhi e chiede: «L'ha vista?». «La foto.» È una menzogna, ma i questurini sono autorizzati a mentire per motivi di servizio.

La signora ha gli occhi lucidi e porge un biglietto a Sarti Antonio. «L'ha scritto lei ieri sera e l'ha posato sul tavolo di cucina. Significa che aveva intenzione di rientrare, no?» C'è scritto: "Ricordarsi di portare i calzoni di Lucio in lavanderia". «Lucio è il fratellino.»

Quando Sarti Antonio, sergente, esce da casa Dansi, è come se si liberasse da un'oppressione. Sul marciapiede respira meglio. Gli viene fra i piedi un ragazzino che dice: «Sei tu il tenente Sheridan?». «Sei spiritoso.» «Sì, lo so, e sono anche il fratello di Alessia. Vuoi sapere una cosa? Appena avrò capito da che parte sta Roma, me ne andrò anch'io.» Per il momento scappa verso la ferrovia.

Alle 7 e 20 Sarti Antonio, sergente, suona il campanello e gli apre una signora Dansi dagli occhi lucidi, gonfi di pianto e dal viso stanco di chi non ha dormito per l'intera notte. «Sono pronta.» «Bene signora,» dice Sarti Antonio «ora ripetiamo esattamente ciò che avete fatto ieri mattina con Alessia.» La signora annuisce, prende la borsa, si aggiusta i capelli, cerca le chiavi ed esce chiudendo la porta. Scendono le scale, salgono verso via Massarenti e arrivano alla fermata dell'autobus. Senza una parola. Il sergente chiede: «Non parla con Alessia?». La signora annuisce. «E che vi dite?» «Le solite cose. Io le chiedo della scuola, se ha preso la merenda, che farà nel pomeriggio, se si sente bene...»

Sull'autobus la signora si porta subito vicino all'uscita: «Sa ci sono appena 6 fermate: meglio essere pronti». Già, meglio. La prossima sarà Porta San Vitale e la signora dice: «Ecco, Alessia è scesa qui e io ho proseguito verso il centro». Piange. I passeggeri guardano male Sarti Antonio. «Non l'ho più vista.» Situazione imbarazzante. «Non pianga, signora, vedrà che la troviamo.» La signora Dansi aspettava una parola di conforto. Guarda il sergente e dice: «Grazie». Lo bacia sulla guancia alzandosi sulla punta dei piedi. «Dio la benedica, sergente» e gli sistema il colletto della camicia. Lo ha fatto, probabilmente, anche ieri mattina con Alessia.

Dunque: dalla fermata alla scuola non ci sono più di 200 metri e in quei 200 metri di strada Alessia Dansi si è volatizzata: al bar non è andata, a scuola non è mai arrivata e nessuno l'ha veduta.

Felice Cantoni, agente, impalato davanti all'ingresso della scuola, fissa insistentemente i ragazzi che gli sfilano davanti. Sarti Antonio, sergente, che non ricorda assolutamente il giovane, si ferma a prendere un caffè. «È peggio di quello di ieri mattina,» dice al barista «e se non sai fare di meglio, non sarò mai tuo cliente.» Il pensionato che il quartiere ha messo sulla strada, con tanto di paletta, per aiutare i ragazzi ad attraversare la strada, entra al bar e dice: «Cleto, chiama la polizia. C'è un tale davanti alla scuola... Ho idea che sia uno spacciatore». Attraverso la vetrina, indica il turpe individuo. «Ecco, vedi? È lui.» "Lui" è Felice Cantoni, agente, che avrà mille difetti, ma è certamente contrario allo spaccio di droga. Specie nelle scuole medie inferiori e superiori. Sarti Antonio, sergente, mostra controvoglia la patente di questurino per salvare il collega da una situazione imbarazzante. Il risultato è che il pensionato guarda con diffidenza anche lui.

Né il sopralluogo di Sarti Antonio né il piantonamento di Felice Cantoni danno frutti e i colleghi che, a detta di Raimondi Cesare, ispettore capo, avrebbero dovuto fornire informazioni, ne sanno ancor meno. "Non combinare i soliti casini", mi dice. "Non sono io che combino i casini; sono i casini che combinano me."

L'insegnante di italiano dice: «Una ragazza intelligente, matura e con le idee chiare. Sapeva cosa voleva dalla vita e non credo che avrebbe seguito il primo venuto». «La conosceva bene?» La professoressa è giovane, piacente, ma ci tiene che si sappia della sua laurea. Nulla di male dal momento che è laureata. Tratta però i ragazzi come se fosse una di loro; nel '68 era certamente iscritta all'università. Lei e Sarti Antonio, sergente, siedono al bar di via Vinazzetti. «La conosceva bene?» «Credo di conoscere i miei ragazzi molto meglio dei genitori, ma loro, i genitori, non desiderano che si dica.» Sarti Antonio chiama il barista e chiede alla prof: «Cosa beve?». «Quello che bevi tu.» Gli dà del tu: la prof ha fatto il '68, non c'è dubbio.

«Secondo te?» chiede il sergente. «Secondo me nessuno avrebbe costretto Alessia a seguirlo se lei non avesse voluto.» «Conosci qualcuno che Alessia avrebbe voluto seguire?» La prof ci pensa su e poi scuote il capo. Dice: «No, ma è certo che tornerà a casa. Non oggi forse, e neppure domani. Aspetterà che le reazioni dei genitori siano meno violente, ma tornerà». «Cosa te lo fa credere?» La prof cerca nei fondi di caffè una risposta sufficientemente chiara per un questurino. Dice: «Vedi, nonostante tutto, Alessia vuol bene ai genitori. Nonostante tutto perché quelli non lo meritano. Il padre è geloso e interferisce nelle scelte maschili della figlia; la madre è angosciata e pretende una telefonata ogni mattina, da scuola. A volte finge di sentirsi male per legare a sé la ragazza. Ti sembra normale?». No, non è normale, ma pare che i genitori oggi siano su questa linea. Sarti Antonio, sergente, non commenta. Che ne sa lui di genitori? Chiede: «E se non tornasse?». La prof si stringe nelle spalle: anche se ha fatto il '68 non è indovina. «Come hai detto che ti chiami?» «Laura» risponde la prof. «Senti, Laura, sto cercando anche un ragazzo di 18 anni, alto 1 e 75, capelli lunghi e neri; veste jeans, camicia chiara e maglione rosso gettato sulle spalle.» Laura ride: «Hai fatto il ritratto di tutti i giovani di Bologna. Io ne conosco cento». Si alza e va a pagare. «Lascia» dice il sergente. Laura lo guarda male e scuote il capo. Paga il suo caffè. Al questurino piacerebbe accompagnarla a casa, ma si trova in difficoltà con una donna che pretende di pagarsi la consumazione. Solo la sua. Laura saluta il barista, fa un cenno al questurino e lascia il locale. Sarti Antonio, sergente, resta seduto a guardare la tazzina vuota. Un ragazzo gli dice: «Posso sedere?». «Dipende perché.» «Per parlarti di Alessia.» Il sergente allontana una sedia dal tavolo e invita il ragazzo con un gesto. «Cosa bevi?» «Nulla grazie. Ho sentito che parlavi con quella...» accenna con il capo verso l'uscita «... di Alessia. Secondo me è già in Medio Oriente con lo sceicco.» Ecco, questa potrebbe essere la pista buona. Perlomeno è originale. Sarti Antonio, sergente, guarda il ragazzo negli occhi e cerca di capire se sia ubriaco o bucato. All'apparenza né l'uno né l'altro. «Non mi credi. Lo immaginavo. Sei proprio un questurino.» Se è un'offesa, Sarti Antonio non ci bada più. «Aspetto il seguito.» Il ragazzo si sistema meglio e riparte: «Ecco il seguito: ho conosciuto Alessia a ballare e mi ha parlato di uno sceicco che le avrebbe chiesto di seguirlo nel suo paese. E all'uscita c'era proprio uno sceicco che l'attendeva. Aveva un'automobile lunga da qui a lì e le dita coperte da anelli. Alessia me l'indicò e mi chiese di accompagnarla a casa». Sarti Antonio si alza e dice: «Ti ringrazio. Se avrò bisogno di te, ti verrò a cercare. Mi sei stato utile».

Sull'auto 28, parcheggiata in San Vitale, Sarti Antonio trova Felice Cantoni in compagnia di un giovane alto 1 e 75, capelli lunghi e neri, 18 anni, jeans, camicia chiara e maglione rosso sulle spalle. Ma non si cambiano mai questi giovani? «È passato di qui e l'ho fermato. L'ho riconosciuto subito» dice Felice Cantoni. Il giovane sorride senza problemi. «Come ti chiami?» «Claudio Sensetti. Che volete da me?» Sarti Antonio gli fa segno di spostarsi e gli siede accanto. Poi dice: «Dove hai accompagnato la ragazza che era con te l'altro giorno, quando per poco non finivi sotto quest'auto?». «Io ero solo. Ho inteso la frenata e mi sono voltato: c'era una ragazzina dietro di me, ma non era con me.» Se ha ragione, cade una bella tegola sul capo del questurino. «Dove sei andato poi?» «Al bar. Da solo.» E il barista conferma. «È entrato qui alle 8 ed era solo. Mi ha raccontato dell'incidente su San Vitale. Era proprio solo.» Un guaio! Sarti Antonio, sergente, ci contava. Adesso ha la precisa sensazione che la ragazza da lui intravista dopo la botta in fronte, non assomigli neppure ad Alessia. Ma non lo riferirà a Raimondi Cesare, ispettore capo.

Nessuna notizia negli ospedali o all'obitorio; nulla dai canali, dai fiumi o simili: Alessia Dansi è sparita nel tratto che va da Porta San Vitale a vicolo Bolognetti. Incredibile! E dopo una settimana Sarti Antonio, sergente, porta nell'ufficio di Raimondi Cesare, ispettore capo, la propria incapacità. Non gli parla, ovviamente, dello sceicco. Il capo lo farebbe rinchiudere.

Esce dalla questura e ha un gran dolore al ventre perché quando mangia pane e rabbia, gli si risveglia la colite e allora non ha tregua. Gli resta la consolazione della tana di Rosas, in Santa Caterina 19, piano terreno, inferriata sotto il portico, dove si prepara un buon caffè. È qualcosa, dopo una settimana di tormenti. C'è calma, penombra, umidità. E c'è il talpone Rosas che ascolta in silenzio gli sfoghi del questurino frustrato. Al massimo fischietta una certa arietta inventata nella quale ci si riconosce di tutto: dal classico al jazz e alle canzonette. E mentre il questurino prepara la seconda macchinetta di caffè, Rosas riprende a studiare. «Nessun commento?» chiede Sarti Antonio. Gli risponde un grugnito, ma Sarti Antonio ha pazienza. Infatti mentre bevono il caffè, Rosas si toglie gli occhiali, li posa sul tavolo, si distende sulla sedia, i piedi nudi sulla sedia che sta dall'altra parte: «Un ottimo caffè». «Sì, ma non è una novità.» Il talpone cambia discorso: «Per me la tua Alessia Dansi ha scelto la libertà. E ha fatto bene». Sarti Antonio scuote il capo e sorride: «Sbagliato. La ragazza ha lasciato un appunto sul tavolo di cucina. Significa che intendeva tornare». Rosas borbotta: «Non è detto, non è detto. Può aver messo il biglietto sul tavolo di cucina, e non in camera sua, fai bene attenzione!, per ricordare ai familiari ciò che dovevano fare». Si ferma un attimo, guarda il questurino, poi dice: «Ti pare che a 14 anni si abbia bisogno di prendere appunti? Tu prendi appunti, non un giovane. No, quella ha scelto la libertà». Il sergente si arrabbia: «È una ragazzina di 14 anni, non ha soldi, non sa nulla della vita...». Rosas lo interrompe: «Balle! Io avevo 13 anni quando... E sono qui, frequento l'università, ho una casa...». È Sarti che interrompe: «Hai una fungaia, non una casa!». «Io ci vivo. Ma tu puoi pensarla come ti pare. Noi due non avremo mai le stesse opinioni e la cosa mi rallegra e conforta. Comunque, se ti senti responsabile del futuro di quella ragazzina, vai in via Lombardia: c'è un appartamento dove si accolgono i minorenni che se ne vanno da casa senza il consenso dei genitori. Può essere che la tua protetta... Non te ne sarà grata, però.»

Sono le otto e mezzo di sera e Felice Cantoni, agente, porta l'auto 28 in via Lombardia; Sarti Antonio, sergente, ha in tasca il mandato di perquisizione, ma l'uomo propone e dio dispone, come dicevano i nostri saggi vecchi. C'è del casino sotto il portico di via Marsala e l'auto 28 accosta: suo dovere. Lo slavo è in maniche di camicia e racconta: «Mi ha offeso, mi ha offeso e volevo vendicarmi. Mi dice di togliermi la giacca che mi avrebbe fatto vedere lui... Mi tolgo la giacca e la poso a terra. Quel delinquente figlio di puttana me la ruba.

E scappa. Ora io... Ora io sono senza giacca e senza soldi». Il delinquente figlio di puttana lo trovano sui tetti dei palazzi vicino alla stazione, ma ci mettono fino alle 11; e Alessia Dansi, anche se fosse stata in via Lombardia, avrebbe avuto il tempo per andarsene.

Non la trova, infatti, ma recupera un paio di minorenni. Che gli saranno grati, un giorno. O forse no? Per il momento Sarti Antonio, sergente, non ha il tempo per porsi il quesito. Ha altri problemi, più urgenti. Quel po' di casino che tutti sapete, per esempio: studenti mascherati e armati di bastoni e molotov, attaccano la sede del Movimento sociale, demoliscono la sede dell'Associazione industriale, sfasciano i negozi di Galleria Cavour, incendiano un circolo in Santo Stefano... Insomma, siamo nel 1975, non dimentichiamolo, e la polizia, compreso Sarti Antonio, sergente, ha il suo daffare. Per un bel po' di tempo. E resta poco spazio per Alessia Dansi. Ma niente paura: nulla viene dimenticato in questura e chissà che prima o poi il mistero della ragazzina svanita nel nulla fra Porta San Vitale e vicolo Bolognetti, 200 metri di strada, non trovi una sua logica spiegazione. Che forse, nella mente di qualcuno, ha già trovato.

Per ora Alessia Dansi resta uno dei tanti misteri di Bologna, una città che a guardarla in superficie non sembra poi difficile da capire, ma se si va più a fondo...

(da «Il Resto del Carlino», IIC, 184, 9 luglio 1983, p. 7)

L'assurdo omicidio di uno studente modello

Lo spunto del racconto, l'assassinio di uno studente del Dams di Bologna, viene dal "delitto Alinovi", caso che assurse a notorietà nazionale e sul quale lo stesso Macchiavelli, come esperto in materia (da romanziere promosso a criminologo), era stato interpellato e tirato in ballo. In bilico costante tra realtà e finzione, ancorata da un lato a precisi e suggestivi particolari topografici, sviluppata dall'altro secondo un modello retorico alla Sherlock Holmes, l'indagine del duo Sarti-Rosas raggiunge vertici d'audacia intellettuale che il consueto sberleffo finale dell'autore riporta a dimensioni più terragne.

Un ultimo dell'anno che Sarti Antonio, sergente, ricorderà fino alla pensione. E ve lo garantisco io che Sarti Antonio lo conosco per averci vissuto assieme un bel po' d'anni. L'auto 28, Felice Cantoni al volante, sta percorrendo per la terza volta la strada fondovalle del torrente Zena alla ricerca di qualcosa che, Sarti Antonio ne è certo, non troverà. Il freddo ha appannato i vetri della 28 e la via è deserta perché la gente si prepara a festeggiare l'ultimo dell'anno. E anche Sarti Antonio, sergente, avrebbe festeggiato per una volta, ma la Biondina lo aspetterà invano. Il sergente ha finito le parole: con Felice Cantoni, agente, si son detti tutto quanto c'era da dire e non hanno più bestemmie. Si sono appena lasciato dietro Botteghino e Sarti Antonio, sergente, grida: «Frena, frena!». Scende e torna alla vecchietta in piedi su una cassetta da frutta, intenta a frugare nel contenitore delle immondizie, più dentro che fuori. Basterebbe un niente e la vecchietta finirebbe fra i rifiuti del borgo. «Che fa, nonna?» La vecchietta fissa il nuovo venuto e, senza togliersi dal contenitore, chiede: «E lei chi sarebbe?». Sarti Antonio, sergente, non è di quelli che sbandierano il tesserino di poliziotto a ogni passo, ma quando non può farne a meno... E la vecchietta spiega: «Cerco di recuperare un panno quasi nuovo». Lo ha agganciato e lo solleva, appeso all'uncino: «Vede? Quasi nuovo».

Oltre che essere nuovo, è anche macchiato di sangue. Inzuppato. Come il secondo e il terzo che Sarti Antonio pesca con un'agitazione eccessiva. Una svolta nelle indagini? Sarti Antonio se lo augura. Grida: «Felice, chiama il capo. È sul luogo del rinvenimento». Felice Cantoni, agente, esegue: «Qui auto 28, qui auto 28 che chiama l'ispettore capo Raimondi Cesare. Rispondete». Gli rispondono scariche che assomigliano a pernacchie e il silenzio della fredda sera invernale. «Niente da fare, Antonio, non mi rispondono.»

Sarti Antonio lascia cadere i teli nel contenitore e corre verso l'auto. Si ferma, guarda la vecchietta e dice: «Non tocchi nulla, mi raccomando. Può essere pericoloso». Poi va alla 28 mentre la vecchietta borbotta: «Sì, pericoloso un bidone di spazzatura».

Sarti Antonio strappa il microfono al collega. Dice: «Come non rispondono?». «Non ci prendono, Antonio. Siamo in una gola, ci sono alberi, fili dell'alta tensione...» Sarti Antonio non si fida e grida nel microfono: «Auto 28 chiama. Rispondete!». Ma non c'è verso: le scariche lo sfottono. Lascia perdere e dice: «Roba da matti: si comunica con la luna, con astronavi nello spazio... e io non arrivo a due chilometri da qui. A Starsky e Hutch non sarebbe successo». «Che ci vuoi fare, Antonio? Ci sono alberi, fili elettrici...» «Ho capito. Sali con la 28 e fai scendere Raimondi. Fai presto, accidenti!»

L'auto sparisce in fondo alla stradina e Sarti Antonio torna alla nonna. È scesa dalla cassetta e aspetta i comodi del questurino. «Mi dica, nonna, chi ha gettato i teli?»

«Non lo so, giovanotto. Questa mattina... Saranno state le quattro, quattro e mezzo... Ho sentito una macchina fermarsi, poi il coperchio del bidone lasciato cadere e l'auto ripartire. Io dormo proprio lì... Vede quella finestra? E alle quattro di mattina sono sempre sveglia.» «E la macchina?» «La macchina cosa?» «L'ha veduta?» La vecchietta guarda il questurino, scuote il capo e ricomincia: «Giovanotto, ho detto che ero a letto e che ho sentito...». Sarti Antonio la interrompe: «Ho capito, grazie».

Fuori dalla 28 fa freddo e il soprabito del sergente è rimasto sull'auto. La vecchietta chiede: «Posso andare?». «Vada pure in casa. La chiamerò se avrò bisogno. Grazie.» La vecchietta guarda in silenzio il sergente e poi si allontana. Si ferma e dice: «Guardi giovanotto che non è pericoloso. Un bidone del rusco non ha mai fatto male a nessuno».

Il questurino resta solo al freddo di una sera invernale. Un freddo che entra nelle ossa e per il quale la giacchetta serve a poco. «Mestiere di merda!» e pianta un calcio nel ventre del bidone. Poveretto! Mi fa pena e tento di consolarlo: «Guarda, amico, che si vince la guerra anche facendo la guardia a un bidone di benzina». «A un bidone di benzina! Io sto piantonando un bidone di immondizie.» Si stringe al petto la misera giacchetta, bestemmia e mi ignora.

Ci sono delle vie che, per quanto facciano le autorità preposte, sono e restano malfamate. Non per colpa degli abitanti che sono buoni o cattivi, onesti o disonesti, come in ogni strada di ogni città. È l'aria che vi si respira; sono i lunghi e umidi corridoi in penombra; sono i portici bassi e i pavimenti di mattoni sconnessi dai secoli; è l'eterno chiaroscuro che solo un paio di volte l'anno la cede a un raggio di sole; è la tristezza che esce dalle persiane, chiuse o spalancate, ma comunque scrostate dalle intemperie; è la vicinanza dei muri fra loro, l'angustia di certi cortili, la tristezza di un albero cresciuto per caso fra una mattonella e l'altra nell'umidità di un androne vecchio quanto la città.

È che, quando passi per quelle strade, lo stato d'animo si adegua ai colori stinti e agli intonaci scrostati e lo sguardo indifferente di un passante si fa inquisitore. Ma non è vero, non è così: qui la gente pensa ai casi propri esattamente come altrove, come in via Rizzoli o in Ugo Bassi. E una donna seduta davanti alla finestra a rammendar calzini non è una puttana; e un bambino che gioca a palla, non è un orfano sulla strada del vizio. Ma non c'è scampo: la storia non sta alle spalle, sta anche davanti e allora le nuove facciate e i nuovi colori distesi dalla ristrutturazione, hanno qui una superficie e un colore diverso che altrove. Sono fuori posto; il rosso bolognese è triste, il giallo non ha vita e lo splendore di un intonaco appena tirato è come una cravatta di seta annodata sulla canottiera di un muratore.

Non c'è verso: le strade hanno un loro carattere e non si possono violentare. Sono come gli uomini. Sarti Antonio, sergente, queste strade ha imparato a evitarle; lo ha fatto per dimenticare o per rivalsa? Oggi, che deve ripercorrerle, è triste prima ancora di mettervi piede. Gli ritornano profumi e spessori di vita che credeva dimenticati. È l'umidità, il rumore di una pialla, il battere di un martello, il buio di un corridoio che si apre, silenzioso, sotto un portico basso... Dai vetri umidi di un bar lo guardano, secondo lui, gli occhi di tutti i clienti. Una vecchia, carica di borse per la spesa, gli traballa incontro. «Senta, signora, conosceva...» Non lo lascia finire: «Lo conoscevo sì, lo conoscevo. Povero ragazzo». Sarti Antonio le prende una sporta e accompagna la signora. «Le risulta che avesse litigato? Qualcuno gli voleva male?» La vecchia si ferma, posa le sporte e si soffia il naso rosso di freddo. Poi dice: «Qui si litiga con tutti e ogni giorno, ma non è una ragione per uccidersi a coltellate. Non siamo matti, caro lei!». Strappa la borsa dalle mani del questurino, raccoglie le sue e si confonde nel buio umido di un corridoio. E Sarti Antonio, sergente, torna sui viali dove ha lasciato la 28 e Felice Cantoni, agente. Un dolore al ventre gli ricorda che la colite è sempre lì, a tormentarlo non appena le cose vanno di traverso. Sull'auto 28 c'è il tepore di un motore acceso e Felice Cantoni, agente, che legge «Stadio». «Ora che si fa?» Se lo sapesse! Dove mettere le mani in un delitto tanto assurdo? A chi rivolgersi per un'idea? «Rosas!» Felice Cantoni posa il giornale sul sedile posteriore, guarda il collega scuotendo il capo: «Rosas? Quello, il talpone, sarà ormai un fungo nell'umidità della sua tana». «Non t'incaricare. Metti in marcia il tuo cesso e portami da Rosas.» «L'auto 28 non è un cesso.» Rosas abita in Santa Caterina 19, piano terreno: freddo d'estate e più freddo d'inverno. La finestra dell'unico locale guarda sotto il portico ed è protetta da inferriata. Dal soffitto pende la lampada senza lampadario, in un angolo c'è un lettino basso, al centro c'è un tavolo e tre sedie sgangherate. La porta di casa è sempre aperta, che Rosas sia presente o no. Poi c'è un gabinetto. Un lavello e un fornello sono la cucina. Prima ancora di dire "buongiorno", Sarti Antonio si prepara un caffè e non ha ancora veduto Rosas, ma è certo che sta sotto gli straccetti gettati sul letto. Ha ragione. «Eccoti un buon caffè.» «Che ore sono?» «Le dieci.» Rosas sospira rassegnato e cerca, a tentoni, gli occhiali sul pavimento. Con le lenti sul naso, il viso affilato di Rosas assomiglia ancora più a quello di una faina miope. «Le dieci. Mi sveglia alle dieci.» Sorseggia il caffè. Felice Cantoni ha ripreso a leggere «Stadio», alla scarsa luce della lampadina. «Buono, un ottimo caffè. Peccato che siano appena le dieci.» «Appena le dieci! Accidenti, io sono sveglio dalle sette.» «Affari tuoi. Io non sono questurino. Che vuoi?» «Sono passato a salutarti.» Rosas siede sul bordo del lettino, posa i piedi nudi sul pavimento umido e si getta sulle spalle un panno. Borbotta: «Se piombi a casa mia, ci deve essere un motivo. Non vieni per offrirmi un caffè». Sarti Antonio riprende la tazzina vuota e la posa, assieme alla sua, sul lavello. Servile da fare schifo! Trascina una sedia vicino al letto e dice: «Conoscevi lo studente che hanno pugnalato?». Rosas nega con lenti movimenti del capo e che non abbia riflettuto prima di rispondere, fa arrabbiare Sarti Antonio. «Come no? Come no? Era studente, come te. Accidenti! Devi conoscerlo. Conosci mezza città.»

Arrabbiarsi gli fa male: la colite non accetta provocazioni e con una smorfia abbandona la conversazione per il gabinetto di casa Rosas. Il talpone borbotta: «Vuol dire che apparteneva alla metà che non conosco». E non c'è modo di fargli cambiare idea; Sarti Antonio, sergente, ci prova per mezz'ora e poi se ne va quando Rosas, deciso a non prestargli più ascolto, si sdraia e si mette a studiare. Come riesca a farlo, è un mistero. La penombra è appena sufficiente per non inciampare nelle sedie.

«La porta!» Sarti Antonio, sergente, torna e chiude con una pedata. Tremano i vetri fino ai piani superiori. Seduto sull'auto 28 si massaggia la colite per una tregua che non arriva e Felice Cantoni, al volante, chiede: «Dove si va?». «Non lo so. Non è possibile che non conosca... Non è possibile!» Seguo il questurino da non so quanti anni e ogni volta che si è trovato al buio, l'ho veduto insistere, cupo e incazzato come se il non arrivare alla soluzione fosse colpa sua. Come se i guai che tormentano questa città, cadessero di colpo sulle sue spalle. Si chiude in silenzio, nell'angolo di sedile che gli compete per regolamento ed è vano ogni tentativo di Felice Cantoni per scuoterlo dall'assenza. Poi, appena si trova solo, per strada o nel bagno di casa sua, ragiona a voce alta, alla ricerca di un indizio, di un movente e di un responsabile. Il più delle volte senza risultati. A meno che Rosas non ci metta una buona parola.

Smonta dal servizio e prende la via di casa. A piedi. Strade fredde, umide d'inverno e deserte e nessuno lo prende per matto se parla da solo. Il lungo portico alto sulla via, è appena rischiarato da poche vetrine illuminate e appannate e Sarti Antonio, sergente, borbotta le sue sconclusionate conclusioni: «Non ci capisco nulla. Un ragazzo a posto, niente droga, niente omosessuali, niente prostituzione... Uno degli ultimi ragazzi perbene. Studente modello, amato dai compagni. Stimato dai professori... E finisce in un dirupo sui colli, con dodici pugnalate alla schiena. Timido, riservato, studioso... Perché, accidenti, perché?». Una distinta signora lo raggiunge, gli sta a fianco per alcuni metri, lo guarda preoccupata, allunga il passo.

Il mio compito è anche quello di sollevare il morale del questurino: «Di che ti preoccupi? Non sei il solo agente di polizia...». Non mi ascolta. O forse per lui non esisto. Sugli ultimi gradini delle scale di casa, trova Rosas, seduto, che legge il giornale. Gli chiede: «E quando si spegne la luce?». «Aspetto che la riaccendano.» In casa prepara un caffè ed è quello che ci vuole dopo una giornata massacrante. Poi, semisdraiato nella poltrona, guarda il talpone che gli è entrato in casa e chiede: «Che vuoi?». «Niente.» «Per niente non esci dalla tana.» «Avevo voglia di un buon caffè» e riprende a leggere il giornale. Non è il momento ed è meglio lasciarlo in pace: prima o poi arriverà al sodo. E infatti, quando si sente comodo, il talpone indica il giornale e chiede: «È vero ciò che scrivono di quel ragazzo?». «Se scrivono che non sappiamo chi l'ha ammazzato, è vero. Sacrosanto.» «Dodici pugnalate?» Sarti Antonio annuisce. «Lo conoscevo» dice Rosas e Sarti Antonio apre gli occhi per commentare: «Ecco, ora io dovrei alzarmi e darti un pugno sugli occhiali». Si alza, ma per andare in cucina a preparare un altro buon caffè e mentre lo bevono, Rosas chiede ancora: «Cosa ne sai?». Il questu-rino si stringe nelle spalle: «Lo hanno ucciso con dodici pu-gnalate nella schiena e lo hanno gettato in una scarpata, sui colli. L'arma è un coltellaccio da cucina o da macellaio lungo almeno 25 centimetri e largo 5. È stato ucciso la notte fra il 30 e il 31 e fino alle 2 aveva parlato al telefono con un amico. Abbiamo frugato in casa: niente. Solo libri e appunti di stu-dio. Stava preparando la tesi. Non l'hanno ucciso in casa. Forse in auto, ma mi chiedo come abbiano potuto trascinare il corpo pesante sul sentiero. Ho trovato dei teli insanguinati a un paio di chilometri, dentro un bidone di immondizie. Un delitto assurdo, senza movente».

Rosas ha ascoltato in silenzio e dice: «In quell'ambiente può accadere di tutto». Raccoglie i residui di caffè con il cuc-chiaino e continua: «Se qualcuno pesta una merda, non ci mettono molto ad ammazzare». Sarti Antonio ha capito: «Non torna nel nostro caso. Lo studente ha sempre badato ai fatti suoi, non risulta abbia mai discusso, non ha pestato pie-di, non ha toccato la donna d'altri...». Grida: «Insomma, non c'è motivo! Dovrebbe essere vivo». Rosas chiede sottovoce: «Allora?». Il questurino si stringe nelle spalle e dice: «Una mezza idea ce l'avrei». «Sentiamola.» «Lo studente ha fatto una ricerca durata sei mesi, sui giornali italiani e per conto della Cee. Ha scoperto qualche notizia compromettente...» Rosas l'interrompe: «Leggi troppi romanzi gialli, amico». Sarti Antonio non se la prende e chiede: «Allora?».

«Una mezza idea ce l'avrei.» Il questurino si sistema nella poltrona per il seguito. Che è poi ciò che si attendeva da Ro-sas. «Che abbiamo in realtà? Uno studente con dodici pu-gnalate alla schiena, un coltellaccio da macellaio o da cuci-na, una giacca con le tasche cucite, un luogo impervio nel quale il corpo viene ritrovato. Lo scrive il giornale. È tutto?» «Sì, assieme ai teli insanguinati e a un'auto che si è fermata vicino al contenitore dei rifiuti verso le 4 del mattino.» An-che Rosas si rilassa sulla poltrona, si toglie gli occhiali e la sua aria miope si accentua. Dice: «Più che sufficiente per una bella serie di ipotesi.

«Primo: non si colpisce dodici volte un uomo alla schiena

senza che ne venga una reazione, un irrigidimento dei muscoli... Che l'autopsia ha escluso. Un tentativo di difesa avrebbe anche procurato ferite alle braccia. Quando hanno pugnalato, lo studente era incosciente.

«Secondo: un coltello come quello che ha ucciso, non lo si porta casualmente con sé. È stato ucciso con determinazione e il piano minutamente preparato.

«Terzo: io conoscevo il giovane e posso assicurarti che l'ho sempre veduto elegantemente vestito. Non come me.»

Si guarda i sandali ai piedi, i calzoni stracciati e la giacchetta striminzita. «Non come me. Ora non è credibile che abbia indossato la giacca senza accorgersi che le tasche erano cucite, come appena uscita dalla lavanderia. Se lo avesse fatto spontaneamente, se ne sarebbe accorto nel mettere in tasca le chiavi, gli spiccioli, il fazzoletto... È stato costretto a indossare e non gli è stato lasciato il tempo per controllare. Quarto: neppure in due sarebbero riusciti a trasportare il corpo lungo il sentiero di montagna; il ragazzo era più di cento chili. È salito con le sue gambe.» Un istante e poi riprende a leggere il giornale. Sarti Antonio, sergente, chiede: «È tutto?». Rosas annuisce e il questurino dice: «Vediamo se ho capito che intendi. All'una e mezzo di notte, lo studente termina la telefonata con l'amico; gli entra in casa una persona conosciuta la quale gli ordina di vestirsi e di seguirla. Gli consegna anche il primo abito che trova nell'armadio. Lo studente non si oppone; esegue e non ha il tempo per controllare gli abiti. Prende il soprabito ed esce assieme alla *persona*. Un'auto li porta in collina. A piedi salgono il sentiero e lo studente si toglie il soprabito per non sudare; la *persona* si è portata tre teli che, giunti sul dirupo, distende a terra. Siede e invita lo studente a fare altrettanto. Gli offre da bere per tener lontano il freddo, e aspettano. Cosa?». La domanda resta senza risposta. Sarti Antonio, sergente, dopo aver riflettuto, riprende: «Un poco di droga nel liquore stordisce lo studente e la *persona* lo pugnala alla schiena senza incontrare la minima resistenza. Una spinta e il corpo rotola lungo la scarpata; il soprabito lo segue. La *persona* raccoglie i teli insanguinati, scende il sentiero, gira la vettura e torna a Bologna dopo aver lasciato i teli nel contenitore del pattume. Sono le 4 e mezzo del mattino».

È buio; nessuno accende la luce in casa Sarti. E c'è silenzio fino a quando il questurino chiede, forse a se stesso: «Che si va a fare alle 3 di notte, in inverno, sui colli?». Ancora silenzio e poi: «Certo, così tutto tornerebbe: il vestito con le tasche cucite, la mancata difesa, la difficoltà di trasportare il corpo, nessuna macchia di sangue nell'appartamento e neppure sull'auto, in caso che la si rintracciasse. Ma ci vuole accondiscendenza, troppa!, da parte dello studente». Rosas lascia cadere il giornale sul pavimento perché è troppo buio per leggere e dice: «No, se faceva parte di un preciso esperimento condotto dal ragazzo». Sarti Antonio guarda il talpone e dice: «Non ti seguo più». «E ci credo. Voi questurini non andate mai oltre le apparenze. Cos'avete trovato in casa dal ragazzo?» Il questurino ci pensa un poco e poi dice: «Nulla d'interessante. Libri, appunti di studio. Una parte della tesi di laurea alla quale stava lavorando...». Sottovoce il talpone dice: «Thom René, Petitot... Hai letto questi nomi sugli appunti?». Sarti Antonio ha la memoria prodigiosa; la sola cosa buona che la natura gli abbia regalato.

Ma non gli serve perché incapace di collegare i ricordi tra di loro per ricavarne una sequenza logica. «Sì, sulla tesi e su alcuni libri.» «Giusto. Stava lavorando a una tesi sulla *teoria delle catastrofi*. Non la conosci. Non pretendo tanto. Ti faccio un esempio. Un cane, davanti a una situazione di pericolo, resta indeciso per un attimo e poi, se ha il sopravvento la paura, se la svigna; se ha il sopravvento la rabbia, attacca e sbrana. Nell'istante della decisione, è avvenuta una *catastrofe*. Cioè il cane è passato da uno stato a un altro. Accade anche negli uomini. Sono stati fatti esperimenti di massa. Nelle carceri, per esempio, e sarebbe bello, ma inutile, illustrarti i risultati. Ora ammetti che lo studente tentasse di sperimentare la teoria con una *persona* per riportarne poi i risultati sulla tesi. Ammetti che frequentasse una *persona* cercando di aumentarne la tensione per portarla al *punto di rottura*. Alla catastrofe, appunto. A queste condizioni e facendo parte di un esperimento, avrebbe seguito la *persona* ovunque. Certo, ci vuole una grande conoscenza del prossimo per condurlo dove si desidera e per scatenare una delle due forze. Un amico, ecco. Bisognerebbe cercare fra gli amici.» Raccoglie il giornale, lo sistema per benino, lo piega e si alza. «Ora devo andare. Naturalmente la mia è solo una teoria e non riuscirai mai a dimostrarla. Non tu.» È alla porta quando Sarti Antonio, sergente, che non si è alzato, gli grida: «Non io? E tu?». Rosas borbotta, ma non è certo che il questurino lo intenda: «Una mezza idea ce l'avrei, ma non mi va di cacciarmi nei guai». «Che dici?» Gli risponde la porta chiusa con violenza.

Il questurino, semisdraiato sulla poltrona, distrutto da una giornata infernale, è privo di volontà. Neppure la forza di accendere il televisore. Gli dico: «Ora che Rosas lo ha raccontato, anch'io una mezza idea di dove cercare l'assassino ce l'avrei, ma non me la sento di finire nei guai con la questura. Né con l'assassino». Neppure mi guarda mentre dice: «Balle! Il movente è troppo macchinoso. E sarei io a leggere gialli? Lui li legge». Si alza e stancamente si trascina al televisore; nell'oscurità inciampa in una sedia fuori posto, accende la scatola magica e torna a sedere borbottando: «Quella *persona* ha convinto lo studente a seguirlo in collina per un motivo molto più banale». Il baluginare dello schermo ancora chiaro illumina il salotto e impallidisce i lineamenti del questurino. Chiedo: «Quale motivo?». Ha gli occhi socchiusi dal sonno e dice: «Gelosia, gelosia. Che si fa in collina con dei teli da distendere sull'erba? Ammettiamo che lo studente avesse una ragazza. È normale, no? Questa *persona* si presenta allo studente e gli dice: vieni a vedere che fa la tua ragazza quando non è con te...». Il borbottio di Sarti Antonio, sergente, si perde nel tono impastato di sonno.

Gelosia o teoria delle catastrofi, il risultato non cambia. Restano dodici pugnalate alla schiena di un ragazzo ammazzato e il baluginare dello schermo televisivo. Immagini senza suono che non turberanno il sonno agitato di Sarti Antonio, sergente.

(da «Il Resto del Carlino», IIC, 191, 16 luglio 1983, p. 6)

Misteriosa scomparsa dell'imbianchino buono

La vicenda prende l'avvio dall'iniziativa di una bimba alla ricerca del padre: il tema dell'infanzia è sempre stato molto sentito da Loriano Macchiavelli che, pur non ricorrendo a efferati effetti lacrimogeni, le ha sempre dato un rilievo particolare, nei romanzi come nei racconti, grazie alla speciale sensibilità dimostrata dal suo sergente. Non è un caso d'altra parte che poi l'autore, agli inizi degli anni Novanta, abbia scritto dei gialli espressamente per un pubblico giovanile con protagonisti dei bambini intorno ai dieci-undici anni. A contrasto c'è anche nel racconto una polemica dura sulle condizioni degradate, dal punto di vista umano e urbanistico, di un quartiere bolognese, il Mirasole. Qui però, a differenza di altre occasioni, l'io narrante, portavoce dell'autore, rivela una singolare contraddizione: da un lato denuncia la dura condizione di un quartiere umido, fatiscente, malfamato, infiltrato dalla criminalità meridionale; dall'altro però condanna il radicale progetto di bonifica e ristrutturazione avviato dall'amministrazione cittadina che farà piazza pulita, in nome della modernità, della variopinta e non sempre rassicurante "fauna" che vi alberga. In questa utopistica ricerca di una impossibile conciliazione tra opzioni inconciliabili, sembra di sentire il Macchiavelli più autentico, un singolare "rivoluzionario che guarda al passato".

La ragazzina, ferma sulla soglia del portone della questura, non si decide a entrare. Sarti Antonio, sergente, la osserva per un po' e le chiede: «Hai bisogno?». La piccola annuisce; avrà 10 anni, ha capelli corti e castani, zoccoli ai piedi. Un abitino di cotone copre appena le sue gambette magre e ossute. «Sì,» dice «cerco mio padre.» «Chi è tuo padre?» «Renzo.» Di questo passo andranno avanti fino a domani. Sarti Antonio, sergente, chiede: «E tuo padre sta in questura?». «No, mio padre fa l'imbianchino, ma voi potete ritrovarlo.» Ecco un poco di luce: è sparito un padre di nome Renzo. Il sergente accompagna la ragazzina alla diurna.

«Come ti chiami?» «Angela Losavio.» «Tuo padre è Renzo Losavio.» La bambina si ferma, toglie la sua mano da quella del questurino, guarda in viso l'accompagnatore e dice: «Chi l'ha detto? Mio padre si chiama Renzo Sordin». Torna a farsi buio e Sarti Antonio rinuncia a capire.

Ecco, è l'incontro di Sarti Antonio, sergente, con uno dei suoi guai. Le cose sono andate così: da tre mesi la ragazzina non vede un tale che lei considera suo padre anche se non porta lo stesso cognome. La madre, Concetta Losavio, a domanda della ragazzina, risponde di non sapere dove l'uomo sia finito e Angela Losavio si è rivolta alla questura perché ritrovi Renzo Sordin di professione imbianchino. Scritta così può sembrare incasinata, ma aspettate che ci metta le mani Sarti Antonio, sergente, e vedrete che incasinata lo diventerà ancor più.

Raimondi Cesare, ispettore capo, quando può mettere nei guai il subalterno, ci prova gusto. Sogghigna e dice: «Bene, visto che, è vero come si dice, il caso te lo sei procurato personalmente, personalmente te ne occuperai. Tienimi informato sui progressi delle indagini». Il tono sarcastico farebbe incazzare chiunque; anche Sarti Antonio, sergente, se una fitta fra lo stomaco e il ventre non gli ricordasse che arrabbiarsi stuzzica la colite. Ragion per cui riprende Angela per mano e l'accompagna all'auto 28, Felice Cantoni, agente, al volante, parcheggiata in piazza Galileo, all'ombra del palazzo del Governo. Felice Cantoni, agente, sta leggendo «Stadio» e trasloca solo quando i passeggeri hanno preso posto in vettura. Guarda la ragazzina e chiede: «Andiamo all'asilo?». Angela lo brucia con un'occhiata e dice sottovoce: «All'asilo ci porti tuo nonno, terrone!». Felice Cantoni, agente, prende nota della nuova aggressività giovanile, avvia il motore e l'auto 28 si muove.

Sono le dieci di un bel mattino di primavera; l'aria è tiepida e la signora Concetta Losavio sta dormendo quando le entra in casa Sarti Antonio, sergente. Prima ancora di chiedergli che vuole, la signora fa segno di aspettare e va in cucina a preparare un caffè. È in sottabito, i capelli scarmigliati e gira scalza per casa. La prima tazzina, amara, la beve in piedi, davanti al fornello, la seconda la sorseggia, sempre in piedi, davanti al sergente. «Allora che vuole?» «Io sono...» «Lo so, si vede.» Per non averne una risposta sgradevole, il sergente rinuncia a chiedere cosa si vede. La piccola Angela è seduta su uno straccio di divano che ha almeno un secolo di vita e che è buono solo per far legna da ardere. «Dov'è Renzo Sordin?» Concetta scola il caffè e, sedendosi, dice: «Vorrei saperlo anch'io. Mi ha piantata con due mesi arretrati d'affitto e non lo vedo da una vita». Fa segno al questurino che sieda anche lui e chiede, indicando Angela: «È lei che ti ha chiamato?».

Sarti Antonio, sergente, gradirebbe una tazzina di caffè, ma non preparato da Concetta. Dice: «Perché non hai denunciato la scomparsa di Renzo?». La donna ha sonno ed è stanca. Posa il mento sulle mani posate sul tavolo e chiede ancora: «Perché avrei dovuto? Mica è parente mio». «Vivevi con lui.» «E che vuol dire? Ho vissuto con tanti uomini che se avessi denunciato la scomparsa di tutti, le questure d'Italia sarebbero impegnate solo per me.» Evviva la sincerità.

Al sodo: la signora Concetta Losavio racconta di come Renzo Sordin si fosse innamorato di lei – e qui ci ride sopra – e di come si fosse illuso di strapparla al marciapiede – e qui ci ride sopra – e avesse deciso di dare a lei e alla di lei figliola, Angela, una vita normale. Per arrivare a tutto ciò, Renzo Sordin, di professione imbianchino, affittò un appartamento alla Ponticella, vi si trasferì con Angela e Concetta presentandole ai vicini come figlia e moglie e si dedicò al lavoro. Le cose andarono bene per quasi un anno e poi, una bella sera, Renzo Sordin non rientrò. È qui che la signora riprende il tono divertito di chi sa come vanno le cose del mondo: «Sapevo che non sarebbe durato, ma perché togliere a Renzo le sue illusioni?». Si alza e si trascina in cucina per un'altra tazzina di caffè. Dice: «È semplice: si è stancato di noi e se n'è andato». La piccola, sempre seduta sul divano e attenta, grida: «Non è vero! Renzo non si è stancato di me. Se non torna è perché non può». Senza cattiveria, Concetta dice: «Te lo spiegherò quando sarai grande». Ma Angela si considera adulta e dice: «Lascia perdere, Concetta: so quanto basta». La chiama Concetta ed è sua madre. La signora non ribatte; annuisce e porta in tavola due tazzine piene. Una è per il questurino. Poi conclude: «Sono rimasta alla Ponticella fino a quando la padrona dell'appartamento mi ha tenuto e al terzo mese mi ha cacciata, anche se voleva bene a Renzo. Sono tornata in Mirasole e ho ripreso il lavoro. La casa era ancora vuota e aspettava me». Si guarda attorno e il bilancio è deludente. Le si legge in viso. Il caffè pure, ma Sarti Antonio si accontenta.

Prima di lasciarlo uscire, la ragazzina gli dice: «Se a Concetta non interessa, a me Renzo sta a cuore. È l'unico che...». Non conclude. Guarda Sarti Antonio e dice semplicemente: «Me lo devi trovare». Come se fosse una cosa da nulla. Gli occhi di Angela, fissi in quelli del questurino, dicono più delle parole. Sarti Antonio li ha ancora davanti, salendo sulla 28.

Borbotta: «Che posso farci io? Che posso farci?». Felice Cantoni, agente, chiede: «In che senso?». «Niente. Portami alla Ponticella.» Per un poco se ne sta buono nell'angolo di auto 28 e poi dice: «A volte sembra una bambina e a volte un'adulta. Ha certi occhi che...». «Di chi parli, Antonio?» «Non ti occupare. Rifletto a voce alta. Lo sai, no?» «Lo so, lo so, ma qui ci sono anch'io, Antonio. Te ne dimentichi spesso.»

La padrona dell'appartamento, che abitava Renzo Sordin e famiglia, ha un negozio di fiori nello stesso palazzo ed è una grassona che non ha molto da spartire con la grazia e la delicatezza dei fiori. Neppure guarda la foto che Sarti Antonio le mostra. Dice: «Renzo? Un gran bravo ragazzo. Per questo lo hanno ammazzato». Ed ecco, puntuale, il primo incasinamento. I fatti non si smentiscono. «Ammazzato? Che significa? Per ora è solo sparito.» La grassona si stringe nelle spalle, infila due garofani rossi nella corona che sta confezionando e dice: «È per un ragazzino finito sotto un autobus. Vanno sui motorini e corrono come matti per finire sotto gli autobus». Si allontana a controllare il lavoro finito. È soddisfatta e dice: «Ammazzato, sì. Renzo non se ne sarebbe mai andato di sua volontà. Non avrebbe abbandonato la famiglia. Era un bravo ragazzo. Lo conoscevo bene». «Io no. Perciò ne chiedo a lei.» «E fa bene perché io sono l'unica che lo conosceva fino in fondo.»

Le notizie che Sarti Antonio, sergente, raccoglie dalla fioraia, finiscono per complicare una storia che all'apparenza era piuttosto semplice. Renzo Sordin lavorava, guadagnava il giusto, manteneva la famiglia, voleva bene ad Angela, amava Concetta, pagava regolarmente l'affitto, andava al bar in fondo alla strada e non frequentava cattive compagnie tranne... «Tranne?» La fioraia si stringe nelle spalle e dice: «Tranne quel marocchino che ogni tanto lo aspettava, di notte, in fondo alle scale. E ogni volta Renzo ci litigava di brutto e lo cacciava a male parole. Non si può dire che Renzo lo frequentasse; era il marocchino che veniva a rompere le scatole a Renzo». Era. Non c'è verso: la fioraia lo dà per ammazzato. E il sergente non lo sopporta. «Non è ancora il caso. Aspettiamo, non le pare?» La grassona ha la sua idea e per lei il bravo ragazzo non è più. Va nel retro e torna con una giacca che posa sul banco. «Ecco: è la giacca di Renzo e l'ho trovata sul parapetto del ponte sul Savena. La tengo a disposizione della moglie che non so dove stia. Glielo dica.» Sarti Antonio, sergente, esamina l'indumento e fruga nelle tasche. È macchiato di vernice, classico per un imbianchino, e nella tasca c'è un biglietto. La grafia è incerta come quella di un ragazzo della prima elementare: "'Sta vita è no schifio e non mi troverete più. Renzo". «Non ha frugato nelle tasche, signora?» La fioraia spalanca gli occhi e dice: «Mica è la giacca di mio marito». Troppo onesta. E quindi sospetta perché da un po' di tempo, l'onestà non è di questo mondo.

Sull'auto 28, diretta in centrale, Sarti Antonio ragiona a voce alta, com'è nel suo costume: «Non mi troverete più... significa un sacco di cose. Ma la piccola è sicura che... Renzo può aver cambiato idea». Guarda la foto del ricercato e scuote il capo: «Non ha l'aria di uno che cambi idea facilmente». Il giorno e il turno di servizio terminano senza altre novità e la sera, anziché chiudersi in casa davanti a un televisore che, monotono, ripete le stesse cose da oltre dieci anni, Sarti Antonio, sergente, va a prendere aria sull'ottoecinquanta. Un'auto che ha fatto il suo tempo, ma che il questurino non può permettersi di cambiare.

Dai colli di un verde morbido, appena sbocciato, scende un alito profumato dalla notte. A Porta San Mamolo, seduto su una panchina dei viali, Sarti Antonio conclude la passeggiata con un gelato in mano e a due passi dal Mirasole. Sul viale ronzano ossessivi i primi motorini, puntuali come la colite. Da via Paglietta, in ombra per i pochi fanali, sale Concetta Losavio, prende posto sulla piazzetta e attende i clienti. Sarti Antonio le gira al largo e va nel Falcone.

Mirasole, Paglietta, Miramonte, Falcone... di giorno sonnolente, si animano di notte, svegliate troppo tardi per godere il sole. Gli ultimi artigiani, che trascinano un mestiere destinato a morire, chiudono bottega; ragazzini impregnati di umidità animano il portico e rotolano sui vecchi ciottoli; scultori, pittori, musicisti... escono dalle tane e siedono in strada a riordinare le idee. Un fiasco di vino fa il giro delle bocche. Tutto ciò, lo so bene, è destinato a sparire. Con la ristrutturazione. E resteranno vie immacolate, ma defunte. Non so se sia un bene o un male: chiedetelo agli urbanisti. O riparliamone fra una ventina d'anni.

Angela Losavio non gioca; guarda i ragazzini che si picchiano e resta in disparte, appoggiata al muro, sotto il porticato. Ha grandi occhi chiari. «Come va?» La ragazzina si stringe nelle spalle e non risponde a Sarti Antonio. «Conosci la calligrafia di Renzo?» Senza attendere la risposta, il questurino le mostra il biglietto. Angela va nella strada, sotto la luce di un fanale e le basta un'occhiata. Restituisce il foglio dicendo: «È la calligrafia di mio padre, ma il biglietto non l'ha scritto lui». «Come sarebbe?» «Mio padre non mi avrebbe lasciato di sua volontà.» Un tale si avvicina e chiede: «Che vuoi dalla ragazzina?». Il questurino non ha il tempo di rispondere perché Angela lo anticipa: «Lasciaci in pace. Non vedi che parliamo?». L'ultimo arrivato è piccoletto, tutto nervo e tutto nero e continua a fissare Sarti Antonio. Dice: «Lo vedo. Ti dà noia?». Angela non si lascia intimorire; spintona l'intruso e dice, convinta: «Non hai capito? Lasciaci in pace!». Il piccoletto tutto nervo e tutto nero annuisce e si allontana, non di molto, continuando a tenere d'occhio Sarti Antonio. Ma il dialogo con Angela è terminato e il sergente intasca il biglietto, saluta con un gesto e se ne va. La ragazzina gli grida: «Vedi di trovarlo!». Poi sottovoce: «Per piacere».

«Dove stai andando?» La domanda gli viene da un gruppo di persone sedute sotto il portico, nella penombra. Una voce nota e una sagoma nota e Sarti Antonio, sergente, si ferma. Rosas, seduto su una sedia, la spalliera appoggiata al muro, ha negli occhi l'ironia di una talpa miope. Un bicchiere e un fiasco di vino passano fra i presenti che sono uno scultore, un violinista, una prostituta e Rosas. Ora c'è anche un questurino. «Che fai qui?» chiede Sarti Antonio. «Che fai tu» risponde Rosas. E nessuno dei due spiega la propria presenza. «Amici miei» dice Rosas indicando al questurino i presenti. Un sorso di vino, una parola di tanto in tanto e molto silenzio. La notte di primavera scivola via così. Prima di alzarsi per tornare a casa sua, in Santa Caterina, Rosas dice allo scultore: «Matto, puoi tenerlo in casa tua fino a che non avrà trovato una stanza?». Indica con il capo Sarti Antonio. Il Matto annuisce e Rosas saluta e si allontana. Il questurino non ha capito la mossa e gli grida dietro: «Senti». Lo raggiunge e chiede: «Perché dovrei alloggiare dal Matto?». Rosas guarda con occhietti miopi il buio di un corridoio e risponde: «Se sei qui, un motivo ci sarà. Dunque, stabilendoti in casa di Matto, ti sarà più facile muoverti». Non ha torto e Sarti Antonio, sergente, annuisce. L'appartamento di Matto è a piano terreno: un'enorme stanza piena di tronchi d'albero lavorati allo scalpello e di rotelle di legno tirate a lucido. Ci abita anche il violinista e, ora, Sarti Antonio. Quattro reti agli angoli della stanza, un gabinetto, tanti violini accatastati contro una parete e sui mobili e molta confusione. Alcuni violini sono grezzi, altri finiti.

«Perché ti chiamano Matto?» Lo scultore è sul letto; si copre con un panno e dice: «Non è matto uno che, con la laurea in legge, viva come vivo io? Qui la pensano così e mi hanno chiamato Matto. Laurea in legge... Figurati!». Si gira su un fianco e si addormenta. Di colpo. Il violinista, seduto al tavolo, lavora in silenzio e con attenzione alla carcassa di uno strumento. Sarti Antonio cerca di dormire, ma sarà una lunga e brutta notte. Il letto è scomodo, la luce è accesa e l'umidità dell'aria...

Lo sveglia il delicato suono di corde appena sfiorate: il violinista non ha dormito se quello che fa vibrare è lo stesso strumento che, la sera precedente, era carcassa. Ne accarezza le corde con la preoccupazione di una madre per il bambino. Indossa guanti senza dita e la melodia è triste come un mattino nebbioso. Fuori, oltre i vetri sporchi, il mattino è di nebbia. Il Matto è al lavoro e lo scalpello segue le venature del legno.

Sarti Antonio ciondola per la stanza alla ricerca di un barattolo di caffè e di una macchinetta. Li trova e poco dopo il buon profumo della bevanda si mescola all'odore del legno e della vernicetta. «Un ottimo caffè» dice il Matto. E il violinista aggiunge: «Non ho mai bevuto un caffè tanto aromatico».

È un vecchietto magro, affilato, ridicolo e quasi finto. Non si è tolta la giacca, troppo grande per lui, né la sciarpa che gli ciondola ai lati del collo. Ha la voce che ricorda il suono del violino.

Il Matto torna allo scalpello e dice: «Se hai da mettere su casa, posso mandarti da certe persone che ti aiuteranno ad arredarla. Qui si trova di tutto: dall'elettrodomestico alla bicicletta, dalla macchina fotografica alla droga». Accarezza con il pollice lo spazio che lo scalpello ha scavato nel legno. Continua, senza guardare il questurino: «Non si vive male. Basta non occuparsi dei fatti degli altri. Ti troverai bene». Si allontana dal pezzo e lo studia con occhi socchiusi. È soddisfatto.

La strada è sonnolenta e la nebbia, infiltrandosi sotto i portici e nei cortili, ha inumidito i pavimenti e si è mangiata la primavera. Sarti Antonio entra all'osteria e chiede un caffè. Poi domanda: «Dove posso trovare un alloggio?». L'oste lo guarda e non risponde. «Sono un amico di Matto. Mi manda lui.» E l'oste si scioglie. «Che ti serve?» Sarti Antonio alza le spalle: «Quello che si trova: camera e cucina. Ci vorrei anche il gabinetto perché soffro di colite». «Vieni con me.» L'accompagna nel Falcone e gli mostra un vecchio stabile a due piani e disabitato; il portone d'accesso è chiuso da un muro costruito da poco. «Ti va?» «Mi va, ma come si entra?» «Non te ne preoccupare. Questa sera troverai camera e cucina arredate. E un gabinetto funzionante.» «Non ho soldi ora.» «Neppure di questo ti devi preoccupare. Pagherai quando potrai. Salutami il Matto.»

Come continuare le indagini e di dove, Sarti Antonio, sergente, non ha idea. Eppure è qui che la sparizione di Renzo Sordin ha avuto origine, ma non può chiedere in giro senza che gli abitanti si chiudano a riccio. Due persone, forse, sono disponibili, il Matto e Concetta Losavio. Rientra nella sua casa provvisoria per iniziare con il Matto, ma un tale sta tenendo sollevato da terra il violinista e lo tiene appoggiato al muro. Gli grida sul muso: «Devi farla finita con le scuse. O mi restituisci i soldi o mi dai il violino. Sono stanco di farmi prendere in giro!». Il Matto accarezza il legno con lo scalpello e non si occupa del coinquilino che le sta prendendo. Sarti Antonio, sergente, non se la sente di ignorare. È nuovo nell'ambiente e non abituato alle consuetudini. Strattona indietro il tipo arrabbiato e il violinista, non più sostenuto, scivola sul pavimento. Lo raggiunge Sarti Antonio colpito allo stomaco dall'uomo incazzato che ora se la prende con il sergente: «E tu chi sei? Che vuoi? Di che t'immischi?». Il Matto ci mette il suo tempo a far capire che Sarti Antonio è nuovo e non è ancora entrato negli usi e costumi locali. «Va bene, va bene,» dice l'arrabbiato «allora sappi che il violinista si è preso i soldi, ma non parla di consegnarmi il violino. Aspetto da sei mesi.» Il violinista annuisce e con esitazione porge l'ultimo nato al legittimo proprietario. Coccola e accarezza lo strumento con lo sguardo fino a quando non esce dalla sua vita.

Un caffè attenua il dolore della botta allo stomaco e poi Sarti Antonio, sergente, dice: «Da queste parti abita un mio amico; si chiama Renzo e fa l'imbianchino. Sai dove posso trovarlo?». «Renzo Sordin?» Sarti Antonio annuisce e il Matto gli racconta la favola dell'imbianchino buono che finisce male: a Renzo Sordin, dopo che se ne andò dalla zona con Angela e Concetta, le cose cominciarono ad andare storte. Minacce perché lasciasse tornare Concetta al suo lavoro, intimidazioni perché non si occupasse più della donna, aggressioni finite male perché Renzo non è un tenero e ha due spalle così... Ma niente. Fino a che il gioco divenne pesante e arrivarono i primi incidenti sul lavoro: ponteggi crollati, intere partite di tinta rovesciate nelle fogne, clienti che disdicevano l'ordinazione...

«Ho rivisto Concetta sui viali da tre mesi. Di Renzo non so nulla.» «E la polizia?» Il Matto guarda con sospetto il sergente e chiede: «Che c'entra la polizia in questa storia?». Sarti Antonio, sergente, una risposta l'avrebbe, ma non la riferisce.

Prima di mezzogiorno la nebbia se ne va e nel pomeriggio la primavera scende dai colli che raccolgono questa parte di città. A sera l'appartamento di Sarti Antonio è pronto. Demolito il muro che chiudeva l'ingresso, il vecchio fabbricato ha ripreso la sua funzione e una stanza con cucina e bagno, arredati con mobili di recupero, è riservata all'amico del Matto.

Chi abbia demolito il muro costruito dagli operai del Comune, chi abbia trasportato i mobili, chi abbia avvertito i senzatetto... Non si saprà mai. Ora ci vorranno altri sei mesi e l'intervento della polizia, per ricacciare gli abitanti nella strada.

Sarti Antonio chiede: «Quanto mi costa?». L'oste alza le spalle e dice: «Ne riparleremo quando sarà il momento».

Seduto sulla panchina dei viali di fronte a via Paglietta, Sarti Antonio, sergente, aspetta che Concetta Losavio riprenda servizio. Questa sera e qui, non ci sarà Angela a inquisire con il suo sguardo chiaro e innocente. Appena la donna esce dall'ombra, Sarti Antonio le fa un cenno e Concetta va a sedergli accanto. «Se non ti racconto come sono andate le cose, finisce che rovini la vita di Angela. Chissà che crede quella.» Dopo una pausa riprende: «Io ho sempre saputo che sarebbe finita così, anche prima che cominciasse. Renzo non poteva farcela, ma non me la sentivo di deluderlo». Guarda verso Paglietta. Non è la stessa donna del primo incontro: è elegante, profumata e triste. «Ci volevi proprio tu a mettere in discussione le cose. Angela non deve saperlo.» Sarti Antonio annuisce. «È molto semplice» continua la donna. «Renzo non ce l'ha fatta. Ha resistito fino a che ha potuto e poi se n'è andato. Prima le intimidazioni poi gli incidenti e quando sono arrivati a minacciare Angela e me... Lo sai, io sono un capitale che non si può perdere.» Ha sempre lo sguardo fisso sul Mirasole, stemperato nella penombra della notte. Il tono di Concetta è basso: «Almeno fino a che resterò abbastanza giovane. Sai quanto rendo?».

Guarda un attimo il sergente. Il tempo di ascoltare un «non mi interessa» e poi riporta lo sguardo verso i fabbricati: «Rendo molto, più di un operaio alla catena di montaggio. Tutte noi rendiamo molto». Un abbozzo di sorriso le distende per un attimo il volto. «Quando ci accapigliamo fra di noi, subito intervengono a dividerci. Non lo fanno se si azzuffano fra uomini. Siamo un capitale da proteggere. A un certo punto Renzo non ce l'ha fatta più. Non c'è nessuno, oggi, abbastanza eroe da fare l'eroe. Se n'è andato senza dirlo né a me né ad Angela. Ci tiene all'affetto di Angela.» Dall'ombra di Paglietta spunta il tipo piccoletto, tutto nervo e tutto nero. Si avvicina alla panchina, si ferma e fissa il questurino. Poi dice a Concetta: «Si fa festa? Non mi piace». Alza il tono: «Che vuole? È sempre fra i piedi». «Si faceva due chiacchiere» dice Concetta. Si alza e riprende il suo posto sui viali. Si volta e dice: «Non parlarne con Angela. Non ora». Sarti Antonio, sergente, annuisce, si alza anche lui e si allontana. Il tipo piccoletto aspetta che si allontani e ritorna nell'ombra di Paglietta.

Poco distante, sotto la luce di un lampione, Sarti Antonio rilegge il biglietto. Scuote il capo e borbotta: «Non è normale. Renzo viene dal Veneto e un veneto non scrive "'sta vita è no schifio". Non ci credo». Riprende verso casa e continua: «Ma io che ci posso fare?». Non lo so e non so consigliarlo. Sono problemi suoi. E della sua coscienza.

(da «Il Resto del Carlino», IIC, 205, 30 luglio 1983, p. 8)

Un'epatite occasionale

In tutti i grandi scrittori di gialli che hanno utilizzato un personaggio "seriale", attorniato, a debita distanza letteraria, da uno o più collaboratori, prima o poi è sempre affiorato il desiderio di offrire uno spazio autonomo a qualcuno dei comprimari, quasi a risarcirli della loro insopprimibile minorità narrativa. Qualcuno di voi si ricorderà forse di Rex Stout che, stanco del maramaldeggiare di Nero Wolfe sul povero ispettore Cramer, decise in Fili rossi *di affidare un'intera inchiesta all'avversario del panciuto investigatore newyorchese. Loriano Macchiavelli, grazie alla struttura teatrale del ciclo di Sarti Antonio, ha sempre dato in verità abbastanza spazio ai vari Cantoni, Raimondi, Biondina, per non parlare di Rosas: ma questa volta ha sentito il bisogno di dedicare un intero racconto al fido autista del sergente, quell'agente Felice Cantoni che vive in simbiosi meccanica con l'auto 28 e umana col suo diretto superiore, ch'egli scarrozza per Bologna e dintorni. Naturalmente non ci si deve aspettare un exploit investigativo: tutta la vicenda infatti conferma, se ce ne fosse bisogno, i pregi (non molti) e i limiti (assai numerosi) dell'uomo e del poliziotto. Ma, come si diceva un tempo, anche Cantoni potrà un giorno raccontare ai suoi nipoti di quella volta che...*

Per l'intera mattinata Felice Cantoni, agente, non aveva che pensato al suo bel programma pomeridiano: accompagnare l'auto 28 nella rimessa della questura, smontare dal servizio, andare a casa, rilassarsi in poltrona davanti al televisore con una camomilla bollente in mano e godersi Paolo Rossi in una delle sue reti-rapina. Italia-Iugoslavia, teletrasmessa in diretta da Zagabria. Ma le cose andarono in modo diverso e Raimondi Cesare, ispettore capo, aveva per lui un altro programma per cui si trovò, unico agente disponibile, seduto a presidiare un detenuto ammalato, Mileno Mantualdi, nel reparto isolamento dell'Ospedale Maggiore.

Sarti Antonio, sergente, prima di lasciarlo al suo dovere, gli si era raccomandato: «Guarda che il Mantualdi è un tipo pericoloso. Guarda che è capace di tutto».

«Sta' tranquillo, Antonio: è a letto, ha la febbre alta e il sospetto di epatite virale. Che può combinare?»

«Non lo so, ma qualcosa. Di certo. Ha cominciato a 14 anni con furti di automobili, ha seguitato con furti nei negozi e sparatorie contro gli agenti. Sta' in orecchio, Felice!» e aveva lasciato il collega seduto nel corridoio dell'Ospedale Maggiore, terzo piano, davanti alla stanza numero 16. Reparto isolamento. All'interno della stanza, Mileno Mantualdi aveva una febbre da cavallo e atroci dolori al ventre e, per il momento, i suoi problemi erano per la salute.

Chi fosse il tipo che stava piantonando, Felice Cantoni lo

sapeva benissimo. Se non altro per la corsa che gli aveva fatto dietro, lungo le strade del quartiere Pilastro, lui sulla 28 e il Mantualdi su una milletré chiara, fin sul ponte della ferrovia, in San Donato. E per i colpi di rivoltella che il disgraziato gli aveva esploso contro prima di gettare l'arma e arrendersi. Una pallottola aveva sfiorato la carrozzeria della 28 e Felice Cantoni ci teneva all'auto di servizio! Ora, seduto davanti alla stanza numero 16, rischiava di prendersi l'epatite virale.

«Dopo l'ulcera, mi manca l'epatite virale» e andò all'altro capo del corridoio, il più lontano possibile dal contagio.

Dalla stanzetta degli infermieri gli arrivò, chiara e sintetica, la voce di Nando Martellini e tentò di seguire, con l'immaginazione e a occhi chiusi, i passaggi che il telecronista andava illustrando. Alla prima rete, segnata dal Paolo nazionale, si alzò per vedere almeno il replay: un occhio al televisore e uno alla porta numero 16. Uno a zero per l'Italia: una passeggiata.

Il Mantualdi gli permise di seguire dieci minuti di partita e poi la lucina rossa sulla porta numero 16 si illuminò e il campanello suonò nella saletta infermieri.

Affacciandosi alla stanza infetta, Felice Cantoni tentò di non respirare: «Che vuoi?».

«Sto male: devo andare al bagno.»

«Fa' presto.» Mileno Mantualdi, in pigiama, scese dal letto e barcollò verso l'armadietto. «Che fai?»

«Prendo le scarpe: non vorrai che vada in bagno a piedi nudi.»

«Indossa le ciabatte.»

«Non mi stanno: sono di mia sorella.» Felice Cantoni diede un'occhiata distratta alle pantofole, a lato del letto, e annuì. Poi uscì nel corridoio per lasciare strada all'infermo.

«Fa' presto.» Lo seguì a distanza fino alla porta del bagno e, prima di lasciarlo entrare, andò a controllare perché, con certi tipi, non si sa mai. Un minimo di precauzione. Un'occhiata alla finestra: terzo piano è impossibile saltare senza rompersi l'osso del collo. Neppure Tarzan... Tolse la chiave dalla porta del bagno, si fece da parte e disse: «Entra e fa' presto». Lo sentì lamentarsi per cinque minuti buoni e la cosa andava per le lunghe. Inserì la chiave nella toppa, diede due giri, provò: chiuso. «Quando hai finito chiama» e tornò al televisore e a Nando Martellini. La Iugoslavia aveva pareggiato, accidenti!

Felice tenne d'occhio, contemporaneamente, il televisore e la porta del bagno. Sul due a uno per la Iugoslavia, cominciò a chiedersi se Mileno fosse ancora vivo e andò a controllare: «Ne hai per molto?» Silenzio. Bussò. «Dico a te: ne hai per molto?» Ancora silenzio. Aprì con la chiave e Mileno Mantualdi non c'era più. Volato via! Doveva essere volato perché soltanto volando si poteva uscire da quel gabinetto al terzo piano. A meno di non finire spiaccicato sul marciapiede sottostante. E invece no.

L'agente guardò in alto e trovò solo il volo di un branco di rondini e nessuna che assomigliasse a Mileno Mantualdi.

«Non può essere sparito, accidenti!» Uscì, richiudendo la porta a chiave e portandosi via la medesima. Scese con l'ascensore e corse sotto la finestra dalla quale era certamente uscito il suo detenuto. Cercò attorno, frugò fra la siepe, vagò nei campi vicini, oltre il muro di recinzione...

«E ora?» Risalì e tornò al televisore, come se nulla fosse accaduto. Attese alcuni minuti e poi chiese al medico di servizio di accompagnarlo a verificare le condizioni di Mileno che si tratteneva in bagno troppo a lungo. Della partita non vide molto.

Quando arrivarono Raimondi Cesare, ispettore capo, e Sarti Antonio, sergente, Felice Cantoni teneva ancora in mano la chiave del bagno e andava mostrandola in giro come giustificazione.

Ci misero due minuti a capire come Mileno Mantualdi avesse lasciato l'Ospedale Maggiore: a circa due metri dalla finestra del bagno, il palo dell'illuminazione stradale, un bel palo alto e ricurvo, piantato al limite del marciapiede, arrivava fino al terzo piano. Con un salto piuttosto rischioso dal davanzale, Mileno Mantualdi l'aveva raggiunto, vi si era appeso ed era rapidamente sceso, toccando terra incolume. Magari con le mani ustionate, ma la libertà vale bene una scottatura alle palme.

«Ma se aveva 40 di febbre e l'epatite virale!»

Raimondi Cesare, ispettore capo, guardò con riprovazione il frastornato subalterno: «Storie: una finta epatite. È un vecchio trucco: si iniettano, è vero come si dice, una sostanza chimica che procura gli stessi sintomi dell'epatite e dopo dodici ore stanno meglio di prima. Non lo sapevi?». Felice Cantoni negò con un gesto doloroso del capo. «Perché credi che ti avessi mandato a piantonarlo? Per allegria?»

«Ma era in pigiama e scarpe: non può essere andato lontano.»

«Scarpe? Aveva indossato le scarpe? E tu glielo hai permesso?»

«E che dovevo fare, dottore? Le pantofole gli andavano strette. Gliele aveva prestate la sorella e io gli ho permesso di indossare...»

Sarti Antonio, sergente, raccolse, da sotto il letto, le pantofole del Mantualdi e le mostrò a Felice Cantoni: «Pantofole numero quarantatré, Felice». Le lasciò cadere scuotendo il capo. «Da quanto tempo se n'è andato?»

«Non so: ho atteso venti minuti circa, prima di andare a controllare assieme al medico di guardia.»

«E perché non hai atteso domani mattina?»

«Ma stava male, si lamentava e pensavo...»

«Lascia perdere, Felice.»

Raimondi Cesare, ispettore capo, bestemmiò e se ne andò maledicendo il subalterno. Una figura così, come l'avrebbe giustificata? E i giornalisti? Ci avrebbero riso sopra una settimana.

Sarti Antonio accompagnò a casa l'amico Felice Cantoni. In silenzio: non c'era molto da dire.

Per la cronaca, la passeggiata con la Iugoslavia finì quattro a uno. Per la Iugoslavia. E Felice Cantoni, agente, lo apprese solo il giorno dopo, leggendo il giornale.

(da «Il Resto del Carlino», IC, 208, 29 luglio 1984, p. 3)

La mamma e le manette

Abbiamo già accennato alla sensibilità di Sarti Antonio per l'universo dell'infanzia e della adolescenza: forse perché legge nei visi dei suoi piccoli interlocutori una disperazione o un disincanto nuovi, figli di un'educazione assai diversa da quella placida e incosciente che i suoi genitori, montanari e proletari, gli hanno impartito in anni ormai lontani. Non bisogna dimenticare neppure che la solitudine del sergente, privo, suo malgrado, di affetti stabili nella sua vita di questurino colitico e represso, lo spinge a solidarizzare con chi, in un mondo sempre più atomizzato, ha bisogno, come lui, di una carezza, di un gesto, di calore umano insomma. Non stupirà quindi vedere il nostro Sarti venir meno ai niente affatto granitici doveri del suo mestiere di fronte all'angoscia di un adolescente: il finale, davvero inaspettato, farà amare ancor di più la quieta disperazione esistenziale di un questurino dal cuore troppo tenero.

L'auto 28 si fermò davanti al portone della questura e Sarti Antonio, sergente, avrebbe dovuto entrare negli uffici per chiudere il turno di servizio. Una giornata tranquilla, senza problemi e tiepida di primavera. Con un cenno il piantone gli indicò l'ufficio di Raimondi Cesare, ispettore capo, e Sarti Antonio comprese che le grane che non aveva avuto durante il giorno, le avrebbe avute ora, al momento di chiudere; la giornata lavorativa sarebbe stata più lunga di quanto previsto dal contratto nazionale di lavoro. Ma non protestò. Aveva imparato a non protestare dal giorno nel quale si era accorto dell'inutilità delle proteste che, al più, gli procuravano dolori colitici di natura nervosa.

Raimondi Cesare, ispettore capo, era occupato sulle carte burocratiche del suo ufficio e non alzò gli occhi all'ingresso del subalterno; raccolse dal tavolo un fascicolo e lo porse a Sarti Antonio, sergente. Disse: «Lo hanno fermato durante un controllo in Piazza Maggiore e al terminale è risultato che deve scontare ancora due mesi e venti giorni. Fatti consegnare i documenti che mancano e accompagnalo al Pratello, al carcere minorile, al Pratello».

Sarti Antonio, sergente, sapeva dell'inutilità del tentativo, ma ci provò: «Il mio turno sarebbe terminato e...». «Anche il mio: da tre ore. Eppure sono qui e ci resterò ancora per un paio d'ore.» Non c'era altro da aggiungere e Sarti Antonio prese il fascicolo che ancora il superiore gli tendeva. Poi uscì dall'ufficio del capo borbottando fra i denti il suo malumore. All'ufficio controlli chiese: «Sono pronti i documenti di...». Non sapeva chi fosse il trasferito e ne lesse il nome sulla copertina del fascicolo: «... Claudio Peschetti?».

L'incaricato stava battendo a macchina e fece segno di attendere ancora un attimo. Seduto in un angolo dell'ufficio, Sarti Antonio, sergente, vide il giovane. All'aspetto pareva non avesse più di sedici anni, teneva il capo chino sul petto e non si curava di ciò che gli accadeva attorno. Rispondeva a monosillabi alle domande che l'incaricato gli rivolgeva.

In attesa dei documenti, Sarti Antonio, sergente, sfogliò la cartella che il capo gli aveva consegnato: Claudio Peschetti aveva proprio sedici anni, compiuti da due mesi, e non si era presentato al carcere per minori, in occasione di un permesso speciale che gli era stato concesso per una visita ai familiari.

L'incaricato sfilò il documento dalla macchina, lo siglò, lo timbrò e lo consegnò a Sarti Antonio, sergente. Che si avvicinò al giovane e gli pose una mano sulla spalla. «Vieni» gli disse e il ragazzo, per la prima volta, alzò gli occhi e mostrò un viso triste da adolescente, rigato da lacrime silenziose.

Sarti Antonio, sergente, lo aiutò ad alzarsi e provò a consolarlo: «Che sarà mai? Due mesi e venti giorni: passano in un lampo. La galera ingrassa, alla tua età». Ma il questurino non aveva la tempra del consolatore e infatti il giovane abbassò gli occhi a terra e si tenne la sua tristezza e il suo pianto.

Il trasferimento di arrestati non piaceva a Sarti Antonio, sergente, per una lunga serie di motivi e, primo tra tutti, il fatto che per regolamento si devono ammanettare i trasferendi. Le manette sono una brutta cosa: il simbolo tangibile della perdita della libertà. Una delle umiliazioni più scottanti.

Sarti Antonio si fece consegnare un paio di manette, firmò la relativa ricevuta e le mostrò al ragazzo perché gli tendesse i polsi. Le mostrò a malincuore, ma il regolamento... Il ragazzo continuò a tenere le mani nelle tasche dei calzoni e Sarti Antonio, sergente, ci riprovò.

Con più decisione: «Su, non fare storie: un paio di manette non sono la fine del mondo e io devo farlo. Il regolamento...». «È che... è che... qui fuori c'è mia madre. Le prenderà un colpo se mi vedrà uscire con le manette ai polsi come... come un delinquente. E io non sono un delinquente. Non mi sento delinquente.»

Sarti Antonio, sergente, guardò il giovane in viso e buttò le manette sul tavolo, dove le aveva appena ritirate. Uscì, ma, prima di arrivare al portone, si fermò lungo il corridoio e di nuovo guardò il giovane in viso: veramente non aveva l'aria del delinquente.

«Si può sapere che hai combinato?»

«Ho guidato senza avere la patente.»

«Non mi raccontar balle! Da quando danno due mesi e venti giorni per guida senza patente?»

«È che... è che la macchina era rubata, ma io non lo sapevo.» Poteva anche essere e Sarti Antonio, sergente, non aveva elementi per giudicare oltre. Si accontentò della spiegazione e disse: «Io non ti ho messo le manette, ma tu non fare lo stronzo. D'accordo?». Il giovane annuì tenendo sempre il capo basso sul petto.

Fuori, davanti al portone della questura, c'era davvero la madre del ragazzo: una signora anziana, capelli bianchi, vestita con dignità e pulita. Perbene, insomma. La moglie di un pensionato dello Stato o lei stessa insegnante a riposo. Aveva gli occhi rossi, ma si faceva forza per non ricominciare a piangere. Si avvicinò a Sarti Antonio, sergente, e guardandolo in viso, disse: «Posso abbracciarlo, signore? È mio figlio».

Nessuno aveva mai, per il passato, chiamato "signore" Sarti Antonio mentre usciva dalla questura. Sarti Antonio, sergente, annuì e guardò altrove. «Verrò a trovarti ogni giorno. Riguardati» e lasciò partire il figliolo.

Felice Cantoni, agente, aveva già aperto la portiera dell'auto 28 e attendeva, in piedi, che i due passeggeri salissero.

Dalla questura all'istituto del Pratello saranno sì e no due chilometri e lungo quei due chilometri nessuno, sull'auto 28, aprì bocca.

A quell'ora tarda di sera, il traffico era scarso e le poche auto in transito procedevano abbastanza veloci. Il semaforo in angolo fra via Ugo Bassi e piazza Malpighi segnava rosso e l'auto 28 si fermò a fianco di un mezzo dell'Atc in svolta verso via Marconi. Al verde, Felice Cantoni, agente, avviò con calma l'auto 28 e il ragazzo, di colpo e prima che Sarti Antonio potesse impedirlo, aprì violentemente la portiera e saltò a terra, svelto come un gatto al quale si apra uno spiraglio. La portiera andò a sbattere contro la fiancata dell'autobus e ci fu l'inchiodata generale: della 28, dell'autobus e delle poche automobili che seguivano i due automezzi.

Sarti Antonio, sergente, fu costretto a puntellarsi per non sbattere la fronte e passarono alcuni secondi prima che scendesse a sua volta e si mettesse all'inseguimento del giovane. Pochi secondi, ma sufficienti perché il ragazzo raggiungesse l'angolo del Pratello e sparisse nella penombra della sera.

Sarti Antonio, sergente, fece di tutto per raggiungerlo: tre volte il giro di via del Pratello, piazza San Francesco e piazza Malpighi, di corsa; guardò in tutte le viuzze buie che incrociavano i portici del Pratello... Niente!

D'altra parte, lo sapeva benissimo, era piuttosto difficile rincorrere qualcuno che non si sapeva quale strada avesse imboccato. Solo nei telefilm made in Usa, ci si riesce.

Rinunciò e con il fiatone e le gambe che gli tremavano, tornò all'auto 28 per comunicare, via radio, con la centrale. La colite già cominciava a tormentarlo. Trovò Felice Cantoni, agente, che accarezzava l'ammaccatura sullo sportello dell'auto 28 e bestemmiava fra i denti, mentre l'autista dell'Atc segnava coscienziosamente i dati su un modulo fornito dall'azienda nei casi di incidenti lievi. Roba da matti!

(da «Il Resto del Carlino», IC, 215, 5 agosto 1984, p. 3)

Dimenticare Riccione?
Mai, portiamoci anche la cara estinta

Ancora uno spunto grottesco, ricco di maliziosi ammiccamenti, quasi un virtuosismo da comica finale, per una storia che pian piano assume un ritmo drammatico e greve. Manca Rosas, ma il suo ruolo da "grillo parlante", in questo caso un grillo parlante stramaleducato e violento, è preso dal vice ispettore aggiunto Poli Ugo. Questo personaggio era già stato tratteggiato nel poliziotto detto Il Maleducato, in La strage dei Centauri *del 1981, per assumere poi nello stesso anno le vesti di Poli Ugo, titolare del romanzo* L'archivista. *La "sindrome di Conan Doyle", che spesso caratterizza i complessi rapporti tra l'autore e il proprio personaggio, era stata scatenata in Macchiavelli dal voltafaccia di alcuni critici, dapprima suoi sostenitori, che si erano dichiarati stanchi di un personaggio e di un ambiente, sentiti come elementi di un «provinciale teatrino di marionette». Come potevano competere con gli psicopatici di San Francisco o i giustizieri di New York? Di qui l'amarezza e la rabbia dello scrittore, che da un lato partorì un figlio "maledetto", Poli Ugo appunto, e dall'altro tentò di uccidere il suo primogenito, Sarti Antonio.*

Trovarsi sull'autostrada del Sole in pieno agosto e alle due del pomeriggio: nulla di peggio. Il sole a picco, la colonna di auto ferme ad aspettare i comodi di non si sa chi, l'odore di benzina bruciata, i ponti in eterna riparazione, le corsie a senso unico per i lavori in corso, il binario che gli autotreni hanno scavato sull'asfalto molle, i tamponamenti, il suono della sirena, il carro attrezzi, le bestemmie... E c'è dell'altro e può aggiungerlo chi conosce il problema.

Antonio Fustella si era portato a traino anche la barca ed era partito da Napoli per una vacanza a Riccione. Fa ridere!

Da Roma in su, nessuno, sull'auto, aveva più dato peso alle bestemmie di Antonio Fustella, ma subito oltre Firenze sud, lo stesso Antonio Fustella aveva stabilito che, in futuro, non avrebbe mai più imboccato un casello autostradale. Poi aveva smesso di parlare e di bestemmiare per cui, nel tratto Firenze-Bologna, sull'auto si sentirono solamente i pianti della piccola che aveva pipì ogni otto chilometri, i lamenti del grande che aveva sete e le meraviglie della moglie davanti alle gallerie, ai boschi e ai ponti dell'appennino tosco-emiliano. Di tanto in tanto, il sospiro lungo e lamentoso della vecchia nonna, sistemata sul sedile posteriore, fra la piccola e il ragazzo, rompeva la monotonia delle altre espressioni. «Credo che morirò di caldo» azzardò Antonio Fustella, subito oltrepassato Barberino del Mugello. «Apri il finestrino» consigliò la moglie. «È aperto.»

A Pian del Voglio la nonna disse: «Perché non chiudete il finestrino? Volete farmi morire? Ho freddo!». Nessuno l'ascoltò e, poco dopo, la piccola cominciò a piangere perché la nonna le stava addosso. Ma fu il grande che si accorse che la nonna era andata. «La nonna è fredda e non regge più la testa. Forse è morta.» Antonio Fustella chiuse il finestrino e disse: «Piantala di dire scemenze».

Ma la nonna era proprio andata. Forse per il caldo, forse per la fatica del viaggio, forse per l'aria che entrava dal finestrino, forse per il fatto che aveva più di ottant'anni e un viaggio da Napoli a Riccione, in auto e in pieno agosto, non poteva proprio sopportarlo. Cercare ora le cause del decesso, non avrebbe senso. Fatto sta che Antonio Fustella si accorse di aver perduto la suocera quando fermò l'automobile nell'area di servizio, sull'automare oltre Bologna, perché la piccola non ce la faceva proprio più a tenerla e l'avrebbe certamente fatta sul sedile dell'Opel nuova.

Antonio Fustella aprì la portiera, fece scendere la piccola e la nonna rovinò giù, a penzolare fuori dell'automobile. Risistemò la piccola sul sedile posteriore, rimontò al volante e ripartì verso Imola; la piccola bagnò il sedile, ma non ci fecero caso.

Al casello di Imola pagò il pedaggio e chiese: «Dov'è un'agenzia di pompe funebri?».

Il casellante non si meravigliò: stava dentro la sua gabbia da anni, ormai, e ne aveva sentite di tutti i colori. Fornì l'indirizzo della Cofi, Cooperativa Onoranze Funebri Imola, consegnò il resto in francobolli e tornò a seguire il volo di una mosca chiusa fra i due vetri della guardiola.

Antonio Fustella trovò l'agenzia immediatamente perché Imola non è una metropoli; fermò l'auto davanti agli uffici e scese. «Nessuno si muova» ordinò. C'era il pericolo che la nonna scivolasse fuori dall'auto se le venivano a mancare i sostegni dei due ragazzi.

Gli uffici della Cofi erano seri e severi quanto serve per un'aria di funerale e l'impiegato era distinto e ben vestito come si conviene al personale di un'agenzia di pompe funebri. In pieno agosto, portava la cravatta regolarmente annodata.

«Il signore desidera?» Aveva la voce perfettamente intonate all'ambiente e non aveva detto "buongiorno" perché, in passato, un paio di volte gli era capitato di incontrare gente che non considerava un buon giorno quello nel quale ordinava un funerale.

Senza perdersi in chiacchiere, Antonio Fustella chiese: «Quanto si spende per spedire una salma da qui a Napoli?». «Dipende.» «Da cosa?» «Dalla salma. Se la salma è di grandi proporzioni...» «Una salma normale.» «Dipende inoltre dal tipo di feretro che i congiunti dell'estinto desiderano per il loro caro...» «Un feretro normale.»

L'impiegato ci fece su due conti, consultando un paio di cataloghi, e poi guardò negli occhi Antonio Fustella dicendo: «È necessaria una cassa con un particolare rivestimento di zinco e poi ci vorrà un carro per grandi distanze...». «Quanto?» «Tre milioni e ottocentomila. Più Iva.»

Antonio Fustella ricominciò a sudare, ma ebbe la forza di replicare: «È tanto». Il viaggio e il caldo gli avevano tolto le forze. Disse ancora: «Ci penserò».

Tre milioni e ottocentomila, più Iva, rappresentavano quanto gli era rimasto dopo l'acquisto della barca che si portava a traino e la somma gli doveva servire per una vacanza di venticinque giorni a Riccione, più le spese per il viaggio.

«Ci penserò» ripeté uscendo. Ma quando risalì in auto, ci aveva già pensato e senza ascoltare il pianto della piccola che voleva di nuovo fare pipì, riprese l'autostrada verso Bologna e si fermò al primo parcheggio, il più lontano possibile dal traffico. Una siepe di ligustro, alta quanto un uomo, lo isolava dalle altre auto parcheggiate.

«Che facciamo, Antonio?» azzardò la moglie. «La sola cosa che possiamo fare: si torna a casa. Riportiamo la nonna a Napoli, la seppelliamo come dio comanda e ci facciamo le vacanze vicino a Napoli. Dimenticare Riccione!» «Ma Antonio, abbiamo raccontato a tutti che saremmo venuti a Riccione. Che figura ci facciamo?» «Non c'è scelta. Se spediamo a casa la nonna, non ci restano i soldi per le vacanze.»

La piccola ricominciò a piangere, sempre per la pipì. «Non puoi scendere» gridò Antonio Fustella. «Ma perché?»

«Perché se scendi, la nonna cade. Vuoi che la nonna cada?»
Nessuno capì se lo volesse o no perché la piccola rispose fra
le lacrime.

La signora Fustella guardò i ragazzini e la nonna fra loro e
disse: «Non possiamo lasciare la nonna sul sedile posteriore
fino a Napoli». La nonna pareva dormire. «Mettiamola nella
barca. Coperta da un telo, nessuno se ne accorgerà.»

Prima di rifissare il telo sulla barca, la signora Fustella pose un cuscino sotto la nuca della nonna perché non battesse
direttamente sul duro della plastica. «Così starà più comoda,
poveretta.»

Verso le cinque del pomeriggio, fecero una sosta al Mottagrill di Cantagallo. «Uno spuntino e poi via, senza più fermar-
ci fino a casa, a costo di guidare per altre dodici ore filate.»

La piccola si divertì con i giochi che il signor Motta aveva
preparato per lei nel giardino e si accontentò di due paste e
un'aranciata. Non aveva più bisogno di fare pipì. Il grande
mangiò come un affamato; la signora si limitò e Antonio Fustella mandò giù tre caffè per guidare senza rischiare il sonno. Poi uscirono per riprendere la corsa verso Napoli e non
trovarono più l'automobile. Né la barca a traino né la nonna
sotto il telo della barca.

Sarti Antonio, sergente, della questura di Bologna si fece
ripetere due volte l'incredibile racconto e alla fine lasciò un
Antonio Fustella disperato che gli gridava dietro, lungo il
corridoio del carcere di San Giovanni in Monte: «Non ho
fatto nulla! Sono innocente. Mettetemi fuori! Non l'ho uccisa io la nonna. Non sono un delinquente: vi giuro che è la
pura verità».

Seduto sull'auto 28, Felice Cantoni, agente, al volante,
Sarti Antonio ripeteva a voce bassa: «Incredibile. E dove la
trovo ora una barca con dentro una nonna morta? dove la
trovo?».

La signora Fustella, per spendere meno, aveva preso una
stanza a tre letti in un alberghetto della periferia di Bologna.
I due figli saltavano sul letto, avendo dimenticato del tutto la
nonna morta e il babbo in carcere. La signora ripeteva a Sarti Antonio, disperata: «Non ha fatto nulla. Dovete rimetterlo

116

fuori. Antonio non è un delinquente». «Stia calma, signora: troveremo la barca con sopra la nonna e allora suo marito uscirà. Per ora c'è l'imputazione di occultamento di cadavere. Mi dica come sono andate le cose.»

La signora ripeté la storia e quando i due questurini uscirono dalla stanza dell'alberghetto, Felice Cantoni, agente, sorrideva. Mise in moto l'auto 28, pensò per un paio di chilometri, sempre in silenzio, poi scoppiò a ridere: «T'immagini, Antonio, la faccia del ladro quando ha trovato la nonna morta sotto il telo della barca? E con un cuscino sotto la nuca».

Sarti Antonio, sergente, guardò il collega e scosse il capo; non riusciva a trovarci da ridere. Disse: «Sei una bestia». «Sono una bestia. Dove dirigo?» «Al deposito demolizioni di Baffo.»

Felice Cantoni, agente, imboccò i viali verso Porta Lame e continuò a sorridere fino al deposito di Baffo, all'Oca.

Baffo ha sempre sostenuto di essere un meccanico, più che uno sfasciacarrozze, ma nessuno ci ha mai creduto. Dice in giro di aver partecipato a una delle ultime Mille Miglia. Ora commercia in automobili usate e in pezzi di motore. Automobili rubate, dicono in questura, ma non gli si vuol trovare niente di tanto grosso che ne giustifichi l'arresto. Con i guai che ha la polizia uno sfasciacarrozze può continuare il suo commercio in pace. Basta solo che, ogni tanto, si ricordi di fornire un paio di notizie utili. Senza compromettersi troppo, ché con certa gente non si sa come possa finire. «Una Opel Rekord targata Napoli?» Baffo alzò le spalle e scosse il capo. «Mai veduta. Perché la cerca da me, sergente?» «Baffo, vogliamo giocare? Ne sai più tu sulle auto rubate, che l'ufficio della questura.»

Baffo mandò in frantumi il cofano di una Diane con un colpo di mazza e disse: «Voi, in questura, chissà che vi siete messi in testa». Un'altra mazzata sulla portiera destra. «Comunque, se mi capiterà di aver notizie di una Opel Rekord targata Napoli...»

Sarti Antonio, sergente, lo lasciò al suo lavoro di demolizione manuale e già stava al cancello quando Baffo lo chiamò. Tornò nel recinto e attese che il meccanico termi-

nasse di sfasciare la Diane e posasse la mazza. «Penso...»
Baffo si mise un dito sulla fronte e chiuse gli occhi. «Penso
che se uno vuole rubare un'automobile, non prende anche la
barca che ci sta a traino. È scomodo, non le pare, sergente?»
«Mi pare, ma non capisco dove vuoi arrivare.»

Baffo appoggiò l'enorme schiena a quello che restava della
Diane e guardò il sergente in viso: «Facciamo conto che a
qualcuno serva una Opel Rekord e non abbia i soldi per com-
prarla. Che fa?». Attese una risposta che non arrivò. «Ne ruba una, ma la cerca senza complicazioni. Voglio dire che non
va a rubare una macchina con barca a traino. Giusto?» «Lo
avevi già detto. E allora?» «L'ho già detto. Facciamo conto
che a qualcuno interessi invece una barca. Che fa?» Altra
pausa senza risposta. «Va e ruba una barca, ma se non può
trasportarla ruba una barca che si possa trasportare. Mi sono spiegato?» «Ti sei spiegato, ma ne so quanto prima.»

Baffo sospirò e chiarì il concetto: «Lei sta cercando una
Opel targata Napoli e invece dovrebbe cercare una barca. Mi
sono spiegato?». Sarti Antonio, sergente, negò con il capo e
disse: «Sì, ma non vedo la differenza».

Baffo picchiò le nocche sulla lamiera sconnessa della Diane
e disse: «Una Opel Rekord si trova ovunque in città. Non è
necessario andare fino al Mottagrill per rubarla. Se uno si
prende la briga di andare fino all'autostrada, è proprio perché gli serve una barca». Guardò il sergente nella speranza
di vedere nei suoi occhi un cenno d'intesa. E invece niente!
Continuò: «Ho sentito dire che c'è richiesta, nel mercato del-
l'usato, di barche con motore. Di tutte le dimensioni, ma io
mi occupo solo di auto da demolire. Bisognerebbe chiedere a
chi commercia in barche usate». «Bologna non è una città di
mare, Baffo.»

Baffo annuì e riprese a menar colpi di mazza sulla Diane
che, poveretta, non c'entrava per nulla. Sarti Antonio, sergente, lo guardò un istante e poi gli fece un cenno di saluto.
«Se hai notizie di una Opel targata Napoli, telefonami.»
«Non mancherò, sergente. Non mancherò. In ogni caso, io
cercherei una barca. Buon lavoro.» «Anche a te.» Ma non c'e-
ra bisogno di quell'augurio: Baffo già lavorava di buona lena

a rendere irriconoscibile una Diane rubata e dalla quale era stato asportato ogni pezzo utilizzabile, per piccolo che fosse.

Il ragionamento di Baffo teneva e come! Sarti Antonio, sergente, era certo che il meccanico ne sapeva più di quanto andava dicendo, ma sarebbe stata fatica sprecata e tempo sciupato continuare a insistere, perché ognuno ha la propria dignità professionale da proteggere. «Tu che ne dici?»

Felice Cantoni, agente, non portò un gran contributo alle indagini. Si limitò a dire: «Baffo ha ragione: se il mercato delle barche usate tira, tu devi cercare la barca». «Io devo. E tu?» «Mi pagano per portare l'auto 28.» «Dov'è scritto che devi solo portare l'auto?»

Felice Cantoni, agente, non rispose; si strinse nelle spalle e accompagnò l'auto 28 fino alla questura centrale perché il suo turno di lavoro era terminato. E anche il turno di Sarti Antonio, sergente, che, prima di andare a casa, passò dall'ufficio di Poli Ugo, vice ispettore aggiunto e archivista.

Incontrava sempre malvolentieri quella specie di superiore indisponente e, quando ne era costretto, cercava di ridurre al minimo il colloquio.

Neppure si dissero buongiorno e lo Zoppo non alzò gli occhi dalle pratiche che stava archiviando. Disse, semplicemente: «Che vuoi?». «Informazioni.» «Ma no?» Un sarcasmo che lasciava il tempo come stava. «E io che pensavo fossi passato a salutarmi.» «Che ne sai dei furti di barche?» Lo Zoppo alzò gli occhi dalle carte e guardò Sarti Antonio, sergente: «Vuoi farmi credere che ti sei messo a lavorare scientificamente?». «La fai lunga! Cosa ne sai?» Lo Zoppo prese il bastone che gli serviva di sussidio alla gamba destra massacrata e lo puntò sui mobili dell'ufficio, in un ampio semicerchio. «Da' un'occhiata in giro: c'è un catalogo e un archivio.» «Lo so, ma potresti aiutarmi tu. Farei molto prima.» «Potrei sì, ma ho il mio lavoro. Io devo archiviare. Mi pagano per questo.» Tornò alle sue pratiche e, dopo un attimo, sollevò di nuovo il capo per aggiungere: «Se vuoi, c'è un'altra stanza, di là, piena di pratiche».

Sarti Antonio, sergente, non era mai riuscito a orientarsi nel casino di pratiche e di carte dell'archivio; non era tagliato e non sarebbe arrivato a molto se avesse iniziato ora. Voltò le spalle e si avviò alla porta. «Va bene: farò la formale richiesta a Raimondi Cesare.» «Ecco, bravo. Fra un paio di mesi avrai le notizie che ti servono subito.»

Dal corridoio, il sergente udì lo Zoppo ghignare soddisfatto e avrebbe voluto rientrare nell'ufficio a buttare sottosopra l'intero archivio; ma già i primi sintomi dolorosi di un attacco colitico lo costrinsero a proseguire verso i gabinetti della questura. Gli capitava ogni volta che una contrarietà lo costringeva a incazzarsi e, in quello stupido lavoro di questurino, le occasioni per incazzarsi erano frequenti.

Riempì, in tutte le sue parti, il bravo modulo di richiesta dati e lo passò al protocollo per il consueto viaggio burocratico. Aveva, comunque, ragione lo Zoppo: sarebbe passato almeno un mese prima che gli arrivassero le notizie richieste e, nel frattempo, la nonna in barca chissà che fine avrebbe fatto. Ma non c'era altra via.

Poli Ugo, vice ispettore aggiunto, raggiunse Sarti Antonio mentre attraversava Piazza Maggiore. Lo Zoppo spingeva la bicicletta a mano e il bastone era fissato al tubo orizzontale con un paio di apposite molle in acciaio. Indicò, con un gesto vago, i giovani sbracati sui gradini di San Petronio e disse: «Se dipendesse dal sottoscritto, quei disgraziati sarebbero sdraiati sui tavolacci di San Giovanni in Monte». «Ne sono convinto, ma per fortuna non dipende da te.»

Una ragazzina di non più di sedici anni, si avvicinò ai due e chiese, senza rivolgersi a nessuno in particolare: «Mi dai mille lire?». Prese male: lo Zoppo l'allontanò violentemente dalla sua strada con una spinta rude della bicicletta. Quella si scostò e urlò: «Stronzo!». Poi andò a chiedere le mille ad altri passanti meno violenti.

Fecero, lo Zoppo e Sarti Antonio, un po' di strada assieme e in silenzio e poi lo Zoppo, appena oltre la zona pedonale perché lui rispettava le norme del traffico, montò sulla bicicletta e, prima di darsi il colpetto d'avvio, disse: «È certo un brutto momento per chi si porta la barca a traino. Dall'inizio della primavera a oggi sono stati denunciati trentadue furti di barche, solamente nella nostra provincia. Fa' conto che le vendano a sei, sette milioni l'una, motore e attrezzatura compresi, e ti viene fuori un bel commercio. E con il fatturato esente da tasse».

Sarti Antonio, sergente, posò la sinistra sulla spalla di Poli Ugo e lo fermò prima che la bicicletta prendesse il via. «C'è un'organizzazione, allora?» «Pare di sì. Del Sud, naturalmente.» Anche razzista, il maledetto Zoppo! «Se hai bisogno di una barca usata, sono certo che le occasioni non ti mancheranno.» Con il piede sinistro a terra, si diede la spinta d'avvio e si allontanò verso Strada Maggiore, sulla bicicletta saltellante sulla pavimentazione più sconnessa d'Italia. E forse del cosiddetto mondo civile. Ma pare che sia colpa dei mezzi pubblici.

L'auto 28 si fermò davanti al cancello del deposito di Baffo e Sarti Antonio, sergente, entrò e cominciò a passeggiare fra le carcasse di auto, come se cercasse qualcosa di particolare. Per un poco Baffo si limitò a tenerlo d'occhio, ma quando il sergente non si accontentò di passeggiare e guardare e cominciò ad aprire cofani e portiere di auto in attesa di demolizione, il meccanico lo raggiunse e gli si mise dietro, in silenzio. Alla fine dell'ispezione, quando il questurino aveva ormai ficcato il naso in tutte le auto, chiese: «Forse potrei darle una mano, sergente». Sarti Antonio, sergente, scosse desolato il capo: «Temo di no. Mi serve il motorino d'avviamento di una ottoecinquanta». «Ottoecinquanta? Sono secoli che non circolano più.» «La mia circola ancora e mi serve un motorino d'avviamento in buone condizioni. Meglio se nuovo.» «Se capiterà...»

Sarti Antonio annuì e lasciò perdere ulteriori ricerche. Mentre si avviava all'uscita, disse: «Vedi di trovarmelo perché devo andare in vacanza e desidero partire con l'ottoecinquanta in ordine. Mi serve anche una barca a motore. Usata. Pensi che si trovi?». «Si trova, si trova. Ma è pericoloso.» «Ho capito, ma io la desidero proprio perché mi andrebbe di fare il bagno al largo, come fanno i signori. Nell'acqua pulita.» Salutò Baffo con un cenno del capo. Era ormai oltre il recinto quando disse ancora: «E poi tutto è pericoloso, non ti pare Baffo? Il tuo mestiere, per esempio... Da un giorno all'altro le cose possono cambiare da così a così». Aveva disteso la destra, palmo in alto, e l'aveva capovolta di colpo. Se ne andò definitivamente.

Gli telefonarono verso le nove di sera, quando se ne stava in mutande a prendere il fresco, quel poco che c'era, davanti alla finestra spalancata su una Bologna affogata dal caldo d'agosto. Dalle finestre dei palazzi di fronte, gli arrivavano, e gli entravano di prepotenza in casa, le immagini e i suoni di televisori in funzione. «Abbiamo saputo da un amico che le interessa una barca d'occasione.» «È vero: ho messo fuori la voce.» «Forse abbiamo qualcosa che potrà interessarla.» Chi parlava, all'altro capo del telefono, era del Sud, senza possibilità di errore, e ancora una volta lo Zoppo razzista aveva colpito giusto. Continuò: «Un prezzo equo, stia tranquillo. Motore come nuovo, attrezzatura completa...». «Posso vederla?» «Anche domani. Gliela porteremo sotto casa e lei l'esaminerà con comodo.» Servizio completo e a domicilio, come se si trattasse della spesa quotidiana. Una buona organizzazione, collaudata da lunga esperienza. Baffo aveva lavorato al meglio.

Felice Cantoni, agente, suonò il campanello di casa Sarti alle sette in punto del mattino, come al solito. Aspettò, seduto sul primo gradino delle scale, al fresco del portone, e disse a Sarti Antonio, quando scese: «Complimenti: hai trovato la barca. Non ho veduto la nonna. Dov'è finita?».

Infatti una barca, con il telo di copertura e tanto di carrello per il traino, era parcheggiata a fianco del marciapiede, all'ombra di due alberi, condottavi, evidentemente, durante la notte. Non c'era la Opel Rekord. Sarti Antonio, sergente, tolse il telo, esaminò la barca e la toccò come se fosse un intenditore; controllò il motore fuoribordo, misurò a passi la lunghezza dello scafo e scosse, infine, la testa. «Non è quella rubata al Fustella.» Montò sull'auto 28, assieme a Felice Cantoni, agente, e passò l'intera giornata per le strade di Bologna. Non poteva far altro che attendere: aveva gettato un poco di pastura per i pesci; ora aspettava che abboccassero.

Seconda telefonata verso le nove di sera e solita voce con timbro del Sud: «Ha veduto la barca, signore?». «L'ho veduta, ma non è ciò che desidero.» «Fa nulla: abbiamo altre occasioni. Mi dica le sue esigenze.» «Mi serve una Wallcraft di cinque metri e trenta centimetri, due motori fuoribordo di tipo Johnson da quaranta cavalli l'uno, carena a vu, bussola, telecomandi per motore, ancora, pompe di sentina e quattro salvagenti. Mi pare che basti.» La memoria di Sarti Antonio, sergente, mi ha sempre fatto rabbia: aveva raccontato la lunga storia della barca di Fustella, eppure ne aveva letto la descrizione una sola volta. Compresi gli accessori.

Dall'altro capo del telefono non si diede segno di vita e Sarti Antonio, sergente, ne approfittò per aggiungere: «Potete ritirare la patacca che avete parcheggiato sotto casa mia».

L'amico mafioso interruppe di colpo la comunicazione e senza aggiungere parola. Anche uno stupido avrebbe capito che Sarti Antonio, sergente, stava cercando, più che una barca, una nonna probabilmente morta d'infarto e adagiata sotto il telo di una barca.

Io non ci avrei più sperato, ma il sergente aveva fiducia e indossò calzoni e camicia per andare a sedere sull'ottoecinquanta Fiat, parcheggiata a una ventina di metri dietro la barca, ancora posteggiata sotto casa sua. «Qualcuno verrà a ritirarla.»

Passarono così un paio d'ore, al buio e al fresco della notte d'agosto, senza che accadesse nulla e la barca era sempre là, illuminata da una lama di lampione che filtrava dal fogliame dei tigli. Verso le undici e mezzo, due giovani (tre passi e lingua in bocca, tre passi e lingua in bocca) si appoggiarono alla fiancata della barca per strusciarsi meglio e a lungo. Dopo di loro passò un signore con un cane al guinzaglio che fece pipì contro le ruote del carrello di traino. Il cane fece pipì, non il signore né il guinzaglio, naturalmente.

Più tardi ancora, un ubriaco, era mezzanotte passata, si appoggiò al tettuccio dell'ottoecinquanta di Sarti Antonio e, supponendo di essere solo, ruttò un paio di volte. Ma la barca era sempre là e Sarti Antonio, sergente, cominciò a pensare al letto. Chi glielo faceva fare?

Chiuse gli occhi, così, solo per rilassarsi un attimo. Dal finestrino aperto entrava il fresco della notte, una delicata arietta dolce che, in camera, non sarebbe mai arrivata. Sempre dallo stesso finestrino di sinistra, entrò un cazzotto che lo colpì sullo zigomo e lo mandò a sdraiarsi sul sedile dell'ottoecinquanta. Per un attimo, a Sarti Antonio, si annebbiò il cervello, tanto il colpo era stato duro.

Si riprese alla svelta e, per fregare il tipo che lo aveva colpito da sinistra, aprì la portiera di destra e fece per saltare dall'auto, ma i figli di puttana erano due e uno di loro lo aspettava a destra e lo colpì alla nuca prima che il questurino fosse in piedi. Finì lungo disteso sull'asfalto e non si mosse più.

Nella nebbia dell'incoscienza sentì i passi che si allontanavano e, quando ce la fece ad alzarsi, la testa gli scoppiava e dall'occhio sinistro non riusciva a vedere. La barca prese lentamente il largo, barcollando come l'ubriaco di mezzanotte.

Appena riuscì ad alzarsi, Sarti Antonio, sergente, salì le scale di casa e andò in bagno a farsi un impacco freddo sulla nuca. Rimase sveglio l'intera notte, una pezzuola bagnata sull'occhio gonfio e la borsa del ghiaccio sulla nuca, a ragionare sull'opportunità di fare o meno il furbo con gente che è furba di natura. Al mattino, quando si alzò, la testa andava appena appena meglio, ma l'occhio era ancora gonfio da far paura. Tanto che non riuscì a tagliarsi la barba.

Felice Cantoni, agente, lo guardò preoccupato, ma non chiese spiegazioni. Conosceva bene il collega e sapeva la risposta che gli avrebbe dato. Si limitò a guardarlo e gli aprì la portiera della 28 per farlo salire. «Ho battuto contro una porta» spiegò il sergente. «Sì» disse Felice. «Dove andiamo?» e non indagò oltre la porta. «Da Baffo.» Il sergente si appoggiò allo schienale dell'auto e sentì che, ora, avrebbe dormito volentieri e bene. Ma il dovere è il dovere e Sarti Antonio, sergente, ha sempre avuto molto sviluppato il senso della propria responsabilità: una specie di tara familiare o, come dice Rosas, un difetto di classe.

Ancor prima di entrare nel cortile di Baffo, Sarti Antonio vide, fra il gonfio degli occhi, il meccanico appoggiato a una carcassa. Felice Cantoni lo indicò e disse: «Anche lui ha battuto contro una porta. Brutta notte per le porte». Baffo, infatti, aveva il volto tumefatto, le labbra tagliate e una bozza sulla fronte che pareva un uovo sodo. Si avviò incontro a Sarti Antonio e lo fermò prima che costui gli entrasse nel recinto. Come se non volesse aver più nulla a che fare con la questura. «Inutile che lei entri qui, sergente» disse. «Non ho nulla da dire.»

Sarti Antonio, sergente, si appoggiò al pilastro del cancello e guardò le ferite sul viso di Baffo. Poi disse: «Non scherzano». Baffo scosse lentamente il capo per via del dolore: «No, non scherzano proprio». «In quanti sono venuti per riuscire a dartele?» Baffo era un bestione alto e grosso come un armadio e bastava che tenesse fra le mani un oggetto qualsiasi perché passasse a chiunque la voglia di avvicinarglisi. «Bisognerebbe dormire con un occhio solo» disse. «Come i gatti.» Lo avevano sorpreso nel sonno e lo avevano ridotto male. «Chi è stato?» «Ho avuto un incidente sul lavoro.» Neppure se Sarti Antonio fosse rimasto a interrogarlo per l'intera giornata, gli avrebbe cavato altro di bocca. «Mi si è rovesciata addosso un'automobile. La stavo smontando ed è scivolata dagli appoggi. Tutto qui.» «Tutto qui, ho capito.» Sarti Antonio, sergente, fece per risalire sull'auto 28. «Io ho sbattuto contro una porta. Salve.» «Qualcuno che non conosco, mi ha detto che c'è una Wallcraft abbandonata sul greto del Reno, vicino a Calderara, nella bassa. Pare che sia al traino di una Opel Rekord.» Senza voltarsi a guardarlo, Sarti Antonio annuì e Baffo continuò, sottovoce: «Sempre quel tale mi ha detto che loro non gradiscono scherzi e che chi sbaglia paga di tasca propria». Sarti Antonio annuì ancora e montò sulla 28.

Arrivarono, lui, Felice Cantoni e l'auto 28, sul greto del Reno e ci trovarono la scientifica e Raimondi Cesare, ispettore capo. C'era anche la Opel Rekord. Al traino aveva la Wallcraft di Antonio Fustella da Napoli. Già da lontano Felice Cantoni spiegava le caratteristiche tecniche dell'auto. «Opel Rekord diesel, versione quattro porte, berlina. Motore da duemiladuecentoquaranta centimetri cubi, cambio automatico e centoquaranta chilometri l'ora. Una bella automobile... Peccato che...» Non continuò, perché Sarti Antonio, sergente, lo aveva lasciato, per raggiungere Raimondi Cesare, ispettore capo.

«Chi l'ha trovata?» chiese prima di andare a controllare l'auto da vicino. Raimondi Cesare, ispettore capo, indicò un tipetto magro, baffi alla messicana e completo da pescatore, seduto su un masso. Teneva, costui, il viso appoggiato alle mani ed era pallido. «Quel tipo. Era qui per pescare. Va' a vedere.» «No grazie.» Sarti Antonio, sergente, non aveva nessun desiderio di assistere allo sgradevole spettacolo della nonna. «Va' a vedere!» Non era un invito e il sergente non poté ignorarlo. Neppure un accenno, da parte di Raimondi Cesare, al pietoso stato dell'occhio del sergente, alla trascuratezza del suo viso con barba lunga... Niente! Un superiore che si preoccupava poco della salute dei subalterni.

Sulla barca c'era nonna Fustella. In pessimo stato. C'era anche il corpo di un altro signore, gettato sul fondo della barca, a viso in giù, coperto di sangue appena rappreso e, si sarebbe detto, morto da poco. Magari quella stessa notte. Non aveva il cuscino che gli sorreggeva il capo come a nonna Fustella.

Sarti Antonio, sergente, tornò verso Raimondi Cesare e quando lo stomaco glielo permise, chiese: «Chi è l'altro?». «Un ladro da quattro soldi. Un tale specializzato nei furti d'auto. Ultimamente, pare, si era messo nel giro delle barche usate. Un giro di miliardi, secondo lo Zoppo, ma quello, lo sai, è...» Si toccò la fronte con un dito. Sarti Antonio non era dello stesso parere, ma non lo disse. Aveva imparato da un pezzo a pensarci quattro volte prima di esprimere il proprio giudizio al superiore. Comprese anche, in quel momento, il significato della frase di Baffo: «... chi sbaglia paga di tasca propria».

Il ladro aveva sbagliato barca e aveva pagato. D'ora in poi avrebbe controllato sotto il telo di copertura, prima di fregare una barca a traino. Se solo avesse potuto tornare indietro di un paio di giorni. Certa gente non ammette errori.

(da «l'Unità», Emilia-Romagna, LXII, 173-177, 6-10 agosto 1985)

Girando attorno alla P 38

Dissertazioni inconcludenti fra il sottoscritto e Sarti Antonio

Abbiamo già parlato dell'insolito testo radiofonico, Conversazioni pe-rimetrali *di Sarti Antonio, che Loriano Macchiavelli pubblicò, a mo' di cornice, nella raccolta dei suoi primi romanzi nel 1979. La vicenda, perfettamente anche se surrealisticamente ambientata negli "anni di piombo", vede Sarti Antonio impaurito per una minacciata "gambiz-zazione", che fa emergere i suoi sensi di colpa sociali, le sue paure per-sonali, il suo scarso acume investigativo. Sei anni più tardi l'autore decide di farne un racconto, questo appunto, e di contribuire, con la generosità che gli è propria, a far decollare «L'altra letteratura». Mai sentita nominare, vero? È molto probabile: rivista di nicchia, al limite della "fanzine", cercava in quegli anni, ancora non così prodighi di at-tenzione critica nei confronti del giallo, di studiare seriamente quel complesso fenomeno da molti definito assai frettolosamente "paralet-teratura". Ebbe vita breve, ma forse non inutile. Seguirono, almeno per il giallo italiano, gli anni dello "sdoganamento", delle tesi di laurea, dei convegni specializzati, dei primi posti in vetta alle classifiche di vendi-ta. Ma ci piace ricordare che uno scrittore affermato come Macchiavel-li sentì il dovere (o forse il desiderio) di aiutare gratuitamente chi sta-va, molto più faticosamente, combattendo la stessa battaglia. Ora, grazie al cielo, vinta.*

La sveglia suona alle sei; alle sei e un quarto il caffè è pronto, caldo e profumato, nella tazzina. Per Sarti Antonio, sergente, il caffè è un'abitudine da non perdere, droga necessaria per cominciare la giornata. Stanchezza, indecisione, voglia di restare a letto e mandare al diavolo tutto. Borbottare: «Che accadrebbe se la mia giornata iniziasse alle nove?».

«Nulla: la giornata spostata di tre ore.» Le solite cose che il sergente chiede a se stesso per sentire la risposta da me.

Il telefono interrompe il consueto borbottio: «Pronto».

«Sì. Sarti Antonio.»

«Sono io, figliolo, sono padre Anselmo della compagnia del Rosario. Come mai ieri sera non sei venuto alla meditazione? Siamo stati costretti a iniziare senza di te.»

Sarti Antonio non ha ancora acquistato le poche facoltà che la vita gli ha addomesticato: «Guardi che io sono...».

«So, so chi sei, figliolo. Mi auguro che non mancherai più alle meditazioni serali. Altrimenti sarò costretto a riprenderti davanti ai fedeli e non sarebbe bello.»

Sarti Antonio non ha capito, ma accetta il gioco: «No, non davanti ai fedeli, padre!».

«Sarò costretto a farlo, figliolo...»

«Senta, padre...»

«Niente scuse: questa sera sii puntuale.»

Inutile insistere: «D'accordo, padre» e poi il segnale di via libera. «Cominciamo bene. E sono appena le sei e mezzo.» In salotto continua a borbottare contro una giornata che si presenta esattamente come le precedenti. «Cosa non fa schifo? L'auto 28, Felice Cantoni, il pattugliamento per le strade...» Il telefono riprende il suo mestiere, ma Sarti Antonio, sergente, non ha intenzione di ascoltarlo. Uno, due, tre, quattro squilli e alla fine, quando non lo sopporto più, sono costretto a urlare:

«Sei sordo? Telefono!»

«Non sono rimbambito: ho inteso, ho inteso. Pronto.»

Un matto con le idee chiare

Gli risponde una voce abituata a farsi comprendere subito e poco abituata alla cortesia con il prossimo: «Sei Sarti Antonio?».

«Sono.»

«Ascolta bene quello che ho da dirti...»

«Dimmi tutto.»

«... e non fare il buffone, questurino di merda. Non ne hai motivo. Fuori dalla tua casa c'è una P 38 carica e pronta per te. Appena uscirai, qualcuno ti sparerà alle gambe. Vedi di non fare l'eroe se non vuoi che il mirino si sposti dalle gambe alla testa. Chiaro?»

«Capito. E ti svegli alle sette del mattino per questi scherzi del...»

«Non è uno scherzo» e poi il segnale di via libera. Sarti Antonio resta con il microfono in mano e la bocca aperta per ribattere. Rinuncia e torna al borbottio.

«Una bella giornata, una giornata come si deve.» Non ci pensa più.

L'orologio, la patente, le chiavi di casa, il tesserino di questurino, i pochi soldi che gli sono rimasti e si avvia alla porta. Ma ho sbagliato: non è vero che non ci pensa più.

«Mi spareranno alle gambe. Figuriamoci. Fossi il questore... Ma quel figlio di puttana: direi che si tratta di... Dalla voce direi che si tratta di...» Per seguire un certo pensiero, si ferma, la mano sulla maniglia, a sollecitare la memoria. «Non so proprio. Nessuno di quelli che conosco.» Gli si è presentato un altro problema ed è mio compito fornirgli un alibi per continuare il discorso.

«Che fai? Esci ugualmente?»

«Devo prendere servizio.»

«E come la metti con la P 38?»

«Scherzi? Quello era un povero matto.»

«Un matto con le idee chiare.»

«Veramente non aveva il tono di uno abituato a scherzare e sarà bene tenere gli occhi aperti. Anzi, meglio portarsi dietro...» Torna in camera da letto. Apre e chiude alcuni cassetti, guarda nell'armadio, butta all'aria calzini e camicie e finisce che fa un casino della madonna e alla fine borbotta fra i denti: «Non c'è più e l'ho sempre tenuta qui, fra i fazzoletti e i calzini e non c'è più. Posso uscire e farmi sparare nelle gambe da un matto, senza reagire?». Getta all'aria quel poco che ancora aveva un ordine. «Quando cerchi e non trovi, porca vacca! C'è qualcuno che mi entra in casa quando io non ci sono e mi sposta le cose, mi fa casino. È il massimo: in casa mia! Non mi piace uscire con la rivoltella in tasca: pesa e fa calare i calzoni. Non so dove tenerla. E non ci sono neppure le pallottole. Ma se non trovo la rivoltella... E se la trovassi, che ci farei? Mi aspettano nascosti dietro una colonna e non avrei neppure il tempo di mettere le mani in tasca. Oh, bene! L'ho restituita il mese scorso per la revisione. Mi sono completamente dimenticato di passare a riprenderla. E ora? Fra poco saranno le otto. Con o senza rivoltella, io esco. Le cose non cambiano.»

È deciso e non ha la rivoltella.

Di nuovo alla porta e di nuovo la mano sulla maniglia. Ma l'operazione non si completa. Qualcosa ancora lo tormenta.

«Che c'è ora?»

«E se il matto mi aspettasse dietro la porta di casa?» Posa l'orecchio sul legno e ascolta. «No, non può essere: mi ha appena telefonato.» Si allontana dalla porta ed è più indeciso del solito. «Che mi abbia telefonato da poco, non significa nulla: si fa presto ad arrivare qui. C'è una cabina telefonica a venti metri, giù in strada. Trenta secondi per arrivare alla porta, dalla cabina. La mania della Sip: mettere cabine telefoniche a ogni angolo. Nemmeno fossero pisciatoi. Una volta mettevano pisciatoi per gli uomini, ora mettono cabine telefoniche e non si sa dove fermarsi a pisciare. E per le donne? Me lo sono sempre chiesto.» Passa da un argomento all'altro: brutto segno.

«Secondo me, te la prendi per nulla.»

«Riguardo alle donne?»

«Riguardo alle tue gambe: non sei tanto importante da far perdere tempo per spararti alle gambe.»

«Fa ridere anche me. Il primo cretino che si trova un gettone telefonico in tasca, fa un numero a caso, racconta quattro stronzate... e io sono qui senza il coraggio di aprire la porta di casa.» Ci fa su un pensierino. «Balle! Quello non ha fatto un numero a caso. Quello ha detto: "Sarti Antonio". E ha detto anche: "questurino di merda". Mi conosce bene.» Va a chiudere la porta a chiave e resta a fissare la serratura. «E perché si prenderebbe il disturbo di sparare alle mie gambe? Alle gambe di un questurino di merda? Hanno sempre sparato a gambe che contano: giornalisti, giudici, direttori di officina, generali... Se sono arrivati a Sarti Antonio, sergente, vuol dire che sono in forte ribasso. Sì, ma io che faccio ora?» Passeggia per la stanza.

Ogni tanto gli capita di avere una buona idea: «Il telefono. La nostra è una società che dà sicurezza. Hai bisogno del medico? Telefoni. Ti serve il fontaniere? Telefoni. Vuoi farti portare a casa la spesa? Telefoni. La questura? Telefoni e in pochi minuti hai la polizia sotto casa». Ha già composto il numero e aspetta la risposta. «Che dico al centralinista? Che un tale, non so chi, mi minaccia con una trentotto? In questura rideranno per un paio d'anni. Certo che viviamo tempi oscuri: non riesci a capire se scherzano o se fanno sul serio. Dirò che sono malato, dirò che la colite ha ripreso a tormentarmi. Il che è pure vero. Basta che mi agiti e subito... Il medico dice che dovrei stare tranquillo. Per stare tranquillo ho scelto il mestiere adatto. Scelto? Si fa per dire. Mi sono trovato questurino senza sapere come.»

«Pronto.» La voce che ha risposto alla chiamata dà un brivido alla colite già mossa del mio questurino.

«Non sto parlando con la centrale.»

«Esatto, sergente.»

«Che significa?»

«Significa che non hai scampo.»

Sarti Antonio, sergente, si incazza senza rendersene conto: «Ma chi accidenti sei? Chi sei?».

«Possibile che non lo immagini?»

«No, non lo immagino.»

«E pensare che dovresti conoscere anche il motivo.»

«Spiegamelo tu. Se è uno scherzo, è durato anche troppo. Ora io uscirò e ti avverto che sono armato. Fai attenzione perché tiro bene.»

«Sarti Antonio, non barare. La tua rivoltella è in economato e tu, in ogni caso, spari malissimo e non fai paura.» Di nuovo il segnale di via libera e di nuovo Sarti Antonio, sergente, passeggia per la stanza e con la coscienza e la rabbia di non potere nulla.

«Cristo, sa che non sono armato, sa che tiro male... C'è una spia in questura, fra i colleghi. Che sia scoppiata la rivoluzione e io non ne so nulla? Mentre dormivo?» Accende la radio ed escono le solite canzonette idiote, le solite tavole rotonde con esperti che sanno tutto e non riescono a risolvere nulla. I soliti dibattiti fra gente che si parla addosso. Dalla radio non gli verrà la soluzione. «Chiuso in trappola. Che sarà accaduto agli altri?» Non arriva alla finestra. «Meglio di no: possono essere in strada, pronti a sparare se solo mostro il naso.»

Ho la sensazione che stia prendendo una brutta piega e che Sarti Antonio esageri. Ma lui non la pensa come me e ha ragione perché le gambe sono sue.

Non c'è un perché

«Incredibile: nessuno muove dito per il sottoscritto. Com'è possibile che non sappiano, che non si accorgano che manco io?» Un morso più doloroso dei precedenti gli fa premere il ventre con le mani e lo costringe a sospendere il monologo. Appena il dolore si rilassa, riprende e lo fa a bassa voce. «La colite: mancava. E non posso chiamare il medico. Sì che posso. Persino in tempo di guerra i medici, gli infermieri, la croce rossa, la convenzione di Ginevra...» È più che deciso a risolvere la situazione, ma la risposta che gli viene dal telefono scioglie come neve al sole la sua decisione.

«Ancora in casa, questurino?»

«Sto male... La colite. Conosco i miei diritti e non puoi lasciarmi soffrire così. La convenzione di Ginevra...» Sta dando di matto.

«In angolo con la tua strada c'è la farmacia.»

«E non mi sparerai? Ho la tua parola?»

«Non essere ridicolo. Prima o poi ti spareremo comunque.»

«Ma perché? E perché io? Che c'entro? Io sono fuori.»

«Perché saresti fuori? Sei un privilegiato?»

«Sono fuori perché... perché io...»

«Perché tu?» Non c'è perché e Sarti Antonio, sergente, lo sa. Interrompe la comunicazione, si accartoccia su una sedia, tormentato dalla colite, in silenzio. Poi arriva la rassegnazione.

«Va bene, come vogliono. Io non esco. Ho provviste per settimane.» Fa un bilancio. «Caffè, poco pane, ma ci sono grissini e fette biscottate. Ho uova, verdura, scatolette di tonno e di carne, biscotti, zucchero... Se mi metto a dieta, resisterò più di un mese.» Si avvicina alla porta e grida: «Sai la novità? Io non esco. Vedremo chi si stancherà prima. Sei ancora lì? Ci tengo alle gambe. A scuola facevo i cento metri in undici netti. E senza allenamento. Ora mi preparo un caffè e lo berrò alla tua salute».

È partito, decisamente. Oggi ci vuole poco a mettere in corto circuito un individuo.

L'acqua esce dal rubinetto più rossa del solito.

«Porca vacca, un giorno sì e un giorno no, distribuiscono vernice invece di acqua potabile. Che caffè ci si può fare con la vernice? Spero che non sia avvelenata: quelli ci mettono poco. Come si sono impadroniti del mio telefono, possono inserirsi nell'acquedotto per avvelenarmi.» È chiaro che la situazione gli ha preso la mano e mio compito è cercare di calmarlo.

«Non mi pare più rossa del solito. Sai che c'è? C'è che hai paura anche della tua ombra.»

«Senti questo: non so se hai capito, ma quelli vogliono spararmi.»

«La fai lunga. Vogliono sparare alle tue gambe.»

«Solo. Comunque il caffè, con quell'acqua, io non lo faccio.» Ha deciso, ma gli rode. «Una bella pipa. Posso restare senza mangiare, ma come la metto senza caffè? Se non bevo caffè, sono morto e sono morto anche se lo bevo. Male non fare, paura non avere, diceva mio nonno, ma i suoi erano altri tempi. Per esempio: a chi ho fatto male io?» Ci pensa e gli viene in mente un certo particolare. «Forse ai quattro di Piazza Maggiore. Avrei dovuto essere più comprensivo con quei ragazzi, ma tiravano calci come muli. Uno di loro mi ha centrato i coglioni e per cinque buoni minuti non ho respirato. Che dovevo fare? Stavano mettendo fuori uso il bar Centrale. Va bene, avrei dovuto calmarli con le buone maniere e portarli in questura a chiarire le posizioni. Magari avevano ragione loro. O anche limitarmi a chiedere i documenti. Cristo, da qui a sparare alle gambe, ce ne passa! No, non sono loro. Gli hanno dato il foglio di via. Sì, quando mai si rispetta il foglio di via?» È ridotto male e mi fa pena, ma non posso fare molto per lui.

«Calmati o finirai per impazzire.»

«Sono già pazzo: parlo da solo.» Vorrei ricordargli che, dal giorno che l'ho incontrato, sempre ha parlato da solo, ma non servirebbe a calmarlo.

È ancora al telefono: «Se sono quelli di Piazza Maggiore, gli spiego... la situazione. Gli dico che sono stato costretto e che il mio dovere...». Non servirebbe ricordargli che chi sta dall'altra parte, chiunque sia, se ne fotte del dovere di un questurino.

«Sei ancora lì.» Sarti Antonio non ha atteso il "pronto".

«Non mi muovo e ti aspetto.»

«Ho capito chi sei.»

«E chi sono?»

«Uno di quelli di Piazza Maggiore che ho portato dentro per il casino al bar Centrale. Ce l'hai su con me perché ho picchiato. Secondo te, che avrei dovuto fare? Uno di voi, il più giovane, mi ha colpito con un calcio ai coglioni.»

«Sei fuori strada, ma mettiamo nel conto anche l'episodio di Piazza Maggiore.»

«Cerco di farti capire che facevo solo il mio dovere. T'immagini come sarebbe ridotta la città se non intervenissimo noi?»

«Non riesco a immaginarlo. Cerca di spiegarmelo tu.»

«Ma porca vacca! Con tutti i questurini che ci sono in giro, proprio me dovevi scegliere?»

«Tu o un altro, che cambia?»

«Che cambia? Cambia, cambia. Per me cambia. Senti: facciamo che non è accaduto nulla. Tu e i tuoi amici ve ne andate a casa o vi cercate un altro da azzoppare, un altro che conti più del sottoscritto.»

«Niente da fare. Tocca a te, questurino.»

«Allora sei proprio matto. Quando sarà finita, ti troverò, maledetto bastardo! Ti troverò perché ho riconosciuto la tua voce.»

«Sei fottuto, Sarti Antonio.»

«Crepa.» Interrompe violento la comunicazione, ma le cose restano quelle di prima. «Una voce che io conosco. Devo conoscerla! Non è uno dei quattro di Piazza Maggiore. Quelli erano del Sud. I due di via dell'Unione? Oppure la donna? Non è la voce di una donna. Potrebbe essere la voce del Piccoletto... se non fosse in carcere. Gliel'ho portato io. Ma fanno presto a mettere fuori i detenuti. Libertà provvisoria la chiamano. E nei guai ci siamo noi. È accusato di omicidio, non possono averlo rimesso fuori.» Gli passano per la mente le ultime sequenze di una vita, la sua, che ancora non ha trovato soluzione. «Potrebbe essere chiunque, per quanto ne so, ma non ha più importanza. Sono inchiodato qui e appena esco, un tale che neppure conosco, mi sparerà alle gambe. Sto diventando matto: parlo da solo. No che non parlo da solo. Sì che parlo da solo.» È arrivato al limite di rottura e non ce la fa più. Compone, al telefono, un numero a caso. Come le precedenti volte, non aspetta il "pronto" e urla nel microfono: «Sei sempre lì? Ascolta bene, bastardo! Ascolta bene. Ora io esco, capito? Esco!». Sbatte il microfono sulla forcella, va alla porta e l'apre. Questa volta l'apre senza esitazioni.

Non so decidermi se seguirlo o aspettare qui il colpo di rivoltella. O una serie di colpi di rivoltella. Oppure risate. Ho passato una vita con il questurino e mi dispiacerebbe vederlo finire miseramente.

Sarti Antonio, sergente, ha lasciato la porta spalancata: è sceso con calma. Ho inteso i suoi passi sui gradini confondersi e sparire nel rumore della strada. Il rumore di un traffico impossibile, capace di coprire anche i colpi di una P 38.

(da «L'altra letteratura», I, 1, settembre 1985, pp. 8-9, 13)

Una lama tra le nuvole

Con questo romanzo breve il processo di sostituzione di Poli Ugo a Sarti Antonio compie un altro decisivo passo, dopo il romanzo L'archivista. *Poli, vice ispettore aggiunto e archivista nella stessa questura di Sarti, detto lo Zoppo per una gamba massacrata durante una sparatoria, è una sorta di personaggio maledetto da frustrazioni multiple, da misantropia e razzismo, ma dotato anche di un vero talento investigativo che esercita ormai per la propria distorta soddisfazione personale. È così, con un sorrisetto arcimaligno, che sigla le pratiche d'archivio, che contengono i tanti casi irrisolti dai colleghi normali, quelli per intenderci come Sarti Antonio. In questa storia i tic volutamente sgradevoli di Poli sono ridotti al minimo, perché fin dall'inizio il poliziotto è fagocitato da un evento al limite dell'assurdo e del fantastico. Insieme ad altri passeggeri egli è preso in ostaggio alla stazione di Bologna da terroristi del Bangladesh (sic!) e trasportato in aereo nello Sri Lanka (ancora sic!). Paradossalmente, su questo sfondo da film esotico di spionaggio si svolge invece una vicenda che potrebbe essere un giallo della "camera chiusa" di tradizione britannica. Ne risulta un divertente intrigo che distribuisce sberleffi alla moda delle vacanze esotiche, ai classici di Fleming e della Christie, a note figure dei "bassifondi" politici italiani.* C'è poi l'impertinente ritrattino di un noto professore e scrittore, qui chiamato in modo trasparente "Umberto Come", autore del saggio Metodologia e deformazioni ideologiche delle invenzioni popolari nel XII secolo. *Un piccolo segno della ben più impegnativa sfida che Macchiavelli sta per intraprendere col "professore" e che sfocerà nel romanzo* La Rosa e il suo doppio *(1987).*

Il TEE è in ritardo di oltre un'ora e Poli Ugo, vice ispettore aggiunto, è il più arrabbiato fra i passeggeri nella sala d'attesa di prima classe, stazione di Bologna. Per la verità ha in tasca un biglietto di seconda, ma voglio vedere chi avrà la faccia di importunarlo con una richiesta assurda: è zoppo, si appoggia a un bastone e ha l'aria incarognita di chi non può permettersi di perdere tempo. Raimondi Cesare, ispettore capo, non ha tenuto conto di questi fattori quando lo ha spedito a Roma. Non ne tenne conto neppure qualche anno fa, quando lo chiuse in un archivio della questura: «S'è mai visto, è vero come si dice, un vice ispettore aggiunto che va in giro a indagare con il bastone?». Poli Ugo tentò di spiegare che lui non indagava "con il bastone" ma con la testa, e che una gamba massacrata per motivi di servizio non ottenebra le facoltà mentali. Passò in archivio e ci sta ancora. Oggi l'ispettore capo lo ha spedito a Roma perché: «... è vero come si dice, un capo archivio ha il dovere di essere aggiornato sui moderni metodi elettronici di archiviazione». E Poli Ugo non si è opposto. Nei lunghi anni che ho passato accanto a lui, ho seguito i suoi aggiornamenti di carattere. Da quando, giovane funzionario rampante, si batteva per una promozione o un caso difficile, fino a quando, chiuso in se stesso, oggi, si prende le sue rivincite in privato. E il fatto di essere in archivio, lo aiuta: gli passano davanti tutti i casi che si sviluppano in città; ha in memoria i cittadini coinvolti con la questura.

E non sono pochi. Risolve casi che i colleghi archiviano insoluti, ma si guarda dal comunicarlo al superiore. «Se i miei colleghi a due gambe non ci sono arrivati, non vedo perché rimediare io che ho una gamba sola e un bastone a sostegno dell'altra.» Archivia il caso risolto e va avanti così, prendendosi inutili e silenziose rivincite.

Oggi, più incarognito del solito, non si è comperato neppure il giornale e consuma il ritardo del TEE scandagliando i compagni d'attesa. Indica, con un gesto del capo e uno sguardo, un tale: «Bella compagnia». È seduto di fronte, distinto, elegante, raffinato e scommetto profumato; legge «Il Messaggero». «Ha un dossier alto così nel mio archivio.» È la prima volta che parla dell'archivio come "suo". È sempre stato un "buco fetente", un "archivio di merda" o, al più, quando era in buona, "il letamaio". «Si chiama Florestano Canna, detto Pisello. Ne immagino il motivo. Un dossier alto così.» Il viso di Pisello non mi ricorda nulla, ma lo Zoppo chiarisce: «Sette anni fa aveva la barba ed era grasso. Ora fa ginnastica ogni giorno e si vede. Abbronzato e pieno di soldi». Continua a fissare Pisello e sul viso gli si stampa il sorriso che assomiglia ad una smorfia. Conosco il modo di sorridere e non mi piace. Pisello si sente osservato, alza gli occhi dal «Messaggero» e incontra lo sguardo ironico e la smorfia di Poli Ugo. È indeciso se ricambiare quella sorta di sorriso o tornare al giornale. Sceglie «Il Messaggero», ma è a disagio. «È stato implicato nel rapimento Fasolli, ma lo salvò la testimonianza di un medico il quale dichiarò che, al momento del rapimento, Pisello era ricoverato nella sua clinica. Il tribunale non si chiese come Pisello pagasse la degenza in una clinica di lusso se viveva di espedienti. A giudicare dall'aspetto, oggi gli va meglio.» La lunga ed esauriente spiegazione è una novità; lo Zoppo ha scarsa considerazione del sottoscritto e nessuna propensione a parlare quando non gliene venga un utile.

Chiuso l'argomento Pisello, Poli Ugo passa a un giovane delicato, pallido come una ragazzina e rasato di fresco: «Conosco anche quello». Poi c'è un professore universitario con tanto di barba incolta, occhiali e bozze dell'ultimo saggio da controllare e spedire all'editore. Sul frontespizio è scritto: Umberto Come – *Metodologia e deformazioni ideologiche delle invenzioni popolari nel XII secolo.* Un distinto signore dalla pelle scura consulta appunti in una scrittura incivile; una bella donna sommersa di giornali; un professionista si coccola amorosamente la ventiquattrore; un giovanotto dall'aria decisa sigla lettere, prende appunti e guarda troppo spesso dalla vetrata perché ha fretta di vedere il TEE fermarsi al primo binario: il tempo è denaro. E c'è una hostess. Che sia hostess lo si deduce dall'abito che indossa e dal fatto che è giovane e carina come devono esserlo, per contratto, le hostess. Usa il treno per motivi suoi e a lei lo Zoppo riserva il suo particolare sorriso di circostanza.

La tranquillità di un mattino primaverile bolognese è rotta dall'ingresso violento di due giovani con il mitra in pugno. Lo portano con disinvoltura, devo riconoscere. Uno di loro si mette a lato della porta, protetto dal muro, e l'altro si pianta al centro della sala e grida: «Nessuno si muova! Siamo tigri del Bangladesh». È lui che comanda, il numero Uno. Si guarda attorno e si rivolge, con linguaggio incomprensibile per un bolognese medio, al distinto signore di pelle scura. Poche e veloci frasi e si mettono d'accordo. Il distinto signore deposita ai piedi del numero Uno il suo bagaglio, appunti compresi, e porge i polsi che vengono cinti dalle manette. Le reazioni degli altri passeggeri in attesa del TEE sono varie e istruttive del carattere: Pisello solleva i piedi dal pavimento e si stringe le ginocchia al petto; il docente universitario posa le mani aperte sulle bozze come a volerle difendere a costo della vita; la bella donna spalanca la bocca per gridare, ma non grida e cerca affannosamente gli occhiali fra i giornali. Li trova e li posa sul naso: è miope e vuol vedere chiaro nel suo futuro. Il professionista stringe al petto la ventiquattrore, il giovanotto deciso scarabocchia un incontrollato segno sull'intera pagina di appunti: è il grafico del suo sussulto e della sua paura. La hostess cerca, con lo sguardo, la via per fuggire. Che non esiste. E si rannicchia sul sedile. Il giovane delicato e pallido non si scompone: guarda i due terroristi e deve supporre che si tratti di uno scherzo di carnevale perché conserva il sorriso dolce sul viso. Si accorge che fanno sul serio e diventa ancor più pallido, ma si mantiene tranquillo. A Poli Ugo cade il bastone, ma si riprende e si china a raccoglierlo. Borbotta: «Il numero Uno lo conosco: uno studente pakistano segnalato».

«Tu, zoppo, che stai borbottando?» Oltre la vetrata appare, per un istante, la sagoma di un poliziotto della ferroviaria, armato. I due terroristi si addossano al muro, tenendo sotto tiro i passeggeri. «Tu, zoppo! Esci e di' loro che non facciano cazzate o cominciamo a sparare.»

Prima di Poli Ugo si alza il signore con la ventiquattrore: «Mi permette, signor terrorista?». Si avvicina al numero Uno e gli porge il biglietto da visita: «Ecco, ritengo che fuori vi sarei più utile io di quello zoppo. Mi chiamo Delli Canti e sono chirurgo. Medico personale dell'onorevole...». Sussurra un nome all'orecchio del terrorista. «Una mia parola all'onorevole e otterrete più di quanto lo zoppo vi farebbe avere in un giorno di trattative.» Poli Ugo, vice ispettore aggiunto, non gradisce che lo si indichi con il nomignolo e il suo bastone arriva, secco e violento, sul fianco del professore: «Lui può chiamarmi zoppo: ha in mano il mitra. Tu no, bestia!». Nonostante il dolore, Delli Canti, piegato in due, non abbandona la valigetta. Si lamenta a occhi chiusi e si massaggia il fianco. Il numero Uno dice: «Ben fatto, zoppo, ma non ci provare più. Se qualcuno si muove troppo in fretta, come hai fatto tu, io sparo. D'accordo? Ora tu esci e dirai che abbiamo un esponente del governo del Bangladesh, oltre ai passeggeri. Voglio un pulmino davanti alla stazione e un aereo con dodici ore di autonomia, pronto al decollo. Tempo tre ore. Se no, ucciderò...». Cerca la prima vittima e la trova: «... il professor Delli Canti e getterò il corpo sul primo binario». La decisione sconvolge il professore; si alza e grida:

«Perché io? Siamo in tanti qui. Lei non sa chi sono io! Guardi che posso...» Non può nulla, lo sa e siede borbottando: «In caso di sparatoria, un medico sarebbe utile. Un medico è importante, come il prete».

«Se ci sarà una sparatoria, nessuno qui avrà necessità né

di medico né di prete, professore. Calmati.» Per la verità, il professor Delli Canti è già calmo e si stringe al petto la preziosa valigetta. Borbotta a se stesso: «Ma perché lui fuori e non io?». Gli risponde Poli Ugo:

«Io sono zoppo, bestia. E uno zoppo è degno di rispetto.» A voce bassa: «Oltre a essere di peso». Zoppica verso la porta, l'apre lentamente, sporge il bastone e lo agita all'esterno perché non lo prendano a colpi di mitra appena metterà fuori anche la testa. Ci sarà l'intero nucleo Celere schierato lungo i binari. «Non sparate! Sto per uscire. Non sparate!» La prudenza non è mai troppa: lega un fazzoletto sulla punta del bastone e intanto cerca di calmare i colleghi di sventura: «State calmi e vedrò come si può venirne fuori». Dal suo sedile, il professor Delli Canti urla, e la sua voce è di nuovo isterica e gracchiante: «Intanto fuori ci vai tu. È comodo». Non gli basta e corre allo Zoppo, prima che il numero Uno glielo impedisca. Una raffica di mitra accarezza la testa di Poli Ugo e si perde nel cielo bolognese, oltre la porta spalancata. Il numero Due non ha ancora parlato, ma la raffica è stata più chiara delle parole. Il professore, appeso al collo di Poli Ugo, immobile e con gli occhi sbarrati, balbetta: «Mi ha preso?».

«No, ma al tuo posto chiederei il permesso prima di muovermi.» Il professore ha ben stretta nella destra la valigetta. Guarda il numero Uno: «Permette che dia al signore qui, alcuni consigli per farsi ascoltare là fuori?» e poiché il numero Uno non risponde, si sente autorizzato: «Chiedi di parlare con l'onorevole...». Sussurra all'orecchio e per i presenti il nome dell'onorevole resta un mistero. «Digli che io sono qui. Digli che mi faccia uscire.» Poli Ugo si toglie dall'abbraccio del professor Valigetta e agita oltre la porta il bastone con il fazzoletto bianco. Grida: «Non è successo nulla! Uno sbaglio! Ora esco».

«Hai capito? Che mi faccia uscire se non vuole che questi documenti...» Agita la valigetta oltre la porta perché la si veda dall'esterno. «... finiscano nelle mani sbagliate. E sarebbe un guaio per lui. Capito?» Senza volgersi indietro, Poli Ugo alza il bastone, ma il professore non vede il cenno d'intesa perché il numero Uno lo ha strappato all'interno, assieme alla preziosa ventiquattrore.

Io ho sempre seguito il mio personaggio, ma in questa occasione preferisco la sala d'attesa perché ho la sensazione che le cose più importanti si svilupperanno qui. Intanto ho l'opportunità di completare la conoscenza dei personaggi e di apprendere, per esempio, che i due terroristi sono oppositori del generale Ershad; che il signore in manette è un rappresentante del governo del generale e che si trova a Bologna dove aveva rappresentato l'editoria del suo paese alla Fiera del Libro. Editoria che, come si sa, ha vasti e riconosciuti meriti. Ora i terroristi intendono barattare l'esponente con alcuni compagni di lotta detenuti nelle prigioni di quel paese che Henry Kissinger chiamò la pattumiera del mondo. E può anche darsi che lo sia, ma è una pattumiera piena di morti.

La hostess si chiama Linda e ha paura esattamente come gli altri sequestrati, ma continua a offrire conforto e assistenza ai compagni di sventura: è il suo mestiere. Florestano Canna, detto Pisello, da quando ha veduto spuntare le armi, si è ritirato, come una lumaca, sul sedile di competenza e non si è più mosso. È nel suo carattere non mettersi in mostra. Il giovane pallido e rasato di fresco si chiama Romeo Quinni e più che un Romeo, a me pare una Giulietta, ma sono cose che riguardano solo lui. Il professore universitario ha tralasciato le bozze perché non riuscirà a spedirle all'editore. La bella donna è una giornalista e l'intervento armato le ha fatto perdere la sfilata di moda a Roma. Il giovanotto deciso è un dirigente di cooperativa ed era atteso a Cuba per un convegno su "la cooperazione dopo la rivoluzione". Non arriverà in tempo e Fidel ne sarà contrariato. Come avete letto, tre ore spese bene. Come le ha spese bene Poli Ugo perché, senza spargimento di sangue, i terroristi escono dalla stazione, circondati e protetti dai passeggeri, salgono sul pulmino gentilmente concesso dall'amministrazione comunale, e arrivano all'aereo che li attende, i motori avviati, sulla pista del Guglielmo Marconi.

Può darsi che ci sia ora chi sostenga che noi italiani siamo fifoni e che i terroristi vanno trattati da terroristi, ma il fatto che otto persone innocenti ci avrebbero rimesso la vita, mi fa considerare la soluzione adottata dalle autorità come la più logica. Bisogna trovarcisi in mezzo per giudicare: lasciatelo dire a me che conosco, per esperienza diretta, la situazione. La vita, ragazzi, è una gran cosa e perderla per dimostrare coraggio è, più che superfluo, stupido. Senza contare che i due terroristi sanno il fatto loro. Professionisti. Chissà dove sono stati addestrati? A bordo, seduto in prima fila, vicino alla galley, c'è Poli Ugo. Non mi stupisco se lo Zoppo borbotta, come a scusarsi: «Meglio il Bangladesh che il ministero dell'Interno, a Roma». Contento lui...

Credo di aver scritto, da qualche parte, dell'imprevedibilità di Poli Ugo, vice ispettore aggiunto. Come il professor Delli Canti, io ero pronto a scommettere che non avrei rivisto lo Zoppo fino alla soluzione del sequestro, ma poi mi trovo Poli Ugo a bordo dell'aereo in volo verso il Bangladesh. Il professor Valigetta non glielo perdona: «Chi le ha ordinato di tornare in ballo? Il medico?». Poli Ugo non risponde; zoppica verso il bagno e il professore lo marca da vicino e insiste: «E ora che crede di fare? Ha parlato con l'onorevole? Che ha detto? Mi tirerà fuori? Perché lei è tornato a bordo?».

«Hai altro da chiedere, Valigetta?»

«Ecco, sfotti, ma sarà la mia valigetta a toglierci dai guai. Si può sapere perché sei rientrato?»

«Perché tu saresti rimasto fuori. Perciò sono qui.» Lo Zoppo apre la porta del bagno. «E poi perché è meglio un viaggio in oriente di un convegno sugli archivi.»

«Ecco, sì. Ma l'onorevole? Ti sei messo in contatto?»

«Ci siamo sentiti al telefono e si è messo a ridere.»

«Ecco, si è messo a ridere! Bene, se crede che io scherzi, si sbaglia di grosso. Parlerò con un giornalista e si accorgerà...»
Sull'aereo c'è una giornalista che drizza le orecchie, si alza e raggiunge i due davanti alla porta del bagno. Dice: «Va bene anche una giornalista? Mi dica che c'è nella valigetta».

«Ecco che c'è...» solleva la ventiquattrore all'altezza del petto e fa per aprirla. Ci ripensa, rinuncia e la lascia ciondolare a fianco. «No, non ora, ma verrà il momento. Oh se verrà.» Torna a sedere e sistema la valigetta sulle ginocchia, con tanto amore. La giornalista guarda lo Zoppo e riprende il suo posto a sedere. Scuote il capo. Poli Ugo chiude la porta del bagno alle spalle, ma la riapre subito e chiede: «La chiave?». Linda ha assunto le sue funzioni di hostess. È una ragazza in gamba e ora è calma e nel suo ambiente. Dice: «La chiave l'hanno sequestrata i due. Chiedigliela».

«Non mi va di essere controllato in bagno: ne farò a meno.»

Linda alza le spalle: «Perché non sei rimasto a terra?». Non aspetta la risposta: «Sono contenta che tu sia qui. Mi sento più tranquilla». Ancora due battute e siamo a «Capitol», con Linda che bacia lo Zoppo. Fortunatamente interviene il numero Uno a rimettere le cose a posto: «Tu nello strapuntino e tu...». Guarda male lo Zoppo: «Di te non mi fido. Perché non sei rimasto fuori?».

«Me lo hanno chiesto tutti, ormai: a terra e qui. Non lo so. Se non mi vuoi, ferma l'autobus e fammi scendere.» Zoppica fino al suo posto.

Chi si sia trovato in una simile situazione, sa quanto è difficile restare calmi e seduti. O si litiga con il vicino, come stanno facendo il professor Delli Canti e il docente universitario, o si cercano distrazioni di altro genere. Come tenta di fare Romeo.

«Posso andare in cabina di pilotaggio, numero Uno?» Il numero Uno è diffidente e chiede a Romeo: «A che fare?».

«A vedere. Sotto le armi ero in aviazione e mi piacerebbe... Non è che qui ci siano molte distrazioni.»

«Leggi un libro.»

«Al posto mio, tu leggeresti?» Romeo ha la voce delicata e gradevole, proprio come ci si attende dal suo aspetto fisico. E ha sempre il sorriso sulle labbra. Ispira simpatia e potrebbe avere un sacco di donne, se volesse. Una simpatia contagiosa che attira persino Delli Canti che smette di offendere il docente per aggregarsi a Romeo: «Così giovane e hai già fatto il servizio militare? Come ti sei trovato?».

«Né bene né male, così.»

«Ecco, se vuoi leggere, io ho un libro...»

«Preferisco muovermi.»

«Anch'io, ma è sconsigliabile uscire a passeggiare.» Alla battuta, ride solo lui e segue Romeo alla cabina di pilotaggio. Il numero Due controlla il comandante e il pilota e non desidera intrusi: spinge fuori i due, con la canna del mitra e senza parlare. Forse è muto. Un vantaggio per un terrorista di professione.

Valigetta ha l'incazzatura facile e ricomincia a sbraitare: «Ecco, un bel modo di trattare la gente. Giuro che la pagherete. Vi farò vedere chi è il professor Delli Canti. È una vergogna che gente civile...». Romeo lo calma e lo consola: «Lasci perdere, professore: quelli hanno i mitra».

«Ecco, ma ho anch'io qualcosa che farà male.» Accarezza la ventiquattrore che tiene, con amore, sulle ginocchia e riprende con il docente che gli siede accanto: «Lasci il suo posto a quel bravo giovanotto, molto più carino e gentile di lei! Sta qui a rompere... Gli intellettuali!». Torna a Romeo: «Ecco, siamo in un bel guaio, vero? Che andavi a fare a Roma?».

«Un piacere a un amico: una cosa veloce e domani di nuovo a Bologna.» Indica lo zainetto colorato sulla reticella: «Non ho portato bagaglio».

«Ecco, anch'io sarei ritornato a Bologna domani. Non mi sono portato neppure lo spazzolino da denti. Dovevo incontrare l'onorevole e ripartire per Bologna. Ora chissà come finirà.»

«Non mi preoccuperei troppo, professore. Prenda quello che passa il convento e ci rida sopra.»

«È una parola, caro.»

Il Bangladesh è dall'altra parte del mondo, stando al tempo che ci si mette per arrivarci. I terroristi dormono a turno e i passeggeri, almeno in questo, sono avvantaggiati e dormono senza problemi. Li sveglia il gridare e i calci che il numero Due picchia nella porta del bagno. Rinuncia alle buone maniere e punta il mitra contro la serratura. Linda lo ferma in tempo: «Non sparate! Ho un'altra chiave. C'è qualcuno dentro e potresti...». Interviene anche il numero Uno: «Perché mi hai tenuto nascosta l'altra chiave?».

«Nessuno mi ha chiesto di parlarne.»

«Apri!» Poli Ugo non si mischia, ma quando Linda grida,

impietrita davanti alla porta spalancata, zoppica più presto che può verso di lei. Il professor Valigetta è seduto sul vaso; ha i calzoni calati alle caviglie e le mutande completamente indossate e al giusto posto. Ha la gola squarciata e il sangue sgorga dalla ferita. La giornalista, il docente universitario e il cooperatore mostrano, in maniera diversa, l'orrore alla scena che sta davanti ai loro occhi. Il solo Pisello non si è alzato dalla poltrona: si preme le mani sulle orecchie e storce il viso come per piangere. Romeo passa davanti alla porta del bagno senza guardare dentro; tiene gli occhi bassi ed è preoccupato solo di non vedere sangue. Siede sulla poltrona e dice a Pisello: «Stia calmo e non guardi. Io non ho guardato... Prima o poi doveva accadere».

«Lo so che doveva accadere: so come finiscono gli atti di terrorismo, ma mi illudevo che...» Riesce a piangere, in silenzio. Davanti alla porta del bagno c'è anche il rappresentante del governo del Bangladesh, senza più manette, e grida ai terroristi, e nella sua lingua, l'indignazione per l'esecrato crimine. Il numero Uno fa segno a tutti di tornare a sedere; chiude la porta del bagno, e con voce calma, dice: «Questo non era nei piani». Guarda i passeggeri uno per uno. «Ora io voglio il responsabile prima di atterrare. Avete cinque ore di tempo.»

Linda è riuscita a piangere mezz'ora dopo e lo ha fatto in silenzio, seduta accanto a Poli Ugo. Dopo, più calma, dice: «Dormivo nello strapuntino di testa e mi ha svegliato il casino che faceva il numero Due, davanti alla porta del bagno. Quando ho capito che avrebbe sparato per aprirla... Hai veduto com'era ridotto il professore?». Lo Zoppo annuisce e chiede: «Quando sei uscita dal corridoio, hai notato se mancava qualche passeggero?».

«Non ho guardato. È stato uno... uno dei passeggeri?»

«Diciamo che può essere. Di certo non si è suicidato, dal momento che l'arma è sparita, esattamente come la chiave della porta del bagno e la valigetta.»

«Allora uno... Allora qui c'è un assassino.»

«Qui o in cabina di pilotaggio, Linda.» La hostess si solleva leggermente per una panoramica sui sequestrati. La panoramica termina sui sequestratori. E Linda acquisisce la sua certezza: «Sono stati i terroristi».

«Il motivo?»

«Non lo so. Hanno ucciso il professore e lo hanno chiuso in bagno: solo loro avevano la chiave.» Poli Ugo stringe Linda alle spalle e dice:

«Anche tu avevi una chiave del bagno.»

«Sì, ma non lo sapeva nessuno.»

«Neppure il comandante o il pilota?»

«Loro, sì, sapevano, ma...»

«Lasciamo perdere, Linda.» Il tono della sua voce è preciso e accusa. Linda lo capisce e grida:

«Che significa "lasciamo perdere"? Tu pensi che io...» Si alza e guarda lo Zoppo, cattiva: «Figlio di puttana! E io mi stavo fidando di te. Figlio di puttana!». Se ne va e temo che Poli Ugo abbia perduto un'amica. Non se ne preoccupa molto. Siede accanto al cooperatore e dice:

«Gran brutto risveglio, no?»

«Io non dormivo, caro signore. Come si può dormire in situazioni simili? Solo gli incoscienti...»

«Se non dormivi, hai veduto chi è entrato in bagno a uccidere il professore.»

«Il fatto che non dormissi, non significa... Voglio dire che io stavo riflettendo a occhi chiusi. Rifletto meglio.»

«Ho capito. Proverò anch'io, un giorno o l'altro» e si dedica alla giornalista: «Anche tu, signora, riflettevi a occhi chiusi?».

«No, io dormivo. Ora, invece sogno a occhi aperti.»

«In che senso?»

«Nel senso che appena metterò piede a terra, manderò un telex con il resoconto del sequestro, al mio giornale. Ho atteso un'occasione simile per anni e sono la prima giornalista che abbia assistito in diretta a un atto terroristico con morte di passeggero. E che passeggero: l'amico di un onorevole e con la ventiquattrore piena di documenti compromettenti.»

«Già, ma si dà il caso che la valigetta sia sparita assieme all'arma del delitto e alla chiave del cesso.»

«Non importa; resta il fatto e il fatto è mio.» Si avvicina pericolosamente allo Zoppo. Tanto che lui ne aspira il profumo ed è incredibile come, dopo oltre nove ore, la bella signora emani un delizioso profumo. La donna mormora all'orecchio di Poli Ugo, e c'è un'inflessione erotica nella sua voce: «E tu conosci il nome dell'onorevole: tienilo per me. Ti pagherò».

«Quanto?»

«Quello che vuoi.» Il viso di Poli Ugo si apre al solito sorriso da iena e la giornalista risponde al sorriso d'intesa: «Sì, anche. Appena saremo fuori dall'aereo».

Romeo è più pallido del solito; ha il capo appoggiato allo schienale e gli occhi chiusi. È stanco e si vede.

«Vuoi un caffè?»

«No, grazie. Vomiterei. Mi sento malissimo. Ne avremo per molto?»

«Temo di sì, se non verrà fuori il responsabile.»

«Sono stati i terroristi.»

«Li hai veduti?»

«No, ma è la sola logica conclusione. Ora scaricano le responsabilità su uno di noi. Ridicolo.» Parla stancamente. Apre gli occhi e guarda lo Zoppo: «Il professore era in bagno a farsi la barba...».

«Come lo sai?»

«C'è il flacone di crema da barba sul lavello.»

«C'è, l'ho veduto. E poi?»

«E poi... E poi i terroristi lo hanno seguito e gli hanno tagliato la gola con il rasoio che il professore stava usando.» Chiude gli occhi e si rilassa contro lo schienale. Sta male e se non arriveremo presto alla capitale del Bangladesh, avremo un altro cadavere a bordo.

Poli Ugo dice a Linda: «Vedi di fare qualcosa per Giulietta». Linda guarda lo Zoppo senza capire. «Il giovanotto.» La hostess si sporge dalla galley e guarda Romeo. Dice: «Voi uomini. Tutti uguali. A me sembra un ragazzo normale. E anche carino».

«Se lo dici tu.»

«Lo conosci?»

«In archivio c'è qualcosa: parecchi anni fa... una storia di violenza carnale, da bambino, gli ha lasciato un sacco di complessi e problemi. Non è colpa sua. Portagli qualcosa di forte che lo tiri su, ma non offrirgli altro: si offenderebbe, temo.» Sorride con il sorriso da iena che gli deforma il viso e mette in evidenza i denti. Linda non gli perdona di sfottere le disgrazie altrui: «È come dico io: sei un figlio di puttana!». Ha altro da aggiungere, altro di pesante e che riguarda la menomazione di Poli Ugo; è troppo buona e educata per farlo. Lascia perdere e si dedica a Romeo-Giulietta; gli porta un bicchiere di cognac e un sorriso accattivante, da hostess.

Ma i guai, come sappiamo, non mancano quando ce ne sono già tanti: il comandante esce dalla cabina di pilotaggio e va dal terrorista numero Uno. Dice: «Sono costretto a modificare la rotta. Non arriveremo mai a Dacca. L'autonomia dell'aereo ci permette ancora una mezz'ora di volo e...». La notizia non è gradita. Il numero Uno si arrabbia e finirà male per qualcuno: «Avevo chiesto un'autonomia di dodici ore! È un trucco?».

«Se non atterreremo a Colombo, nello Sri Lanka, non usciremo vivi...» La canna del mitra gli si pianta nei muscoli dello stomaco. Il numero Uno grida: «Andiamo a Dacca!». Linda, vicina al comandante, lo sostiene e dice il suo parere: «Bestia! Se dice che non arriveremo a Dacca... Vuoi crepare? Io no!». Accompagna il comandante nella galley e gli dà qualcosa da bere. «Grazie, Linda, ma non ti preoccupare: punterò su Colombo e nessuno lo impedirà. Ci vuole altro che un fanatico. Sono io il responsabile, qui.»

In sanscrito, Sri Lanka significa "isola splendente" e da quanto si riesce a cogliere dal finestrino dell'aereo, il nome è appropriato; il cielo terso pare di cristallo, l'aria pulita e senza foschia lascia passare lo sguardo verso un mare di corallo o verso monti verdi come lo smeraldo. Cristallo, corallo e smeraldo: un luogo tranquillo da guida turistica.

Per il rifornimento di carburante, le autorità locali prendono tempo e le tigri del Bangladesh sono nervose. È in aumento anche la tensione fra i passeggeri. Il solo Romeo è tranquillo e sorridente: ha preso gusto al cognac (o a Linda) e si reca sovente nella galley e sul viso è tornato un minimo di colore. Cerca il dialogo: «Mi fa piacere tornare a Ceylon».

Il docente non ha voglia di dialogare e si stringe nelle spalle, ma Romeo insiste: «Mai stato a Ceylon? Le piacerà».

«Non dica idiozie: nessuno scenderà e faremo la fine del povero professore.» Sfoglia velocemente le bozze e rimpiange di non averle spedite prima di recarsi alla stazione ferroviaria. Il pessimismo dell'universitario la vince sull'ottimismo di Romeo il quale cambia interlocutore e si rivolge a Poli Ugo: «A Colombo ci sono posti meravigliosi e io vi farò da guida. Siamo fortunati: in maggio c'è il Vesak, la festa per la nascita, l'illuminazione e la morte di Buddha...».

«Sì, una fortuna sfacciata. Se scenderemo a terra.» Dalla cabina di pilotaggio esce il numero Uno; si pianta nel corridoio e dice: «Ora salirà a bordo un incaricato del governo locale. Che nessuno si muova e che nessuno parli del professore ucciso. Non tollero disubbidienze!». E si piazza accanto al portello mentre il numero Due si mette di guardia sul lato destro dell'aereo. Anche Poli Ugo vuol vedere il panorama e da un finestrino di coda guarda la pista. Mentre un signore si avvicina all'aereo dalla parte del muso, dalla coda si avvicinano di corsa quattro teste di cuoio e lo Zoppo le scorge. È il solo perché il numero Due non ha nello specchio visivo la parte posteriore dell'aereo mentre il numero Uno si occupa della parte anteriore sinistra, di dove l'incaricato del governo attende. Fra poco scoppierà l'inferno. Linda apre il portello e l'incaricato sale a bordo, resta più fuori che dentro, ma può salutare, con un gesto, il prigioniero più importante. Mentre il numero Uno discute con l'autorità, Poli Ugo fa un cenno a Linda: «Di' al comandante di sbloccare il portello di coda».

«Tu sei pazzo! Se lo farà, ci uccideranno.»

«Ci uccideranno ugualmente. Fidati di me e avvertilo. Poi raggiungimi nella prima poltrona, a lato del portello.» Linda non è convinta, ma lo Zoppo la tranquillizza: «Lascia perdere la tua considerazione nei miei confronti: ne riparleremo». Le trattative vanno per le lunghe e Linda ha il tempo di parlare al comandante. Poi raggiunge Poli Ugo e lo Zoppo la fa sedere verso l'esterno: «Sbloccherà il portello posteriore nel momento in cui il numero Uno chiuderà quello anteriore. Così si maschereranno eventuali rumori. Cosa hai in mente?».

«Nulla. Qualunque cosa accada, non muoverti di lì.»

L'incaricato del governo torna a terra e resta l'attesa e il numero Uno aggiorna: «Ho dato un'ora di tempo per il rifornimento. Se ubbidiranno, vi libererò e scenderete a terra. Tranne l'assassino del professore che verrà con noi». Il docente prende il coraggio a due mani e si alza in piedi. Intende salvare le bozze del libro. La voce gli trema: «Lei sa che noi siamo innocenti. Nessuno aveva un'arma e la chiave del bagno l'avevate voi. Ora tentate di addossarci un delitto che non abbiamo commesso. E se i miei pavidi compagni di sventura non hanno il coraggio di parlare, lo farò io e...». E la smette e si siede. Trema.

«Non sono qui per difendermi. Gli accusati siete voi» dice il numero Uno e dà un ordine al numero Due. Il comandante e il pilota vengono condotti in cabina passeggeri. «Comandante, io rilascerò le donne immediatamente se mi consegnerà l'assassino.» La giornalista si sente offesa: «Io non me ne andrò. Queste sono discriminazioni». O ha coraggio da vendere o sa fare il suo mestiere. Anche Poli Ugo dice la sua, senza alzarsi dalla poltroncina e tenendosi davanti a Linda: «Quando è stato ucciso il professore, noi dormivamo. I soli svegli eravate voi terroristi».

«Non siamo terroristi, zoppo! Anche il comandante e il pilota erano svegli e io so ciò che dico.»

«Allora cerca la valigetta del professore e forse troverai il movente dell'omicidio e quindi il responsabile.»

«Non sono un poliziotto.»

«Ho capito, ma un aereo non è una città e una ventiquattrore non la si può gettare nel cesso. Lasciate che cerchiamo noi.» Tenta di distrarre i terroristi e di guadagnare tempo nella speranza che le teste di cuoio... Ma la giornalista non ha capito, come accade spesso ai giornalisti: «Sì, ora ci mettiamo a giocare agli investigatori. Se ne occuperà la polizia al momento giusto». Il numero Uno sa come andranno le cose: «La polizia non perderà tempo e noi saremo i responsabili. Forse lo zoppo non ha torto e qualcuno di voi cercherà la ventiquattrore». È quasi fatta, ma l'ironia della giornalista non ha limiti: «La valigetta scomparsa: siamo in un poliziesco di Agatha Christie». Poli Ugo tenta un recupero: «No, siamo solo nei guai e se la valigetta...». E finalmente arrivano i nostri: l'opera di distrazione è riuscita. Il numero Uno è a fianco di Poli Ugo e quando la porta che dà alla scaletta posteriore si spalanca, punta il mitra. Non fa a tempo a usarlo: un colpo di bastone lo coglie fra capo e collo e lo fa crollare sul pavimento. Un colpo tremendo che potrebbe ucciderlo; il bastone di Poli Ugo è pericoloso come un'arma. Lo Zoppo si getta a coprire Linda; il numero Due non ha il tempo di premere il grilletto perché una raffica lo stende e il suo grido disperato gorgoglia nel sangue che esce dalla bocca e dal naso.

È finita in pochi secondi e in una raffica di mitra. Resta il mistero del professor Giangiacomo Delli Canti, detto Valigetta, ucciso nel bagno chiuso a chiave. E restano i misteri di una ventiquattrore, di una chiave e dell'arma del delitto, sparite senza lasciare traccia. Qualcuno a terra se ne occuperà e vedrà di arrivare alla soluzione.

Colombo, capitale di Ceylon (oggi Sri Lanka), nella lingua locale significa "foglia di mango". Lo comunica una dolce e delicata indigena, in un italiano esotico, mentre accompagna i reduci lungo i trenta chilometri dall'aeroporto all'albergo. In altra situazione sarebbe carino ascoltare la melodia di quella voce magnificare le virtù turistiche dell'isola più bella del mondo, ma i viaggiatori loro malgrado hanno da smaltire le stanchezze e le violenze. Il colpo di grazia lo hanno ricevuto dal lungo ed estenuante interrogatorio sostenuto all'aeroporto, per cui la ragazza parla e nessuno l'ascolta.

Il corpo del professor Giangiacomo Delli Canti è ancora in bagno e sull'aereo la polizia non ha trovato né la valigetta, né la chiave, né l'arma del delitto. Sparite nel nulla. Eppure un aereo non è una città e una valigetta ventiquattrore non sparisce nel cesso.

Per farsi perdonare i disagi del viaggio, i passeggeri vengono sistemati al Ceylon International (250 camere, telefono, televisione, aria condizionata, ristorante, bar in camera e al piano terra, piscina, ampio parcheggio...). Un albergo come si incontra nei film americani. I passeggeri, partiti da Bologna in un maggio stento e freddo, si trovano, ancora in maggio, in una temperatura tiepida e riposante. L'aria calda è però umida e poco a poco si fa insopportabile per Poli Ugo. Romeo è tornato normale e Linda ha ripreso a sorridere; si è tolta la giacca da hostess e la camicia di cotone leggero, mossa dal vento, le accarezza il corpo e la fa più attraente. «Un clima di merda» borbotta lo Zoppo. «Ma se si sta benissimo» dice Linda. E spalanca le braccia.

Nell'atrio dell'albergo dice ancora: «Non ti ho ringraziato e lo faccio ora. Senza di te, non sarebbe ancora finita». Poi, imbarazzata, si guarda la punta delle scarpe: «E scusa se ti ho giudicato male». Poli Ugo cerca il più cordiale dei sorrisi e trova la solita smorfia in un volto appuntito, da animale notturno. Linda conclude: «Ceniamo assieme, questa sera». Senza mezzi termini. «Nulla in contrario, ma sono partito con pochi soldi e non prevedevo di fare turismo.» Una figuraccia, ma a Linda non interessa; alza le spalle come a dire "qualcuno pagherà".

La stanza è comoda e confortevole e il terrazzo si affaccia sul parco verde e silenzioso. Sul terrazzo a fianco, Pisello è uscito a rilassarsi. Sorride allo Zoppo ed erano ore che non sorrideva. Indica il parco e dice: «Un paradiso».

«Già. Vi sentite meglio, signor Canna?»

«Come dopo una brutta esperienza signor... Non so il suo nome.»

«Esperienze come questa non dovrebbero essere una novità per voi, signor Canna.»

«Come sarebbe a dire?»

«Sarebbe a dire che fra delinquenti ci si intende, Pisello.»

Pisello fissa lo Zoppo, smette di sorridere e rientra senza più parlare. Un attimo dopo, la porta della sua stanza si chiude con un botto e Poli Ugo scavalca la ringhiera di divisione. Non è agile come un eroe, ma è sempre riuscito a fare ciò che ha intrapreso e che è normale per i colleghi a due gambe. Le due grosse valige di Pisello sono sul letto, chiuse. Senza rispetto, lo Zoppo ne scombina il contenuto per la stanza, ma non trova ciò che avrebbe voluto. «Se la ventiquattrore non è sull'aereo, si trova nel bagaglio di uno dei passeggeri. E la polizia non ha controllato. Ora sarà dura ritrovarla. Avrei scommesso...» Smette il borbottio e torna in camera sua. Si sdraia sul letto, vestito, e riprende: «Nello zainetto moderno e colorato di Romeo la valigetta del professore non può stare. Umberto Come non ha bagaglio e il cooperatore ha lasciato le sue valige all'aeroporto, in deposito». Non è caldo, ma lo Zoppo suda. «Clima di merda: un'umidità che ci si potrebbe nuotare.» Ed è abituato al clima di Bologna che, quanto a umidità, non è secondo. Si toglie la camicia e resta in maglietta della salute. I calzoni non li toglie mai, neppure per scopare. Forse per non mostrare la gamba destra massacrata. Si massaggia, in silenzio, il piede ortopedico. Gli dico: «Hai dimenticato la signora giornalista». Mi sorride come si farebbe a un povero di spirito: «Non l'ho dimenticata, ma se la ventiquattrore ce l'ha lei, è al sicuro e non sparirà. Nel suo mestiere, i documenti compromettenti si conservano. C'è tempo, c'è tempo. Intanto sarebbe interessante sapere chi aveva interesse alla ventiquattrore». Non posso aiutarlo: gli indovinelli non sono il mio forte. Tento una risposta: «Di certo interessava all'onorevole». Non mi degna e seguita nel ragionamento a voce alta: «Uno dei due dirottatori ha la risposta, ma non sarà facile farsela dare. Uno di loro era certamente sveglio e aveva la chiave del bagno. A chi l'ha consegnata? E perché?». Non mi sembra tanto difficile: «È chiaro: l'ha consegnata al professore che andava in bagno». «Non è detto, non è detto. Che bisogno aveva di chiudersi a chiave se andava semplicemente a radersi?»

«E per radersi si è calato i calzoni?»

«Sì, ma ha conservato le mutandine.» Mi ci sto perdendo e lascio perdere. Le autorità competenti attendono i passeggeri e l'equipaggio nella sala delle conferenze. Ora il traduttore è un uomo. Brutto, per di più. Meglio la ceylonese di poco fa. In un italiano approssimato comunica: «La polizia ha di nuovo controllato aereo; borsa di professore non è ritrovata. La polizia è certa che professore ucciso da cattivi terroristi e chiede collaborazione di signori passeggeri e signori equipaggio. La polizia chiede di riferire ogni particolare che viene in mente. La polizia ringrazia i signori». Niente da fare: i signori passeggeri dormivano e i signori equipaggio erano impegnati nella guida dell'aereo. Eppure almeno uno dei passeggeri non dormiva. Anche Poli Ugo ricorda e guarda i compagni di sventura e sorride loro con complicità. Prima che la riunione si sciolga, Pisello ha da fare una rimostranza: «I miei bagagli sono stati aperti e io protesto energicamente. La polizia non può permettersi di...». La polizia se ne va senza rispondere e senza salutare. Poli Ugo chiede al traduttore: «Come stanno le due tigri?».

«Terroristi, signore, non tigri. Uno è ferito grave in ospedale. Altro è trovato svenuto in aereo e ora in prigione.» A tutti i presenti: «Quando la polizia completa le indagini, restituirà documenti e autorizza ritorno in Italia. Grazie e scusa, signori». Gli scampati all'avventura si sono lavati e profumati; non Pisello e lo Zoppo. Il primo è nervoso e il secondo non ha avuto il tempo. Linda è bella, giovane e sorridente. Dice: «A stasera». Ma lo Zoppo non ha abito di ricambio. Solo una camicia, un paio di mutande e i calzini di scorta: a Roma doveva restare due giorni e non era previsto il turismo di massa nello Sri Lanka.

Che dallo Sri Lanka siano passati gli inglesi, lo si capisce già dal secondo giorno di permanenza. La lingua capita, parlata e letta è l'inglese, nonostante siano transitati portoghesi, olandesi, francesi che si sono contesi l'isola a suon di cannonate. Gli alberghi si chiamano Intercontinental, Holiday, Sea, World, Smith's Guesthouse; i ristoranti Garden Room, Golden Topaz, Green Cabin, Moonstone e via dicendo; i film sono in inglese, gli sport più praticati sono il tennis e il cricket e i quartieri di Colombo hanno l'aspetto di una cittadina di provincia inglese. Ma se appena uscite da Colombo, vi trovate nella più classica situazione indiana e per le strade di campagna, anziché cani o gatti, vi imbattete in scimmie, scoiattoli e cobra. I coccodrilli stanno nella parte meno abitata dell'isola. Avendo tempo da perdere e soldi da spendere, ci si potrebbe divertire, ma a queste condizioni ci si diverte anche a Bologna.

Poli Ugo di tempo ne ha poco e soldi meno ancora. E ha

un chiodo fisso: arrivare al responsabile del morto in bagno. La cena con Linda non gli ha portato nuovi elementi, ma la notte trascorsa nella sua stanza non è andata perduta. E per alcuni buoni motivi. Linda è una ragazza che quando decide, ci sta fino in fondo e senza riserve. Una notte che ha ripagato dei disagi sopportati. E il soggiorno promette di dilungarsi. Non capisco cosa le donne trovino in Poli Ugo, scortese e musone, ma chi le capisce le donne? Lo Zoppo lascia Linda nel letto, addormentata e deliziosamente scoperta, al mattino presto e perde tempo nell'atrio fino all'arrivo della giornalista che va a fare colazione. Anche Poli Ugo entra in sala e siede, senza chiedere permesso, al tavolo della giornalista. «Come va? Che avete fatto di bello ieri sera?» «Lavorato. A mezzanotte è partito il primo servizio per il giornale. Lei si è dato alla bella vita. Ragazza simpatica quella Linda. Un po' stupidina, magari...»

«A me non sembra stupidina.»

«Agli uomini come lei non interessa molto se le donne sono stupide o no.» È acida, ma lo Zoppo sopporta. Va allo scopo, senza preamboli: «Ditemi una cosa, signora: come siete riuscita a far sparire la valigia del professore?». La bella non è spiritosa. Si alza, raccoglie la tazzina e cambia tavolo. Poli Ugo non molla e la raggiunge. «Quella notte ero sveglio e sono in grado di raccontare per filo e per segno come sono andate le cose.»

«E allora racconti. Io e il mio giornale siamo interessati alla verità.»

«Ci credo: un bel colpo giornalistico. Lo avete detto voi, signora. Io che ne ricavo?»

«Che vuole?»

«Sapere come e dove avete nascosto la valigetta del professore.»

«Non se ne fa nulla. Lei bara, signore caro.»

«Se credete. Peccato per voi, signora.» Ora è lo Zoppo che abbandona il campo perché ha capito che non otterrà nulla, neppure barando. A questo punto può trattare la signora come si merita. Intanto passa al "tu": «Se vuoi il mio consiglio, fa' riapparire la valigetta o di qui ce ne andremo a Natale. Non ho intenzione di passare l'anno a Colombo. Finirà che mi stancherò e racconterò alla polizia un paio di cose». Nessuna impressione. O la signora sa giocare bene a poker o ha la coscienza tranquilla. Dice: «Le minacce usale con la stupidina. È così che l'hai convinta a venire nel tuo letto?». «Errore: io sono andato nel suo letto. Salve. Ci parleremo ancora noi due.»

«Sì, quando avrai notizie interessanti per il mio giornale.»

Umberto Come prende il sole sul bordo della piscina senza occuparsi delle belle seminude nell'acqua né delle scimmie fra gli alberi di mango. Occhi chiusi, occhiali sul naso e stesso abito pesante di ieri. La sola cosa che gli si abbronzerà, sarà la barba incolta, ma a Roma non se ne accorgerà nessuno. Posate sul petto ha le bozze del saggio. «Bella giornata, professore.» Umberto Come apre gli occhi e prende la posizione seduta: «Mi sono appisolato». Mostra una guida turistica: «C'è scritto che qui si devono indossare abiti leggeri e tutt'al più un impermeabile se si è nella stagione dei monsoni. Siamo nella stagione dei monsoni, secondo lei?».

«Non li conosco.» Poli Ugo siede accanto al docente. «Per te, professore, va male. La polizia si interessa alla tua discussione con Delli Canti.» Il professore ci mette un po' a realizzare e infatti continua a seguire i suoi pensieri: «Lei pensa che avrò caldo?». Poi arriva e fissa sbalordito lo Zoppo: «Si interessa alla mia discussione con Delli Canti? Non vedo il nesso...».

«Lo vede la polizia. Un figlio di puttana ha raccontato alla polizia la lite fra voi due.»

«Quale lite, scusi?»

«Hanno sentito tutti che discutevate cattivo. Di cosa, io non so, ma che discutevate posso testimoniare, nel caso me lo chiedessero.» È più subdolo di un serpente.

«Guardi che il professore mi aveva offeso; mi aveva chiamato vigliacco perché non reagivo ai terroristi. Gli ho risposto che non sono un eroe, ma un intellettuale con altri interessi. E lui mi chiamò... intellettuale di merda. Proprio così. Avrei dovuto tacere, secondo lei?»

«La polizia ci crederà? Qui siamo fra selvaggi.» E se ne va. Butta esche e lascia pasturare. Non ho idea di cosa otterrà. L'ultimo pesce è Pisello; almeno per la mattinata. Gli altri li contatterà nel pomeriggio e ne restano parecchi: l'equipaggio, Romeo, i terroristi...

«Mi hanno detto che hai visitato il porto. Interessante?»

«Insomma, che vuole da me?»

«Sapere come te la caverai se la polizia verrà a sapere dei tuoi rapporti di sette anni or sono con il defunto Delli Canti. Fu grazie alla sua testimonianza che te la cavasti nel rapimento Fasolli.»

«Ma lei, scusi, che ne sa?» Poli Ugo fa un gesto vago che significa molto. «Non vorrà riparlare di un fatto tanto vecchio.» Si preme le mani sulle guance. «Mio Dio, ma come si fa a...» Ci pensa un attimo e decide: «Già allora io ero al corrente di certe tendenze del professore. Ne avevo le prove e pensai di servirmene per venire fuori pulito dal processo. Non ero implicato nel rapimento, ma non avevo alibi e se non mi avesse aiutato il professore...».

«Ti credo; e quali erano le tendenze di Delli Canti?»

«Gli piacevano... Insomma se la faceva con... Ci aveva provato anche con me, durante la mia degenza nella sua clinica.»

«Un professore dai gusti squallidi.»

«Ma guardi che sette anni fa ero un bel giovane.»

«Sì, lo ricordo.»

«Non ne parlerà alla polizia, spero.»

«Dormi tranquillo, Pisello.»

Romeo indica il promontorio: «Quella è Lavinia». L'antica residenza del governatore britannico si confonde con le rocce e fra il verde. «Lavinia era il nome di una bellissima e mitica ragazza di Ceylon. A un chilometro c'è il più bel giardino zoologico dell'Asia e se volete...» Né lo Zoppo né Linda lo ascoltano. La hostess si è tolto l'abito ed è rimasta in un minuscolo fazzolettino sull'inguine. Poli Ugo, per darsi un contegno, siede in disparte e cerca di togliere la sabbia dalle scarpe senza togliere le scarpe dai piedi. Romeo ignora il bel corpo nudo di Linda e si spoglia anche lui per restare in calzoncini da bagno. Alberi di tamarindo, papaya e palme di cocco chiudono, verso terra, la spiaggia ondulata di dune bianche; una ghirlanda di scogli corallini luccica al sole, fra la schiuma delle onde. Un paesaggio unico al mondo: la perla dell'Oceano Indiano, c'è scritto sulle guide turistiche. «Altro che ministero dell'Interno e nuove metodologie d'archiviazione.»

Linda, gocciolante di mare, viene a sdraiarsi accanto a Poli Ugo e la sabbia fine le modella un abito aderente che non nasconde nulla. «Non ti spogli?»

«Fa un freddo cane.»

«Non dire idiozie: siamo in paradiso.» Romeo è ancora in acqua e i due sulla spiaggia sono la sola presenza a perdita d'occhio.

«Avevo bisogno di una vacanza» dice Linda.

«Il povero Valigetta non la penserebbe così.»

«Ancora lui? Rilassati.»

«No, fino a quando non avrò la soluzione.»

«L'hai già: sono state le tigri del Bangladesh.» Poli Ugo, vice ispettore aggiunto, scuote il capo e guarda Romeo in acqua. Poi indica il paesaggio e dice: «Un panorama così meriterebbe di stare a Riccione».

«Non credi che siano stati loro?»

«Io sono certo che non sono stati loro.»

«Il motivo?»

«Perché non ne avevano il motivo, perché non avrebbero incolpato altri del loro delitto, perché l'incidente non era nei loro piani...»

«Va bene, va bene. E allora?»

«Allora... Uno qualsiasi di voi. Tu, per esempio: come sapevi che in bagno c'era qualcuno se la porta era chiusa e dormivi?» Linda si mette le mani nei capelli bagnati: «Oh Cristo! L'ho immaginato. Una porta chiusa e uno che vuole sfondarla...». Di nuovo lo Zoppo scuote il capo e Linda continua: «Debole come scusa, ma vera. E tu? Non ne sei fuori. Il professore ti ha chiamato "zoppo" e ti sei offeso. Per un represso come te, è un motivo sufficiente per uccidere».

«Sì, c'è anche il sottoscritto nella lista di nozze.» Si passa la mano sul viso: «Odio la barba di un giorno e non mi rado da tre».

«Non ci sono barbieri a Colombo?»

«Selvaggi: non mi fido. Siamo fra selvaggi.» Romeo si lascia cadere a fianco di Linda. Dice: «Non sono selvaggi. Sono più civili di noi».

«E perché non ti fai radere, allora?»

«Quando sono per il mondo, tengo la barba. È indice di libertà. Non mi porto neppure il rasoio. È indice di libertà. Ma in un certo senso, tu hai ragione e qui ci sono dei selvaggi. Si tratta di una tribù, i Veddha, aborigena che vive nel Sud, nel parco nazionale di Gal Oya. Li ho veduti e vivono in maniera primitiva, dispersi nella giungla. Se volete vi ci accompagno.»

«No, grazie» dice lo Zoppo. «A me bastano i selvaggi di Colombo.» Linda guarda lontano, lungo la spiaggia; sorride e indica: «Quella ti fila, Poli Ugo. Ci scommetto il mio costume da bagno. Siamo a dieci chilometri dall'albergo, siamo arrivati con un'auto pubblica eppure ti ha trovato». Di lontano, la giornalista saluta con gesti. Arriva fino ai tre e in piedi, davanti a Linda, si toglie gli occhiali da sole e guarda la ragazza: «Complimenti, Linda».

«Per cosa, signora?»

«Per tutto.» Fa un gesto elegante a indicare il corpo della ragazza, dai piedi alla testa. «Per tutto, carina.» C'è una nota d'invidia nel tono della sua voce. Passa a Poli Ugo: «Lei non si spoglia?».

«Mai davanti alle signore.»

«Io sì, specie davanti agli uomini» e comincia dalla gonna. Avremo due donne nude e Poli Ugo non saprà dove guardare. Ma la giornalista ha classe e resta in due pezzi. Minimi, ma due. Tre con gli occhiali da sole. Il suo corpo è leggermente più appesantito di quello di Linda, ma il fatto passa in secondo piano perché lei, appunto, ha classe. E ha gli occhiali. Poli Ugo chiede: «Come ci avete trovati, signora?».

«Chiedendo al tassista che vi ha portati.»

«E perché?»

«Perché siete i più interessanti della compagnia e perché il mio giornale chiede interviste ai passeggeri.»

«Io sono hostess.»

«Benissimo: due passeggeri e una hostess. Il giornale ha

già pubblicato i miei due primi servizi e questa sera spedirò il terzo.»

«Sarete famosa» dice Poli Ugo.

«Lo sono già, caro. I due servizi usciti mi hanno portato in prima pagina. Ma perché mi dai del voi, caro? Non eravamo al tu?»

«Va bene. E che intenzioni hai?»

«Sfruttare la situazione, e al mio ritorno in Italia, clamorose rivelazioni.»

«A cosa alludi, signora giornalista?» La signora sorride con aria furba e dice: «Lo leggerai sul mio giornale. Prima pagina». Estrae dalla borsetta un piccolo registratore: «Intanto qui sono registrati i momenti chiave: le voci dei terroristi, le isterie del professore, i piagnistei del docente, i falsi eroismi del comandante... Tutto». Si avvicina a Romeo e porge il registratore: «Cominciamo da te, caro. Che mi dici?».

«Lo sa che a Sri Lanka, oltre al sabato e alla domenica, sono festivi anche i giorni di luna piena?»

«Non lo sapevo, ma non credo che interessi i lettori, caro. Interessa, per esempio, come ti sei sentito sull'aereo, quando si è scoperto...»

«Male. Da morire e...» Non sa che altro aggiungere; si alza e corre in acqua. La signora lo guarda e dice: «Strano giovanotto. Altri darebbero chissà cosa per arrivare sul giornale». A Poli Ugo: «Tu che mi dici, caro?». Gli porge il registratore. Poli Ugo guarda la giornalista, in silenzio e serio. Poi lentamente il solito sorriso cattivo gli deforma il viso. Dice: «Perché hai ucciso il professor Delli Canti?». La giornalista guarda Poli Ugo, guarda Linda, spegne il registratore e dice: «Mi sono sbagliata e non siete i più interessanti della compagnia». Si sdraia al sole e rinuncia alle interviste per il giornale.

Il traduttore della polizia locale fa del suo meglio per spiegare a Poli Ugo, vice ispettore aggiunto, che la valigetta è stata trovata *lì* e che è necessario che Poli Ugo la identifichi. *Lì* sarebbe la galley anteriore dell'aereo, a destra guardando la cabina di pilotaggio. Di fronte alla galley c'è lo strapuntino dove stanno le hostess quando non intrattengono i passeggeri. Sia la galley che lo strapuntino sono separati dal corridoio mediante una tenda. Lo Zoppo guarda *"lì"*, guarda il traduttore e chiede: «Come mai non è stata trovata durante il primo sopralluogo?». «Perché non visibile. Spiego, signore: un agente ha notato che in un pannello di rivestimento della galley mancava la copertura a una vite di fissaggio. Con semplice moneta da una rupia, agente ha tolto vite e pannello e dietro, nella intelaiatura dell'aereo, ha trovato borsa che lei ora riconoscere, prego.» Mostra la ventiquattrore e lo Zoppo conferma: «Sì, è la borsa del professor Delli Canti». L'apre e se si aspettava di trovare la soluzione dell'assassinio, resta deluso. È vuota. Vuota di documenti, intendo, perché contiene un rasoio e la chiave del bagno. Poli Ugo guarda il capo della polizia locale e chiede: «I documenti? Gli effetti personali del professore?». Dopo opportuna traduzione, apprende che quello e solo quello era ed è il contenuto della ventiquattrore. Il sorriso ironico di Poli Ugo significa che non ci crede. E lo dice: «Non è che la polizia locale ha asportato i documenti per fare un piccolo grande favore a qualcuno, in Italia?». Il traduttore fa il suo mestiere e appena ha reso comprensibile la frase dello Zoppo, il capo della polizia grida e si fa rosso come un fiore di mango. E spero che i fiori di mango siano rossi altrimenti ci faccio la figura del provinciale. La traduzione delle grida chiarisce il concetto: la polizia locale ha problemi suoi; la polizia locale fa il proprio dovere e ha altro di cui occuparsi che le porcherie di un politico italiano; che a Ceylon la mafia non ha ancora messo piede; che il signore italiano zoppo stia attento a come parla... Poli Ugo si scusa sottovoce. «La polizia accetta scuse e considera conclusa l'inchiesta perché i responsabili sono già in carcere.» Il capo della polizia raccoglie il rasoio dalla valigetta e lo porge a Poli Ugo; spiega, in traduzione simultanea: «Questa è arma di delitto e trattasi di rasoio indiano. Non dubbi, quindi, che terroristi hanno ucciso professore. Prego controlli arma». E Poli Ugo controlla volentieri: rasoio dal manico d'avorio finemente lavorato e intarsiato e dalla lama ancora sporca di sangue. Il traduttore continua la traduzione: «Rasoio tipico che si acquista in qualunque negozio di India o Bangladesh.

Anche a Sri Lanka. Prego controllare in negozi appositi. Ora che inchiesta è conclusa le autorità competenti permettono il ritorno di passeggeri in Italia. Questo può avvenire non domani, ma dopo».

Poli Ugo, vice ispettore aggiunto, non è convinto e chiede di incontrare il terrorista Uno in carcere. Lo accontentano ma sono presenti due poliziotti di Ceylon. Che non conoscono l'italiano, immagino.

«Io ti ringrazio, zoppo, per avermi salvato la vita.»

«Non ne avevo l'intenzione.»

«Se non mi avessi colpito, mi avrebbero ucciso, come il mio compagno.»

«Non ti ho fatto un favore: ora sei accusato di omicidio.»

«Tu sai che non siamo stati noi.»

«La polizia non lo crede. Che accadde quella notte?»

«Non servirà, ma ti dirò che mentre io dormivo, il professore chiese al mio compagno di lotta, la chiave del bagno. Il professore andò portando la valigetta. Il mio amico attese molto tempo e il professore non tornava dal bagno e allora tentò di farsi aprire perché temeva un trucco o che nella borsa fosse nascosta un'arma. Dal bagno non venne risposta e tentò di abbattere la porta. Lo avrebbe fatto se la hostess non avesse consegnato un'altra chiave. Io so che il mio amico ha detto la verità. Ora che è morto, sarebbe facile incolpare lui, ma nessun passeggero doveva morire. Noi lottiamo per la nostra libertà e rispettiamo la vita degli altri. Io ho studiato a Bologna: sono dottore in farmacia. Conosco l'Italia e gli italiani e non avrei mai permesso che si uccidessero italiani.»

«Sapevi che la valigetta conteneva documenti compromettenti per un politico italiano?»

«Ho udito le minacce del professore, ma i problemi italiani li lasciamo a voi. A noi bastano i nostri.»

«Però il solo che ci guadagna, alla fine, è il politico italiano, non ti pare? Io so di rapporti internazionali del terrorismo e...»

«Ripeto che a noi interessava l'incaricato del nostro governo. Ora potrei dire la verità e il mio destino non muterebbe.»

Poli Ugo se ne va dal carcere e sa che non rivedrà mai più

il numero Uno. Passa la sera in compagnia dei suoi pensieri e passeggiando per il parco dell'hotel, lontano dagli altri clienti: non ha voglia di parlare. Dalla piscina e dal bar all'aperto arrivano la musica e le risate dei turisti. Da vicino si sentono i rumori di animali notturni che si muovono sugli alberi e fra l'erba. L'aria è umida e calda e attacca la camicia alla pelle. Lo Zoppo resta solo per un paio d'ore; fino a quando lo raggiunge Romeo, che non è animale da società. «Stavo bene a Ceylon. Peccato ripartire.»

«Io ne ho abbastanza. Un clima di merda.»

«Ci sono altre cose da vedere. Per esempio, a Ceylon ci sono moltissimi elefanti.»

«Saperlo è un piacere.»

«E c'è Dalaga Maligawa o il tempio del dente. Ci si conserva la reliquia più preziosa di tutto il buddhismo: il dente di Buddha. Domattina andremo a visitarlo. È un'esperienza unica al mondo. Sarà il nostro modo di salutare Ceylon. Vieni?»

«Non è il mio giorno. Odio i dentisti.» Ci pensa e cambia idea: «Verranno anche altri? Il comandante, il pilota, l'universitario...». Romeo annuisce. «Ci sarò anch'io.»

«Mi fa piacere. Ci contavo.» Tornano verso la civiltà del turismo.

Alla luce scintillante del giardino, Linda è bella, abbracciata al comandante, e felice. La lontananza di Poli Ugo non l'ha rattristata. Indossa un abitino leggero che le lascia scoperte le spalle e l'umidità dell'aria le regalerà, come minimo, le artriti. La giornalista ha un abito nuovo e ride, al tavolo del pilota. Il cooperatore indossa un elegante completo di lino, camicia di seta e bracciale d'oro. Così avrebbe dovuto vederlo Fidel di Cuba. Il docente si stringe al petto la pesante giacca di lana. Pisello ha cambiato l'abito e balla con la traduttrice ceylonese che gli si attorciglia come una vipera di Russel (viperide più grande e velenoso dell'Asia, caratteristico di Ceylon, di temperamento irritabile...).

Il telex arriva nella stanza di Poli Ugo alle tre di notte e riporta: "Il professor Delli Canti usava rasoio a pile. Non possedeva rasoio a lama e il suo Braun si trova ora nel bagno di

Bologna". Lo Zoppo aspetta il mattino sdraiato sul letto a fissare il soffitto. Si alza deciso a mettersi nelle mani di un barbiere dell'albergo perché la visita a Kandy lo trovi in forma. Per un crudele editto del destino, il barbiere usa un rasoio che è la copia esatta di quello che ha tagliato la gola al professor Valigetta. Un quarto d'ora di tensione. Poi si guarda allo specchio e si trova passabile. Contento lui! A me sembra più scassato di quando è partito. Di certo più sgualcito.

Lungo i 115 chilometri da Colombo a Kandy, costeggiati da piantagioni di tè, di cocco e di havea (in volgare, albero della gomma), lo Zoppo ottiene ulteriori informazioni importunando i passeggeri che fanno di tutto per dimenticare il morto nel bagno dell'aereo, ma che non possono sottrarsi alle domande dello Zoppo.

Il comandante si rade ogni mattina e usa lame Gillette. Come il suo pilota. Umberto Come, docente universitario, non si rade; si limita a spuntare, di tanto in tanto, la folta barba, con le forbici. Pisello utilizza un Remington elettrico ed è disposto a mostrarlo a Poli Ugo al rientro in albergo. Purché, poi, lo lasci in pace per sempre. Romeo si rade con quello che capita a tiro, tranne quando è in viaggio perché tiene la barba lunga. Come ora. Il cooperatore usa Philips a triplice azione, come gli uomini di successo. La signora giornalista e Linda non si radono e ci avrei scommesso. Inoltre Poli Ugo apprende che il comandante, il pilota e la hostess non dormono durante il volo. Per contratto. Possono concedersi un riposino a turno. In occasione dell'omicidio Delli Canti, il pilota vegliava agli strumenti e il comandante si rilassava. Dove? Nello strapuntino di testa. Lo Zoppo guarda Linda e un sorriso da faina gli stira i muscoli del viso. Anche la hostess si rilassava nello strapuntino. Linda si stringe nelle spalle e si struscia a Poli Ugo per farsi perdonare l'involontario tradimento.

Il tempio ove è conservato il dente di Buddha è su una collina prospicente il lago di Kandy ed è circondato da un canale incredibilmente popolato da tartarughe. Il dente viene mostrato ai fedeli dalle ore 19 alle ore 21 e quindi i miei turisti non avranno l'onore, ma la cerimonia delle offerte è uno spettacolo: pellegrini da ogni parte dell'India portano fiori ed entrano nel tempio e nei cortili; l'aria è satura di profumi d'incenso e gelsomino. Da stordire. O da vertigine. L'atmosfera è carica di una religiosità che si trasmette anche a chi è qui per turismo. Una suggestione alla quale non si sfugge. Per entrare nel tempio è obbligatorio togliersi le scarpe: una ragione sufficiente perché Poli Ugo ne resti fuori. Se capiterete da queste parti, non andatevene senza aver visitato il tempio del dente.

L'aereo parte al mattino presto e Linda fa un viaggio da passeggera e non da hostess. Seduta accanto a Poli Ugo, vice ispettore aggiunto, consuma gli ultimi momenti di una intimità nata per caso. I reduci ci sono tutti, ma seduti il più lontano possibile gli uni dagli altri: hanno qualcosa da nascondere a vicenda.

«Io so chi è l'assassino.» Non c'entra con il viaggio di ritorno, ma Poli Ugo lo dice ugualmente. E fissa Linda dritto negli occhi. La ragazza non fa una piega. Annuisce e sostiene lo sguardo dello Zoppo. Poi cerca fra i compagni di viaggio e dice:

«Bene. E chi sarebbe costui?»

«O costei.»

«O costei. Chi sarebbe?» Anche Poli Ugo guarda uno per uno i compagni della passata brutta avventura. Non risponde.

L'aereo arriverà a Roma, via Karachi, e Linda non avrà risposta dallo Zoppo. È nello stile di Poli Ugo, vice ispettore aggiunto, arrivare cocciutamente alle soluzioni e tenerle per sé. Capita spesso con le pratiche che gli giungono in archivio. Si limita a segnare una erre rossa sulla copertina della pratica e ad archiviare il caso. È il suo modo di rifarsi su un mondo vigliacco che non gli ha riservato grosse soddisfazioni. E su un superiore e colleghi che lo chiamano "Zoppo" con disprezzo. Ma solo quando sono certi che lui, Poli Ugo, non può intendere.

Il tempo si è finalmente messo al bello e il sole entra dalle antiche arcate del Palazzo del Vignola. Linda e lo Zoppo, seduti al bar di Piazza Maggiore, sotto il porticato, non si parlano. È Linda, alla fine, che affronta l'argomento che l'ha fatta venire a Bologna dopo ventidue giorni dalla fine dell'avventura:

«Ti comporti da stupido e cattivo. Il terrorista è stato condannato e tu... hai il dovere... Se veramente conosci l'assassino...».

«Non parlarmi di dovere, Linda; per il dovere mi sono massacrato una gamba e ne ho ottenuto un archivio. E la mia testimonianza non cambierà la sorte del numero Uno. Sarà ucciso comunque. Senza contare che tu e gli altri, compresa la polizia locale, avete gli stessi elementi miei per arrivare alla soluzione. Dunque...»

«I miei elementi dicono: terroristi.»

«No. Perché avrebbero chiuso il professore nel bagno? Perché avrebbero usato il rasoio? Perché avrebbero poi nascosto l'arma e la valigetta? Perché calare i calzoni al professore e lasciarlo in mutande? Senza contare quanto sia ridicolo che un terrorista vada a compiere un'azione terroristica portandosi dietro schiuma da barba e rasoio. No. È andata così: mentre quasi tutti dormivano, un tale è andato in bagno per radersi. Non ha chiesto la chiave perché non era necessario chiudersi dentro. Il professore lo ha veduto e non gli è parso vero di ingannare il viaggio con un'avventura galante. Tu sai che Delli Canti aveva un certo... vizietto e l'amico in bagno era l'ideale. Ha chiesto la chiave al numero Due e si è chiuso in bagno con il tale. Ha messo in chiaro le sue pretese ed è passato a vie di fatto calandosi i calzoni. Il tale non ha gradito l'offerta e ha usato il rasoio con il quale si stava radendo. Ha ucciso, è uscito dal bagno, ha chiuso la porta a chiave, ha messo la chiave nella valigetta ed è andato a nascondere il tutto nella galley.» Linda scoppia in una risata.

«E ti pare un movente? Nessun uomo normale ucciderebbe per una proposta omosessuale.»

«Nessun uomo normale, giusto. Ma se si tratta di Romeo, puoi scommettere che è andata così. Da bambino subì violenza carnale e non è mai uscito completamente dall'esperienza. Vedersi aggredire dal professore, lo ha riportato all'infanzia e si è difeso come non poté farlo da bambino. Forse il suo aspetto da ragazzina ha fatto credere al professore che l'avventura di viaggio sarebbe stata facile.»

«Non ci credo: Romeo non è il tipo. Assurdo.»

«Assurdo, sì. Allora che vuoi da me?»

«Degli indizi certi.»

«Per che farne?»

«Probabilmente nulla.»

«Eccoli: il fatto che il professore fosse seduto sul vaso indossando le mutandine, significa che non era in bagno per motivi... fisiologici. Dopo l'apertura del bagno, l'ultimo a "passare" davanti alla porta fu Romeo. Nota bene: a passare. E infatti non veniva dalla poltrona, passò senza guardare dentro eppure sapeva della schiuma da barba posata sul lavandino e sapeva che il professore era conciato male. Non era partito per girare il mondo, ma per rientrare il giorno successivo e quindi perché dirmi, "quando sono in viaggio per il mondo, tengo la barba... Non mi porto neppure il rasoio"? Semplicemente per giustificare il fatto di non avere un rasoio che forse gli avrei chiesto di prestarmi. Ci sono poi due indizi che tagliano la testa al toro: solo chi è pratico di aerei sa che con una semplice moneta da cento lire si possono smontare i pannelli di rivestimento nella galley e che dietro i pannelli stessi si può nascondere una ventiquattrore. Romeo è stato in aeronautica. Il secondo indizio: solo Romeo era già stato in India, nello Sri Lanka per l'esattezza, dove poteva aver acquistato un rasoio simile a quello che ha ucciso il professore. Ti basta?» Linda annuisce tristemente e Poli Ugo insiste: «Ricordi che disse Romeo a Pisello, subito dopo essere passato davanti alla porta del bagno ed essere tornato a sedere?».

«Non credo di aver inteso: avevo altro per il capo.»

«Anch'io. Intanto disse: "Io non ho guardato". E subito dopo: "Prima o poi doveva accadere". Significa che non era la prima volta che lo importunavano a causa del suo aspetto effeminato e che già gli era passato per la mente un gesto clamoroso. È stata la volta buona e la tensione dei momenti appena vissuti ha dato il colpo definitivo alla sua resistenza.»

«E la borsa ritrovata vuota?»

«È probabile che il professore barasse. O è possibile che i documenti siano finiti nello zainetto di Romeo. Se è così, ne sentiremo parlare prima o poi. In questo caso Romeo ha unito alla difesa delle sue virtù, l'utile di un futuro ricatto. Lo terrò d'occhio.» Linda resta pensosa per un poco, poi si alza e si allontana senza parlare. Lo Zoppo ha l'impulso di chiederle chi pagherà la consumazione, ma si trattiene. Non si vedranno più.

(da «Il Messaggero», CVIII, 168-252, 21 giugno - 23 agosto 1986, supplemento «Estate», + la "soluzione" al 14 settembre 1986)

Una notte al Grand Hotel

Loriano Macchiavelli ha sempre conservato una vena corrosiva nei confronti di un certo sottobosco del mondo dell'editoria, dello spettacolo, della TV, della moda, col quale, suo malgrado, ha dovuto fare i conti durante la sua lunghissima carriera di scrittore. Non è raro perciò trovare nei suoi romanzi e nei suoi racconti micidiali colpi di fioretto ai danni di questa "fauna" composita che si aggira, nomade, da un festival a una convention, dall'inaugurazione di un locale di tendenza alle finali di una qualche miss "muretto". Il racconto lungo che state per leggere è ambientato in una nota anche se non precisata località marina; c'è un Grand Hotel; c'è l'assegnazione del "Ditale d'oro" (sic!), una specie di Oscar della moda "all'italiana"; e c'è Sarti Antonio, nell'insolita veste di una sottospecie di body-guard, con il suo Rosas, nella solita veste di scroccone. Non vogliamo rovinarvi il piacere dell'indagine, in cui la classica coppia questurino-extraparlamentare farà, come al solito, centro. Ma vi invitiamo a gustare gli impietosi ritrattini al vetriolo, che l'autore ci affida a futura memoria di quegli anni "da bere": travestiti, modelle svestite, stilisti omosessuali, presentatori celeberrimi ma assai arroganti, intellettuali da sbarco per conferenze da un tanto al chilo. Vedrete, non avrete alcuna difficoltà a riconoscere un pezzo della nostra Italia di allora. Ma solo di allora?

Il mare non è mai stata la passione di Sarti Antonio, sergente, e quando Raimondi Cesare, ispettore capo, lo ha mandato al Grand Hotel, ha bestemmiato. Dentro di sé, naturalmente, perché gli ordini non si discutono e il servizio è servizio. Così gli hanno insegnato alla scuola di polizia e così si è comportato in anni di onorata attività. Il che gli ha procurato una colite di origine nervosa che si fa sentire ogni volta che s'incazza.

Come ora, mentre attraversa il lussuoso atrio dell'albergo. Camerieri e ricchi clienti guardano lui e lo straccione Rosas che gli ciabatta accanto. Ora gli ci vorrebbe un gabinetto, ma non è distinto entrare e chiedere del wc. Se la prende con il talpone: «Perché accidenti ti ho permesso di accompagnarmi?». «Perché tu sei buono e io non ho soldi per pagarmi una vacanza» gli risponde il talpone sottovoce. «Almeno un vestito decente, cristo!» Rosas si ferma davanti a uno specchio a tutta parete, si osserva criticamente e scuote il capo: «Cosa non va?». «Non vanno le scarpe di tela che trascini a ciabatta, non vanno i jeans stracciati e la camicia fuori dei calzoni, bestia!» «Vuoi che tolga tutto?» Sorride Rosas e il viso appuntito, da faina, si fa più brutto. Sotto le spesse lenti gli occhietti da miope si chiudono pericolosamente e c'è il rischio che vada a sbattere su una colonna. «'Fanculo!» gli mormora, come si conviene all'ambiente, Sarti Antonio. E si massaggia il ventre con disinvoltura.

«Il direttore, prego.» L'addetto, distinto e signorile, guarda con distacco i due scassati clienti e chiede: «Chi lo desidera?». Sarti Antonio si guarda attorno e non vede altri Si stringe nelle spalle e dice: «Io».

Si chiama Giulio Dei ed è direttore del Grand Hotel da otto anni. Ha l'aspetto, le buone maniere e il modo di trattare i clienti da direttore a cinque stelle con due corsi frequentati. Ne vede di stranezze, nel suo lavoro, ma l'aspetto sofferente di Sarti Antonio e la trascuratezza di Rosas lo sconvolgono. «E il mio amico Raimondi ha mandato voi due?» Sarti Antonio, sergente, precisa: «Ha mandato me. Lui è qui solo per...». Non sa perché Rosas sia qui e chiude, ma giurò a se stesso che la prossima volta... Il signor Dei non è convinto. Dice: «Scusate un momento» e si apparta a telefonare. Nell'ufficio del direttore c'è anche un raffinato signore dall'aria distratta e dalle unghie della sinistra dipinte di viola. Sorride a Rosas e dice: «Ciao. Mi chiamo Clo. Avrai inteso il mio nome, immagino. Sono stilista. Sai che vesti con disinvoltura?». Rosas non risponde: va alla finestra che si apre sulla spiaggia privata del Grand Hotel.

«L'ispettore capo mi assicura che lei è uno dei più validi suoi collaboratori. È evidente che l'abito non fa il monaco, ma per proteggermi, l'amico Raimondi Cesare, speravo mi avrebbe offerto di meglio.» «Se crede che io non sia all'altezza, tolgo il disturbo. Odio il mare e venire qui è stato un sacrificio che mi ha mosso la colite.» «Non voglio offenderla. Fra l'altro anch'io odio il mare. Non lo sa nessuno, ma neppure so nuotare, si figuri.» Deve trattarsi di una battuta perché il direttore ride di gusto. Come Clo, stilista di fama. Sarti Antonio, sergente, non è in condizione di apprezzare. Chiede: «Ora che sono qui, che devo fare?». «Saprà che sono stato minacciato, no? Almeno questo.» Sarti Antonio, sergente, annuisce. «Bene: che deve fare, allora? Proteggermi.»

I discorsi non interessano Clo: «Senti Giu io me ne vado, ma il favore che hai fatto alla puttana me lo lego al dito». Si avvia alla porta borbottando: «Il Ditale d'oro a quella! Inaudito».

«Perché non si è rivolto alla polizia locale, signor Giulio?» «Le pare carino far sapere ai clienti che il direttore è stato minacciato con frasi... imbarazzanti? Bella pubblicità per il Grand Hotel. Insomma, legga qui.» Sul foglio c'è scritto, a macchina: "Prima o poi ti faremo un culo così".

«E io sono qui per evitare che le facciano un...»

Rosas, sempre alla finestra, fischietta in sordina e guarda le donne nude sulla spiaggia privata. Ammesso che la miopia da talpa glielo consenta. «Ma santo cielo! È un modo di dire, no? È chiaro: significa che vogliono farmi le scarpe, farmi perdere il posto. Questo significa, santo cielo! Possibile che l'amico Raimondi non avesse che lei da mandarmi?»

Chiariti i termini della questione, il signor Giulio, Giu per gli amici, assegna una stanza ai due e si raccomanda: «Non mi perda d'occhio. Da questa sera e per una settimana, in occasione della consegna del Ditale d'oro, qualcuno cercherà di farmi... Di farmi fare una brutta figura. Veda di impedirlo, se ci riuscirà».

Sarti Antonio, sergente, non lo perde d'occhio. È una di quelle serate delle quali farei volentieri a meno: è presente l'élite internazionale della moda. Il Ditale d'oro è una sorta di Oscar degli stilisti, è alla sua quinta edizione ed è fra i premi più ambiti nell'ambiente. Presenti la televisione, i giornalisti e il bel mondo dello spettacolo. Potrei citare i nomi di attori e attrici, di uomini politici e indossatrici, ma vi annoierei. Vi dico solo di un famoso uomo di cultura, con occhiali e barba, che intrattiene i convenuti sul significato del segno "moda", per la modica cifra di lire sette milioni. Si divertono tutti, in particolare l'uomo di cultura, e Sarti Antonio fa del suo meglio per controllare Giu e passare inosservato. Ci riesce fino a quando un cameriere gli si avvicina e gli dice: «Al telefono. C'è un tale Raimondi Cesare, da Bologna...».

«Pronto.» «Sei tu, Antonio?» «Chi parla?» «Raimondi Cesare, no?» «No. Chi sei e che vuoi?» «Senti: come vanno le cose lì?» «Chi accidenti sei?» urla il questurino. Tanto che una signora di passaggio si ferma, guarda l'esagitato e si allontana scuotendo il capo: il Grand Hotel non è più quello di una volta. Il telefonatore misterioso riattacca e Sarti Antonio, sergente, ha perduto il direttore. Lo ha perduto di vista e lo ha perduto nell'altro senso. In pochi secondi. Lo cerca, ne chiede ai camerieri, ai fattorini, alla reception... Qualcuno gli dice che il signor Dei è andato di là, verso la piscina, solo e con fretta. E in piscina lo trova; una piscina deserta e appena illuminata dalle luci di servizio. Al centro, lo stilista Clo si agita e fa del suo meglio per tenere a galla il direttore. Gorgoglia che lo aiutino e che non ce la fa più. Quando sdraiano il signor Dei sul bordo, non c'è più nulla da fare: qualcuno ha mantenuto la promessa e ha sistemato il direttore per sempre. È il caso di dire che gli hanno fatto un culo così. Ma non sono andati leggeri neppure con Sarti Antonio: in fondo il signor direttore era affidato alle sue cure di questurino perbene.

La morte del direttore ha acutizzato la colite al mio sergente che è costretto a lasciare la spiaggia di continuo e, quando resta sulla sabbia, fissa l'orizzonte senza parlare. Come ora. Rosas è sdraiato; indossa un paio di calzoncini da bagno del '30, le scarpe di tela portate a ciabatta e gli occhiali spessi come binocoli. Fischietta le sue arie inesistenti. Con un'assiduità da nevrosi. «Ti regalo cento lire se la smetti» dice il questurino. E porge la moneta. Che Rosas, il talpone, incassa smettendo il fischio. «Grazie» dice Sarti Antonio. E continua, a voce bassa, come se facesse il punto della situazione per se stesso: «Lo hanno colpito alla nuca e lo hanno gettato in piscina». Ragionare a voce alta è un vizio personale che si porta diètro fin da quando è entrato nella polizia. Si illude che così facendo i pensieri gli tornino più chiari, ma se c'è confusione, confusione resta e non c'è dio! «L'improvviso contatto con l'acqua fredda ha fatto riprendere i sensi al direttore che si è messo a gridare fino a che non l'ha inteso Clo. Ricordiamo che il direttore non sapeva nuotare. Clo si è gettato in acqua e l'ha colpito al mento per trascinarlo a sponda. Sono arrivato io a dargli una mano, ma per il povero direttore non c'era nulla da fare: i polmoni pieni d'acqua, ha detto l'autopsia. Giusto?» Rosas non fiata; è come fosse morto. Dieci minuti di sole in due giorni ed è rosso come un'aragosta. «A quell'ora la piscina era deserta: che ci è andato a fare il direttore? Ho chiesto in giro, ma nessuno ha veduto, nessuno sa darmi indizi. Che mi resta da fare?» Non si capisce se sia una domanda retorica o una precisa richiesta a Rosas. Che comunque, dopo due giorni di mutismo, parla: «Metterti in costume e rilassarti». Non è quanto si attendeva dal talpone e continua fra sé: «Se trovo il tipo che mi ha telefonato per allontanarmi dal direttore, avrò l'assassino. Più facile di così...». «Temo che non sia stato il tipo del telefono perché mentre lui ti parlava, un altro stava uccidendo il signor Giulio.» «So bene che non poteva telefonare e uccidere allo stesso tempo, ma tu fammi trovare il tipo, intanto.» «Se è tutto qui... Non possono aver telefonato che dall'albergo. Controlla in centralino da quale camera hanno telefonato a quell'ora.» «Sempre più acuto il mio giovane amico.» Porge a Rosas un biglietto: «Ecco. A quell'ora hanno telefonato in sei». Rosas apre finalmente gli occhi e scorre l'elenco. Borbotta: «Il questurino è più sveglio di quanto sembra». «Mi accompagni?» «Sono qui per riposare e non faccio il questurino.» «Sei un amico comprensivo.» Il primo della lista sta a due file di ombrelloni ed è una ragazza. Sarti Antonio, sergente, dovrà solo farla parlare e riconoscere la voce. Il mio questurino ha una memoria prodigiosa. È la sola cosa buona che possiede. E non è poco per il mestiere che fa. «Salve. Ci conosciamo?» La signorina apre gli occhi e fissa il questurino. Poi nega con un gesto del capo, senza parlare. Ha un corpo da capogiro e Sarti Antonio le siede accanto, sulla rena. Si toglie le scarpe e le scuote dalla sabbia. «Eppure io l'ho veduta ieri sera alla sfilata. È così?» La ragazza si stringe nelle spalle come a dire che tutto è possibile. «Gran bella sfilata e gran bella gente. La moda è un argomento interessante che dovrebbe essere insegnata nelle scuole.» La bionda ha chiuso gli occhi, sempre in silenzio, e il questurino può esaminarne, a cominciare dai piedi e poi su, lo splendido corpo abbronzato. Belle gambe, bacino scavato, petto non molto sviluppato ma apprezzabile, viso... Sul viso c'è qualcosa che non va: la ragazza ha la barba. Tagliata con cura, come per nasconderla. «Oh, cristo!» La ragazza apre gli occhi e finalmente parla: «Deluso, moretto? Mai sentito parlare di travestiti? Io mi guadagno la vita facendo l'indossatrice. E tu?». «Io no» risponde il questurino. Ed è certo che la voce non è la stessa intesa al telefono. Il giovanotto ci fa una risata: «Ti va ancora di filarmi?». «Ti assicuro che non volevo... Ti ho veduto ieri sera e mi faceva piacere... Salve.» Senza rimettere le scarpe, calzini ai piedi, attraversa l'atrio del Grand Hotel. Dalla stanza 220 è partita la seconda delle sei telefonate. L'albergo è pieno di indossatrici e questa, alloggiata alla 220, è autentica. Non ci sono dubbi. Anche perché è nuda, completamente, quando apre e fa entrare il questurino. Dice: «Sì?» ed è come se avesse dichiarato la sua disponibilità totale. Sarti Antonio ci mette un poco a riprendersi: «Salve, come va?». «Non male. E tu?» Lo guarda, sempre nuda e abbronzata, e aspetta. Sorride: «Allora?». «Niente. Ti ho veduta alla sfilata di ieri sera e mi sono detto... Mi chiamo Sarti Antonio. E tu?» «Terry, sono americana.» «Parli benissimo l'italiano.» «Grazie. Ti dispiace se continuo?» Il questurino fa segno di no e Terry riprende la ginnastica a corpo libero. In tutti i sensi. Sarti Antonio resterebbe a guardare la ragazza, imbesuito, fino a sera. Inventa: «Conoscevi il signor Dei?». «Uno, due, tre, quattro... Chi? Il direttore? Poveretto. Uno, due, tre, quattro. Sì, l'ho incontrato. Uno, due, tre, quattro... e la seconda volta mi ha fatto la proposta. Uno, due, tre, quattro... Un bel porco, pace all'anima sua. Uno, due, tre, quattro.» «Porco... in che senso?» «Nel senso che gli piacevano le donne.» «Per questo?» «No, perché voleva cose da porco. Uno, due, tre, quattro... Non insistere prego.» «Non insisto.» «Per me l'ha ammazzato un uomo geloso. Uno, due, tre, quattro...» Emette un profondo sospiro e si rilassa sul pavimento. «Dicono che se la facesse con le cameriere. Hai voglia di cercare il responsabile, poliziotto.» «Chi te lo ha detto?» Terry inarca la schiena, in punta di piedi, fino a toccare il pavimento con le mani. Dice: «Si vede». Sarti Antonio, sergente, si guarda nello specchio, ma scorge solo l'esile corpo arcuato e perfetto di Terry. «Che ti ha detto in proposito, Mirko?» «Mirko? Chi è?» Terry si alza e va alla finestra. Indica la spiaggia e dice: «Mirko il finocchio. È stato lui a mandarti da me?». Di qui si vede l'indossatrice maschio con la quale (o con il quale?) il questurino ha appena scambiato quattro parole. «Veramente io...» «Qualunque cosa ti abbia detto, non crederci. Farebbe carte false per la carriera. E già ne ha fatte di carte false. Intanto ruba il mestiere a noi ragazze.» Sarti Antonio, sergente, non sa che dire: ha iniziato un'indagine a caso e già si trova fra le mani un vespaio. Bell'ambientino! In ogni caso, né Mirko né Terry hanno parlato con lui al telefono, la sera del delitto Dei. «Uno, due, tre, quattro... Uno, due, tre, quattro...» Terry ha ripreso la ginnastica e il questurino la guarda con occhi sognanti: ci sta facendo un pensierino.

Dalla spiaggia privata, dietro l'hotel, sono spariti gli ombrelloni e stanno sistemando i tavoli, le sedie e i banconi imbanditi. Cena fredda, naturalmente. Il palco, nel mezzo, ospiterà i premiati e l'orchestra. Lampioncini di carta colorata illuminano la scena senza permettere di vedere cosa si stia bevendo o mangiando. Cullate dalle onde lievi dell'Adriatico, un paio di barche sono altrettanto festonate e illuminate. Non manca la luna in un cielo stellato che sembra finto e montato a cura dell'ente turismo. Si entra solo esibendo l'invito e i raffinati liquori, i vini pregiati, il caviale e i fagioli insaporiti da salse esotiche sono a disposizione e gratuiti. Manca il caffè e Sarti Antonio, sergente, vive di caffè, se pure non è la cura più adatta alla colite. Il caffè migliore lo prepara lui, a casa, ma ha selezionato alcuni bar a Bologna dove lo si può bere. Solo e seduto a un tavolino in disparte, assiste alla festa in onore di Valentina e del Ditale d'oro che le è stato conferito all'unanimità. Con una buona spinta, si mormora, del defunto Dei. L'orchestra e la voce chiara del Pippo nazionale che presenta. «Un caffè: non pretendo altro. L'ho chiesto al cameriere e mi ha guardato male.» È nervoso e non ascolta i primi sintomi di colite. Si alza e passeggia fra i tavoli. La sabbia gli riempie le scarpe e chissà come sopportano l'inconveniente gli ospiti in abito da sera. Si mangia in piedi, come se si fosse capitati per caso e, fra tanta bella gente, Mirko fa la sua bella figura. Terry, più nuda che vestita, saluta in giro e sorride al questurino. Un sorriso innocente, da amica, che fa montare il sangue alla testa a Sarti Antonio. Sta per raggiungerla, ma si spengono le luci, si accende il palco e Terry sparisce nel buio, come una visione. Quante stronzate si dicono in una sera come questa! Valentina, vecchia, sorridente e ingioiellata, raccoglie gli applausi dei presenti. Anche quelli di Clo che però borbotta, viola come le unghie della sinistra: «Vecchia troia!» sottovoce, ma Sarti Antonio ha buon orecchio. «Che le ha fatto, signor Clo?» «Avrei dovuto esserci io là sopra. Troppe invidie in questa nostra arte.» «Lasci perdere e si diverta, signor Clo.» «Non ci riuscirò: mi hanno ucciso l'amico più caro, hanno conferito il Ditale a quella... Vede il nuovo direttore? Un uomo insignificante. Vuol mettere la classe e lo stile di Giu? Vecchia baldracca!» Gira, gira e torna a Valentina e al Ditale d'oro. Si chiama Ambrogio Vitali ed è sufficientemente distinto per non sfigurare nei panni di nuovo direttore. «Bella serata, signor Ambrogio. Complimenti.» «Grazie. Ho fatto del mio meglio.» «All'altezza del povero signor Giulio. Mestiere difficile quello di direttore.» «Perché, scusi?» «Non sa delle minacce che aveva ricevuto il signor Giulio? Prima o poi ti faremo un culo così...» «Che modo di esprimersi.» «Non è mio: ho riportato...» «Comunque, non è il momento.» «Dov'era mentre uccidevano Giulio?» «Nel mio ufficio, suppongo. Ero vicedirettore. Vuol insinuare che...» «Io proteggevo Giulio.» «Spero che non proteggerà me.» «Ce ne sarà bisogno, signor Ambrogio?» «Cosa vuole che ne sappia? Mi lasci lavorare, prego. Non è serata.» «Si può avere un caffè caldo?» Ambrogio è più offeso dalla richiesta che dai sospetti. «Qui e ora? Ma perché non va fuori, a un bar? Siamo al Grand Hotel, c'è serata d'onore e si serve champagne.» Indignato, lascia l'importuno questurino proprio mentre gli si avvicina un cameriere. Anche questi, come il direttore, ha l'aria di chi sopporta: «Il suo amico è ubriaco. Sta in mezzo alla piscina, vestito, e fischietta. Ubriaco. Veda di recuperarlo prima che scoppi uno scandalo. E non è serata». Tutti d'accordo: non è serata. Rosas galleggia, in mezzo alla piscina, vestito e fischiettante. «Sei ammattito? Che ci fai in acqua vestito?» «Passeggio. Guarda.» Si lascia andare e sparisce sott'acqua. Restano fuori le mani, braccia in alto sopra il capo. Come passeggiando sul fondo, si avvicina al bordo e lentamente appaiono i polsi, le braccia, il capo, le spalle e, infine, la cintola. «Visto?» «Visto, ma la prossima volta indossa il costume da bagno.» «Non ci sarà una prossima volta. L'acqua è fredda.» A fatica si issa e non è ubriaco. Me ne sarei stupito: l'ho veduto ingoiare una bottiglia di whisky come fosse acqua e non ha dato segni di etilismo. Ora il talpone ha le lenti bagnate e vede gli oggetti deformati. Guarda verso la spiaggia e decide: «Bella festa. Sono contento». Si allontana accompagnato dal fischio solista. Non è ubriaco, ma dove sia la bella festa, è un mistero. Vero è che c'è chi ride alle battute stupide del presentatore e alle imitazioni inutili di Clo. Dannose se non inutili. La Carrà, per esempio: la imita talmente bene che la vera, la Raffaella, seduta al tavolo di prima fila, si diverte come se fosse lei stessa sul palco. Già una è troppa... Alla fine, tutti insieme, simpaticamente. E Clo abbraccia Valentina come se non l'avesse chiamata vecchia troia. Terry invita il questurino a partecipare: «Ti presento Rita, una giornalista tivù». «Piacere.» «Piacere mio.» «Rita ha da dirti un paio di cose: giornalisti e poliziotti sono simili, non credi?» Sarti Antonio non crede, ma annuisce. Che altro fare? E poi Terry gli piace, gli piace da impazzire. Passeggiano lungo la spiaggia, lontani dai rumori della festa, con Terry e Rita allacciate teneramente. Un brutto colpo per il questurino. «Che volevi dirmi, Rita?» «Veramente non so...» È Terry che insiste: «Diglielo: è un poliziotto simpatico. Sai? Non mi ha fatto proposte sconce. Una rarità che merita un premio. Aiutalo». «Va bene, ma non voglio entrarci. Sono affari che non mi riguardano.» Uno strano modo di ragionare. Forse che la brutta fine di Giulio Dei non riguarda un po' tutti i presenti? Ma Sarti Antonio, sergente, non polemizza. Non gl'importa di nulla. Ora che Terry lo ha deluso, pensa solo e intensamente a un caffè. Fatto in casa, a Bologna, e bevuto in pace, seduto sulla poltrona del tinello, lontano da questi personaggi da cronaca mondana. «La sera in cui hanno ucciso il direttore, avevo appuntamento con tre persone per un servizio televisivo sul Ditale d'oro. Tutte e tre, per lo stesso identico motivo, mi hanno telefonato disdicendo l'incontro.» «Ho capito» dice Sarti Antonio. Ma il pensiero è lontano. «Immagino che una delle persone sarà stato il direttore.» «Il direttore, sì. Come lo sai?» Il questurino si stringe nelle spalle e Rita continua: «Poi il vicedirettore e Pippo Dalla, il presentatore della serata. Ma è il motivo che hanno addotto tutti e tre che mi ha messo in sospetto. Tutti e tre si sono giustificati dicendo che un improvviso improrogabile impegno... Non è strano?». Non c'è dubbio che la morte sia un impegno improrogabile. Specie per Giulio Dei, il cadavere.

Aveva deciso di tornare a Bologna e dichiarare a Raimondi Cesare, ispettore capo, la propria inutilità nelle indagini sulla morte del direttore e la propria incapacità a proteggere chicchessia, ma le confidenze di Rita gli hanno riacceso un attimo di speranza. La festa per il Ditale d'oro si sta spegnendo, la luna se n'è andata e sul mare c'è il chiarore che precede l'alba. Avanzi di cena sparsi ovunque; un costume da bagno appeso a un lampioncino; un paio di mutandine sventola all'asta della bandiera che segna rosso con burrasca. A un assonnato barista dell'albergo Sarti Antonio chiede: «Un buon caffè». Il questurino porta sul viso i segni di una notte infame, assieme alla barba non tagliata. Non è tipo da nottate e se non dorme almeno sei ore di fila, è uno straccio. Se poi non beve un caffè ogni ora, è una bestia. Ora è uno straccio e una bestia e il caffè che gli servono è imbevibile; se ne va senza pagarlo. Anche Anbrogio Vitali non è andato a riposare, ma il suo aspetto è dignitoso, da neodirettore, nel suo ufficio. «Anche lei già al lavoro? Fortuna che la manifestazione è terminata» e continua a sistemare documenti. Il questurino siede e dice: «Il caffè del suo albergo è imbevibile». Il direttore versa in due bicchieri: «Questo è meglio» ma Sarti Antonio, sergente, non gradisce. «Allora, che ne sa delle minacce al signor Giulio?» Il direttore nega con un cenno del capo e continua il lavoro. «E neppure sospetta chi lo abbia colpito alla nuca, immagino. Ma c'è una cosa che può dirmi: per quale improvviso e improrogabile motivo lei ha disdetto l'incontro con la giornalista tivù?» Finalmente Ambrogio Vitali alza il capo dalle carte e guarda il questurino. Dice: «Lei come lo sa? Capisco: indagini. Ho disdetto l'incontro dietro precisa richiesta del povero Giulio. Dovevamo partecipare assieme; lui mi chiese di rimandare e non ho avuto difficoltà ad accontentarlo». «Peccato che Giulio non possa confermare.» «Già, peccato, ma che farci?» «E il motivo per cui Giulio...» «No, non me ne parlò né io glielo chiesi. Avrà avuto le sue buoni ragioni.» «Che noi, ora, conosciamo: doveva farsi ammazzare» conclude il questurino. E si alza. Se ne va borbottando: «Da questo non si cava nulla». Prima di uscire, chiede: «Che stanza Pippo Dalla?». «221, ma temo che stia dormendo.» «E io temo che dovrò svegliarlo.» La stanza 221 è senza cliente, il letto è intatto e l'armadio è vuoto. Vuote le bottiglie posate sul pavimento. Sotto la doccia in funzione, non c'è il cadavere che sarebbe lecito attendersi in una simile atmosfera. Attraverso la porta spalancata, Sarti Antonio vede uscire, dalla 220, Rita, scarmigliata, discinta e senza trucco. La ragazza barcolla lungo il corridoio e non vede il questurino. Prima di seguirla, Sarti Antonio socchiude la porta della stanza di Terry: l'indossatrice è sul letto, nuda. Ma potrebbe essere morta. No, respira calma e il seno da bambina si solleva regolare in un sonno innocente. Quel petto meriterebbe più di una carezza, ma il questurino è imbevuto di principi morali ed esce dalla stanza. Rita è appoggiata allo stipite della stanza 218, occhi chiusi. «Stai Male?» «No, ho sonno.» «Vai a letto.» «Non riesco ad aprire la porta.» Il questurino prova e la porta si socchiude. Guarda Rita: ha occhi imbambolati e privi di espressione. «Ho capito. Vieni.» L'accompagna fino al letto. «Va bene?» Rita annuisce e fissa, sorridente, il soffitto. Sarti Antonio, sergente, se ne va, ma prima di uscire ha un'idea e torna al letto. Chiede: «Vuoi che ti spogli?». Rita fa segno di no con il capo. «Se non ti sei incontrata con i tre impegnati, come hai trascorso il tempo destinato all'intervista?» Rita torna a sorridere, ebete, e mormora: «Ammazzando il direttore». Chiude gli occhi e si addormenta. Il Grand Hotel riprende vita, almeno per quanto riguarda il personale, e l'uomo della reception è disponibile e gentile: «Il signor Pippo ha appena lasciato l'hotel. Forse lo trova ancora in garage, ma stia in guardia: è molto arrabbiato». «E perché?» «Mi sono permesso di presentargli il conto e ha detto di badare ai fatti miei. Il conto è un fatto mio. Son qui per questo, no?» «E non ha pagato.» «Non ha pagato. Mi sa che è più miserabile di lei.» Un'affermazione gratuita. Per il Pippo è una mattina no: prima gli presentano il conto e ora l'auto non parte. Bestemmia e scommetto che i telespettatori non l'hanno mai inteso bestemmiare. Sarti Antonio, sergente, si china verso l'interno dell'auto: «Salve, come va?». Pippo guarda l'intruso: «Lei chi è?». «Sarti Antonio.» «Piacere. Si tolga dai piedi!» Il questurino resta con il capo dentro la vettura. «Ma che vuole, insomma?» «Aiutarla a mettere in moto.» «È un meccanico?» «No, ma mi intendo di auto.» Pippo scende e offre il posto di guida. L'auto parte al primo colpo di chiavetta e Sarti Antonio sorride e restituisce il volante: «Visto? ci vuole la mano santa. Adesso posso farle una domanda?». «Se non è lunga e non chiede soldi.» Si sistema nella vettura. «Perché non è andato all'appuntamento con Rita? Quale impegno l'ha tenuto lontano?» Pippo Dalla guarda il volto trasandato e barbuto del questurino: «Dio, com'è ridotta la polizia». Innesta la prima, il motore si spegne e parte un'altra bestemmia poco televisiva. «Aspettavo una telefonata importante; la stessa che mi ha fatto abbandonare l'albergo senza permettermi di dormire almeno un'ora.» Riprova, ma il motore non vuol saperne. «Le basta o la seguo in questura?» Sarti Antonio, sergente, alza le mani e si allontana. «Dove va? Non vede che questa bestia non parte?» Il questurino si stringe nelle spalle: «Non capisco nulla di motori, mi dispiace». Mentre lascia il garage, il motore dell'auto di Pippo raschia i cilindri senza avviarsi. Già la batteria dà segni di stanchezza e ancora un paio di colpi di chiavetta e poi... Seduto al primo bar che incontra fuori dall'albergo, Sarti Antonio ordina un caffè. E si augura che sia bevibile. Il lungomare si va animando di madri che accompagnano il piccolo a respirare lo iodio pulito del mattino. Il cesio, lo stronzio e lo iodio di Chernobyl sono dimenticati e la spiaggia riprende l'aspetto di sempre: bambini che gridano, radioline a tutto volume, altoparlanti che pubblicizzano, marocchini che vendono stronzate e sabbia sollevata che entra dappertutto. Sarti Antonio, sergente, ordina un altro caffè e mentre lo sorseggia, una mammina strattona oltre il bambino che si era fermato a guardare quel buffo signore stralunato, seduto a un tavolino del bar, con due tazzine davanti, la barba lunga e gli occhi imbesuiti di sonno. «Come te lo devo dire di non fermarti con gli estranei? Quello poi è anche drogato.»

«Le ho provate tutte e non sono arrivato a nulla: l'assassino di Giulio Dei, per quanto mi riguarda, può vivere in pace.» Sarti Antonio, sergente, ha passato in rassegna gli ultimi avvenimenti, ha tentato di collegare le ipotesi agli indizi e ha concluso con la rinuncia. Ha pensato a voce alta, com'è suo costume, per tentare di scuotere l'apatia di Rosas, sdraiato sulla sabbia, sotto l'ombrellone. «Mi manca lo scopo, il motivo per cui... Non si uccide un direttore senza movente. Non è normale, cristo!» «E chi dice che il delinquente sia normale?» «Io, perché se entriamo nel campo della psicanalisi, dovrei chiedere consiglio a Verdiglione. Io me ne torno a casa.» Si toglie le scarpe, srotola i calzoni che teneva ripiegati fino al ginocchio; svuota dalla sabbia le une e gli altri, si alza in piedi, dà una stiratina agli abiti e conclude: «Stasera si prende il treno». Rosas pulisce le spesse lenti con le dita e quando rimette gli occhiali sul naso, sono più sporche di prima. Nella nebbia delle lenti sporche, la vicina d'ombrellone ha almeno i contorni: «Gran bel culo» stabilisce. E riprende a fischiettare a occhi chiusi. Per poco. Chiede: «E se partissimo domattina?». «Dammi un solo motivo.» «Una cena da Gaitan: io e te, soli. Il Grand Hotel sarà pure grande, ma la sua cucina internazionale mi ha rovinato lo stomaco.» «L'idea dell'osteria non è male; è insopportabile un'altra sera con te.» E i due finiscono la settimana seduti davanti all'osteria, lungo il porto, immersi nell'odore di acqua stagnante. Le piadine calde, ripiene di ottimo prosciutto e le bottiglie di vino senza etichetta, ma di frizzante Lambrusco, fanno dimenticare i guai. Nulla di raffinato, ma gustoso almeno quanto la cena fredda di ieri sera. O di più, per il gusto semplice del mio questurino. E la moglie di Gaitan, romagnola dalla parlata franca e popolare, continua a rifornire il tavolo. Le ultime piadine sono al formaggio: «Ora ne preparo due alla verdura e poi mi direte». Svagona verso la cucina il suo culone di sposa proletaria e si rivolge al marito: «Due buone bocche, Tano. Pareva che non ne volessero e sono alla quinta piadina. Ce li avranno i soldi?» e ci pianta sopra una risata da scuotere gli alberi delle barche ancorate oltre la strada. Un ragazzino dall'aria sveglia si ferma davanti ai due; guarda Rosas e siede al posto libero. Il talpone lo presenta: «Fantini, un amico». Poi grida: «Un altro bicchiere e un'altra piadina al prosciutto, signora!». Dalla cucina arriva la voce roca dell'ostessa: «Se Santa Lucia vi lascia la vista, l'appetito non vi manca». «Fantini è un ragazzo sveglio che capisce al volo» dice Rosas. E Fantini risponde: «Grazie, ma non c'è bisogno di fare il ruffiano: quello che so lo dico in ogni caso». Fin dalle prime battute del giovanotto, Sarti Antonio ha puntato il dito sul petto di Fantini. Ora grida: «Sei tu! Tu mi hai telefonato quella maledetta sera!». Guarda Rosas: «Che significa? Dove lo hai trovato?». «Ho usato il cervello, questurino. L'assassino si è fatto aiutare da qualcuno dell'albergo e a pagamento. Per non correre rischi, l'assassino ha usato chi non lo conosceva. Ho chiesto in giro e ho trovato...» Indica il giovanotto che ha già cominciato a masticare la piadina. A bocca piena, spiega: «Mi ha allungato 50 dollari e ha detto: telefona, chiama Sarti Antonio e leggigli il biglietto». «Chi?» «Questo poi non lo so. Mi ha bloccato al buio e non l'ho veduta in viso.» «Una donna!» «Dalla voce direi una donna e una donna conosciuta... Forse un'attrice... Non saprei dire. Ma tu non mi hai lasciato il tempo di leggere l'intero biglietto perché hai cominciato a gridare, a fare un sacco di domande e un gran casino. Ero nella cabina a fianco della tua e temevo che mi scoprissero. Non è consentito ai fattorini fare scherzi ai clienti. Così ho chiuso e me ne sono andato. Al Grand Hotel fanno sul serio e licenziano, amico.» «Oh, cristo! E non l'hai riferito ai carabinieri?» «Bel furbo. Te l'ho detto che licenziano.» A Sarti Antonio, sergente, è passata la voglia della piadina alle verdure. L'allontana da sé, assieme al bicchiere pieno e chiede un caffè. C'è silenzio mentre guarda in viso il ragazzo. Che capisce e chiarisce: «Non insistere: non so chi sia. E il biglietto l'ho gettato nel cesso». Guarda la piadina rifiutata dal questurino e la prende senza domandare. «Te l'ho detto che è in gamba» dice Rosas. «Dovresti dargli la mancia.» «Non porto dollari questa sera.» «Fa niente,» dice il ragazzo «mi vanno bene anche le lire.» Rosas si rilassa sulla sedia, allunga i piedi sotto il tavolo e rutta discretamente. Il Lambrusco lo fa. «E con ciò hai gli elementi che servono per arrivare all'assassino.» «O tu sei scemo o sono scemo io» dice il questurino, convinto, ma è una battuta infelice. «Lo sei tu, non ci sono dubbi» stabilisce Rosas. «Che accidenti vuoi ancora?» «Vediamo di ubriacarci uno alla volta: c'è un cadavere affogato e con una botta nella nuca. Nessun altro segno di violenza sul corpo...» «Giusto: nessun altro segno di violenza sul corpo.» «Poi c'è un deficiente, qui....» e indica Fantini. Che non si offende. «... che non sa chi gli abbia dato dei soldi per telefonarmi e allontanarmi da Giulio Dei. Ci sono i clienti che non hanno veduto né inteso le grida di aiuto di Giulio. Nessuno sa per quale motivo il direttore sia andato in piscina...» «Per lo stesso motivo per cui ha rimandato l'appuntamento con Rita.» Sarti Antonio, sergente, ignora l'interruzione: «... c'è un gran buio e tanti interrogativi e tu mi vieni a dire che ci sono gli elementi. Sai che ti dico, Rosas? 'Fanculo!». Rosas si rivolge al ragazzo: «Non ci far caso: è un maleducato. Io cerco di aiutarlo e lui... Sai qual è il suo guaio? Non collega un avvenimento all'altro. Per il resto è un ottimo ragazzo. Per esempio, lui sa, si è accorto che Giulio Dei non poteva affogare visto che a riva si tocca e se è stato gettato in piscina non può essere stato gettato nel mezzo. Eppure questo elemento, tanto semplice e chiaro, non lo ha collegato con gli altri. Che ci vuoi fare? Se non c'è, non c'è» e si tocca la fronte con l'indice della destra. Spossato per il lungo discorso, torna a rilassarsi sulla sedia, chiude gli occhi e comincia la solita sinfonia per fischio solista. Per un attimo Sarti Antonio, sergente, fissa il talpone miope, poi comincia a pensare sottovoce, come fa quando vuol seguire meglio il ragionamento. «Non poteva affogare... Un solo segno alla nuca... Una voce di donna...» Di colpo gli si illuminano gli occhi e grida: «Oh, cristo! Ha ragione il talpone!». «Il talpone ha sempre ragione.» Modesto, ma sincero l'amico Rosas.

Ora Sarti Antonio, sergente, sorride; da una settimana non accadeva, dalla sera in cui gli uccisero il direttore di sotto il naso. E gli è tornato l'appetito: «Signora, una piadina al prosciutto e un buon caffè!». Si rilassa contro lo schienale della sedia e chiude gli occhi: «Mi hanno allontanato dal direttore nel momento in cui aveva appuntamento in piscina, motivo per cui aveva disdetto l'intervista con Rita. Lo ha colpito alla nuca e gettato in piscina. Giulio è rinvenuto a contatto con l'acqua e ha cominciato ad agitarsi e a tentare di risalire, visto che a sponda si tocca. Allora si è buttato in piscina anche l'assassino e ha trascinato Giulio Dei al centro, dove non si tocca. E lo ha tenuto sotto. Il direttore non sapeva nuotare. A quel punto sono arrivato io, prima del previsto, come ha detto il ragazzino, perché non gli ho permesso di leggere l'intero messaggio. Così Clo ha inscenato la finzione: non lo stava salvando, ma lo aveva appena affogato. E infatti nessuno dei clienti ha inteso le grida che Clo dice di aver udito e che lo avrebbero fatto accorrere. Bel colpo! E io ci sono caduto come un idiota». Solamente ora apprezza il pieno sapore della piadina. Infatti dice: «Buona». Il fattorino del Grand Hotel è un giovanotto sveglio. Anche se non pareva, ha ascoltato il racconto che Sarti Antonio ha fatto per se stesso. E dice: «Guarda che a me i 50 dollari li ha dati una donna». Il questurino lo scimmiotta: «Guarda che Clo è in grado di imitare perfettamente la voce di una donna». Torna poliziotto ligio: «L'ho veduto e inteso imitare Raffaella Carrà. E se non ti basta, l'autopsia non ha trovato traccia del pugno che Clo avrebbe dato nel mento del tuo direttore.

«Per salvarlo, ha detto Clo. La verità è che non lo ha colpito. Serve altro?» Al ragazzino non interessa, ma Sarti Antonio, sergente, è partito e non lo fermerà nessuno. «In tutto il Grand Hotel, Clo era il solo a conoscenza che io ero qui per proteggere Giulio Dei. Il solo, quindi, in condizione di doversi disfare della mia sorveglianza per il periodo del delitto. Il solo, oltre a me e al talpone, a sapere il nome di Raimondi Cesare e a utilizzarlo per chiamarmi al telefono; il solo a sapere che il direttore non stava a galla e il solo a sapere delle minacce ricevute da Giulio Dei. Ha approfittato di queste per un delitto che la polizia avrebbe addossato all'anonimo autore del biglietto minatorio.»

Quando i tre si alzano dal tavolo di Gaitan, Sarti Antonio, sergente, mette mano ai soldi. Lo fa senza protestare e significa che è soddisfatto di sé. Mentre si allontanano, Fantini si chiede sottovoce: «Ma perché poi ammazzare un buon uomo come il direttore?». Sarti Antonio si ferma e guarda in viso il ragazzino. O non conosce la risposta o non ritiene darla. È Rosas che conclude la serata: «Per un Ditale d'oro si farebbe anche di peggio. L'ambiente della moda, caro mio, è una giungla». Forse solo ora torna in mente al questurino la frase che Clo pronunciò prima di lasciare l'ufficio del direttore. La ripete: «... il favore che hai fatto alla puttana me lo lego al dito. Il Ditale d'oro a quella! Inaudito...». Non c'è che dire: Sarti Antonio, sergente, ha una buona memoria.

(da «l'Unità», Emilia-Romagna, LXIII, 165-170, 15-20 luglio 1986)

La colpa non è sempre del diavolo

Ancora un'ambientazione balneare, Cesenatico stavolta, ancora una storia di giovani, quegli strani esseri del tutto incomprensibili, almeno per Sarti Antonio e probabilmente non solo per lui. È un'indagine tutta giocata sul filo deviante delle apparenze, come in un labirinto di specchi. Sarti se la sbriga da solo, un po' grazie alla sua memoria prodigiosa (unico suo talento), un po' perché quel suo grigio e cocciuto buonsenso d'uomo mediocre è in definitiva un ottimo antidoto al gioco degli specchi.

Gli piace la buona cucina; non quella sofisticata dei ristoranti alla moda, ma la semplice eppure gustosa della sua infanzia e quando può Sarti Antonio, sergente, va a mangiare da chi sa preparare. Lui, al massimo, arriva a un uovo al tegamino o a una bistecca ben cotta. Nel caffè si considera insuperabile, ragion per cui, dopo la buona cena in casa Cuppini, si alza e dice alla signora: «Il caffè lo preparo io» e mentre lavora sul secchiaio, continua: «Sai che ti dico, Clara? Da anni non mangiavo come oggi. Grazie per l'invito». Davanti alla dichiarazione, la signora Clara dovrebbe sorridere, felice e orgogliosa: una delle ultime casalinghe capaci di tirare la sfoglia come dio comanda e di tagliare tagliatelle uguali. Ma Clara scoppia a piangere forte, come una bambina sgridata. Sarti Antonio ci resta male e guarda Florindo. Chiede sottovoce: «Che ho detto?». Il capofamiglia scuote il capo e dice: «Tu non c'entri. Da quando ci siamo messi a tavola si trattiene, si trattiene e ora non ce la fa più. Tu non c'entri. È per via di Angela...». Solo ora il questurino ricorda che nella famiglia Cuppini c'è anche una figlia. Che non è presente al pranzo. «Che è accaduto ad Angela?» Il caffè sale e Clara va a chiudersi in camera a piangere liberamente senza testimoni. «Non lo sappiamo. Manca di casa da quindici giorni.» «Oh, cristo! Avete avvertito la polizia?» Florindo annuisce. «E allora?» «Allora niente: dicono che se n'è andata di sua volontà, sarà difficile rintracciarla... Dicono che ogni mese se ne vanno di casa almeno dieci giovani e di cinque non si hanno più notizie. Dicono che fanno il possibile...» Sarti Antonio prepara tre tazzine e beve il suo caffè in silenzio, seduto al tavolo, davanti a Florindo. «Di' a Clara che venga a bere: il caffè tiepido non è caffè.» Clara torna a sedere al suo posto. Ha gli occhi rossi e chiede scusa. Sarti Antonio è imbarazzato, ma tenta una consolazione: «Vedrai che tornerà, Clara. Un'alzata di testa, una ragazzata...». La signora sorseggia il caffè e scuote il capo, triste: «Non è nel carattere della mia bambina. Angela non avrebbe mai fatto una cosa simile alla sua mamma». «Quanti anni ha?» «Diciassette. Così gentile e buona, non mi darebbe mai un dispiacere.» Che ribattere alla sicurezza di genitore? «Per me» continua Clara «è stata rapita.» «Avete ricevuto richiesta di riscatto?» «No, ma è stata rapita, magari per errore. Assomiglia moltissimo a Titta, la figlia di Certi Antonutti Meli. Due gocce d'acqua e stavano sempre assieme. Conosci i Certi Antonutti Meli?» Chi non li conosce, a Bologna? «Ne avete parlato alla polizia?» Il capofamiglia riprende il suo ruolo: «Non vogliamo coinvolgere i Certi Antonutti Meli per un semplice sospetto. Io e Clara pensavamo che tu... Naturalmente in forma riservata e senza coinvolgere la famiglia Certi». «Io posso fare ben poco.» Clara ricomincia a piangere forte: da spezzare il cuore. E Sarti Antonio, sergente, è sensibile. «Posso provare, ma temo che...» La signora lo ringrazia fra un singhiozzo e l'altro e il mio questurino è caduto nella trappola: una cena da intenerire il cuore, le lacrime di una mamma disperata e lui ha promesso. Ma sa che approderà a nulla; è conscio delle sue capacità e una diciassettenne non la si rintraccia sotto i portici di Bologna come si trattasse di un cagnolino smarritosi. Sa anche quanti siano i ragazzi che scompaiono di casa, ma come dirlo a Clara? «Ricordi Angela? Ricordi quant'era carina e gentile?» Sarti Antonio, sergente, annuisce, ma se gli chiedessero di dettare un identikit, non saprebbe da che parte cominciare. «Ricordo sì, ma mi farebbe comodo una foto e...» Non finisce che già Clara gli ha messo davanti la foto di una ragazzina dai lunghi capelli biondi, sorridente e in costume da bagno: un pezzo di ragazza da farci un pensierino. E Clara teneva la foto nella tasca del grembiule, a portata di richiesta, certa che il questurino non si sarebbe rifiutato. «Fidanzata?» Clara spalanca gli occhi: «Ma è ancora una bambina!». «Lo vedo, ma i giovani d'oggi...» «No, no, lo escludo. Me ne avrebbe parlato» dice Clara. E si asciuga definitivamente gli occhi. Continua: «Anche se un certo giovanotto le sta dietro... Un brutto tipo, sai, uno di quei gradassi con la motocicletta. Sono certa che Angela non ha mai voluto saperne». «Come si chiama?» «Non lo so. Per me è il diavolo. Sempre al bar del Pratello, lui e la sua moto parcheggiata sotto il portico! Il diavolo, te lo dico io.» Il mio questurino è in una situazione talmente poco simpatica che ha dimenticato la buona cena, il sapore del caffè e i primi sintomi di colite gli contraggono i muscoli della pancia. Chiede del bagno. «Non ti senti bene? È stata la mia cena?» «No, stai tranquilla. È che io soffro di colite e quando ho dei guai, i sintomi si acutizzano. Poi passa.» Infatti, dopo il bagno si sente meglio e prepara un'altra macchinetta di caffè. «E non è possibile che Angela se ne sia andata di sua volontà? I giovani, a volte, sono imprevedibili e...» «Non Angela!» Provate voi a far capire ai genitori che i figli hanno le loro esigenze. «Non Angela! Di sua volontà non avrebbe mai abbandonato la casa. O l'hanno rapita o un diavolo le ha sconvolto la mente e l'ha confusa al punto di... Non Angela!» «Ho capito.» Il questurino beve il caffè senza offrirne ai padroni di casa e intasca la foto: «Vedrò cosa fare, ma non illudetevi: ho poche possibilità. Meglio essere chiari fin dall'inizio». Se ne va smadonnando alla famiglia Cuppini, alla cena con la quale lo hanno incastrato e ad Angela. Il caldo di un'estate scoppiata all'improvviso non rispetta neppure la discreta ombra del portici bassi del Pratello e l'umidità che sale dal pavimento ed esce dai corridoi bui fa incollare la camicia alla pelle. È una sera da trascorrere in poltrona, davanti alla finestra spalancata verso i colli, con una tazzina di caffè in mano e il televisore spento, ma il mio questurino non può permettersi il semplice piacere. Bestemmia ancora quando si ferma a fianco dell'Honda parcheggiata sotto il portico; una bestia da una tonnellata e passa, lucida di cromature e specchietti, il casco posato sul sedile nero. Non sa che faccia abbia il diavolo di Clara, ma sa come farlo apparire: indossa il casco, manovra leve, chiavette e pomelli dell'Honda e gli arriva una botta fra capo e collo che lo manda sul lercio pavimento del portico. Doveva aspettarselo. Per alzarsi, si aggrappa ai jeans del giovanotto. Un ragazzo alto una spanna più del questurino, che pure non è piccolo, e dalla faccia simpatica e cordiale. Sorride ed è impossibile volergliene per la botta. «Sai che la moto degli altri è come la donna degli altri? Non si toccano senza chiedere il permesso.» Il giovanotto raccoglie il casco, finito contro una colonna, lo pulisce con la mano e lo rimette sul sellino. Sarti Antonio cerca di sorridere, ma gli duole la testa. Dice: «Scusa». «Scusato. Ti offro una birra.» «Preferisco un caffè.» Appoggiati al banco, mentre il Diavolo sorseggia la birra e lui aspetta il caffè, mostra la foto di Angela. Il Diavolo annuisce: «È la mia ragazza. Sei un questurino?». «Sono un amico di famiglia e la sto cercando. Sai dove sia?» Il Diavolo non sorride più e i suoi occhi diventano malinconici: «Abbiamo scopato quindici giorni fa e non l'ho più veduta». Se mamma Clara fosse qui, le prenderebbe un colpo: la sua bambina!

«È sparita di casa senza un motivo e i genitori...» A Sarti Antonio, sergente, non va di parlare di rapimento, ma se vuole notizie, deve dare qualcosa in cambio: «I genitori temono che le sia accaduto un guaio». Il giovanotto ha occhi chiari e sguardo onesto. Poco per giudicare il prossimo, ma Sarti Antonio non riesce a odiarlo neppure per la botta sul collo. Il Diavolo chiede: «Bevi altro?». Il questurino nega con un gesto del capo e il giovanotto paga e poi dice: «I genitori di Angela avrebbero fatto meglio a pensarci prima. Se invece di metterla in guardia contro il sottoscritto, non l'avessero spinta a frequentare amici stronzi... non mi stupirei se l'avessero drogata e lo scherzo fosse andato oltre. Ma io sono io e i Certi Antonutti Meli sono nobili. Che mentalità di merda». Il giovanotto non ha peli sulla lingua: «Mi dispiace per Angela, ma l'avevo avvertita di stare in guardia: è bene restare fra i propri simili. Mi dispiace per Angela». «Le vuoi bene?» «Cosa vuol dire? Se si sta con una ragazza, significa...» Guarda il questurino e rinuncia, convinto che Sarti Antonio non possa capirlo. «Ad Angela piaceva la compagnia... nobile?» «Temo di sì, ma non per colpa sua. Con la madre che si ritrova...» «Grazie per il caffè.» «Di nulla e scusa la botta, ma tengo al motore come tengo ad Angela e non mi va che il primo venuto ci metta sopra le mani.»

Davanti c'è una bella porzione di spiaggia privata, dietro, una pineta verde protetta da un muro coronato da cocci di vetro. È la villa della famiglia Certi Antonutti Meli, in Adriatico. Due piani di tranquillità con tante stanze da alloggiare una colonia. Ora di tranquillità non ce n'è, ma è normale per dei giovani che si divertono. Le finestre sono illuminate e i fanali del parco sono accesi; il piazzale davanti all'ingresso è un deposito di moto giapponesi. Sarti Antonio, sergente, suona il campanello e a domanda risponde: «Un amico di Angela». Sono in tanti e nessuno si occupa del nuovo venuto. Almeno fino a quando non si avvicina alla scala per il primo piano. Un biondino dall'aspetto malaticcio e fragile lo ferma e gli chiede: «Che vuoi? Passeggi da mezz'ora e ora sali al piano superiore». «Angela mi aveva detto che l'avrei trovata qui.» Il biondino sorride e prende per un braccio il questurino: «Divertiti e lascia perdere Angela. E non salire al primo piano». È un invito da non discutere. Il biondino si allontana; parla con un giovanotto dall'aspetto effeminato e spaurito che subito dopo si avvicina al questurino. «Che vuoi da Angela?» «Solo salutarla. Sono un amico e...» «Angela non è qui e tu non le sei amico.» «Chi lo dice?» «Mi avrebbe parlato di te. Non sei un tipo comune.» «Grazie. Anche tu non sei un tipo comune... Ti chiami?» «Manlio.» «E il biondino?» «Il più giovane della famiglia Certi. E il più in gamba.» «Immagino gli altri.» «Eccone un altro della famiglia» dice una voce di donna, alle spalle del questurino. Che si gira e si trova davanti Angela. «Oh cristo! Tu sei Angela.» «Se ti fa piacere. Ma mi chiamo Titta.» La somiglianza con la foto di Angela giustifica, ora, l'ipotesi del rapimento di costei al posto di Titta Antonutti Meli. Titta ha lunghi capelli biondi e un corpo da modella con seni da giovinetta. «Mio fratello, quello che chiami il biondino, mi ha detto che cerchi Angela, ma non è qui.» Manlio non c'è più, è sparito in silenzio come se non fosse mai esistito. «Manlio?» «Ti piacciono gli uomini? Un investigatore frocio: è da ridere.» «Chi ha detto che sono investigatore?» «Si vede: assomigli a Marlowe e sei sulle tracce della ragazzina scomparsa di casa.» Ho seri dubbi che Sarti Antonio sappia chi è Marlowe e ancor più seri che gli somigli. Una voce, da qualche parte, annuncia: «Tutti d'accordo: si va in discoteca» e nel giro di pochi secondi, Sarti Antonio e Titta restano soli. Poi la ragazza si trascina il questurino in giardino. Nel traffico del lungomare, Sarti Antonio, sergente, si tiene aggrappato al corpo di Titta, ma si fida talmente poco della ragazza-centauro che lo tormentano brividi di colite e fra poco gli servirà un cesso. Davanti alla discoteca, un predicatore vestito di stracci grida in un megafono a pile i suoi anatemi contro la dissolutezza dei costumi odierni: «Fate attenzione, giovani! Il diavolo è fra voi. Maleditelo e cacciatelo se volete salvare il vostro avvenire. Io solo posso aiutarvi a scoprirlo fra i compagni che vi circondano. La mia salvezza vi costa solo mille lire. Un prezzo modesto che vi condurrà alla vita. Fate attenzione, giovani! Non è dentro la discoteca che troverete la felicità! Io posso darvela. Ascoltate la predicazione del Predicatore: il diavolo è fra voi. Cacciatelo e sarete felici». Un modo per fare soldi; molti ragazzini gli passano mille lire, si chinano verso di lui e ascoltano la rivelazione che il Predicatore fa all'orecchio. Titta dice: «Scendi. Io vado a parcheggiare. Aspettami». Sarti Antonio, sergente, ha altro da fare che lasciarsi circuire da una ragazzina viziosa innamorata di un certo Marlowe. E non ha intenzione di rischiare i timpani ai troppi decibel della discoteca. E la villa dei Certi Antonutti Meli è, ora, completamente deserta.

Scavalca il muro di cinta e lascia un brandello di calzone sui vetri antiladro, ma salva le mani. In una stanza del primo piano dimentica i calzoni andati a puttane: c'è un letto vuoto e ci sono grosse catene ai ferri della rete. C'è un catino, in un angolo, con acqua sporca; e ci sono i resti di una colazione consumata sul letto e una parrucca bionda appesa alla spalliera della sedia. L'ultimo anello della catena è troncato. Per far prima a togliere il prigioniero? O forse chi ha portato via Angela di qui non aveva le chiavi per il grosso lucchetto. «Titta mi ha trascinato in discoteca mentre Manlio, sparito troppo in fretta, ha traslocato Angela. Da poco. E dove la trovo, ora? Ci sono cascato come un coglione.» Non glielo dico, ma a Marlowe non sarebbe successo. Al piano terreno, una porta si chiude con violenza. Passi affrettati sulla ghiaia del vialetto. Poi, un po' lontano, una motocicletta giapponese con l'accensione automatica e silenziosa come una signora perbene. «Mi hanno seguito e ora sanno che io so.» Bella consolazione!

Ha preso alloggio in una pensioncina di quarta categoria, lontano dalla spiaggia: costa meno e non c'è casino. Alle due di notte rientra disfatto, ha mal di testa, calzoni rotti e una gran voglia di caffè. Fa di tutto per non pensare: una storia banale si sta complicando e non se ne vede la fine. E ha portato, per ora, alla perdita di ore e ore di sonno e all'infiammazione della colite. Il suo letto è occupato e non ha sbagliato stanza perché sulla spalliera della sedia c'è la sua giacca. Sul pavimento, vicino al letto, gli abiti di una donna, come in un film.

E come in un film, la voce della ragazza è sensuale e profonda: «Ti aspettavo». «Che ci fai tu qui?» Titta Certi Antonutti Meli si solleva su un fianco e scopre il delizioso corpicino nudo. Sorride: «Indovina». Seria, continua: «Non mi va di essere piantata in mezzo a una strada». Accende una sigaretta e spegne la luce. La stanza è al buio e Sarti Antonio, che non ha occhi da gatto, inciampa nella sedia e bestemmia. La sigaretta di Titta è un puntino luminoso sul letto. «Non mi offri da bere?» La voce della ragazzina è sempre sensuale e profonda. Fate conto Lauren Bacall. «Ho acqua di rubinetto e il bicchiere che uso per lo spazzolino da denti.» «Vieni a letto.» «Appena te ne sarai andata.» Titta scende dal letto e, nuda, si avvicina al questurino: «Odi le donne: un altro punto in comune con Marlowe. Mi piaci». Gli slaccia i primi bottoni della camicia e gli passa le dita sulla pelle del petto. Il fumo della sigaretta che la ragazza tiene all'angolo della bocca, fa tossire Sarti Antonio, sergente. «Mai odiato le donne e non conosco Marlowe, ma non sopporto il fumo, ho sonno e sono disfatto. Oltre ad aver rovinato i calzoni nuovi; ho anche dei problemi personali da risolvere. Perciò ora ti vestirai e te ne andrai.» «Io posso risolvere i tuoi problemi. Parliamone.»

Lo guida sul letto; seduti l'uno accanto all'altra, e nella penombra della stanza, Titta gli sorride: «È Angela il tuo problema personale?». Gli si mette davanti, le gambe premute contro le ginocchia del questurino. «Dicono che io e Angela ci somigliamo. Io sostengo di essere più bella. Almeno nuda.» Si muove come una gatta. «E a letto sono più brava.» Getta la sigaretta sul pavimento e stringe il capo di Sarti Antonio contro il suo petto nudo. Da dare di matto e farsela lì, in piedi. «Se vorrai, dopo parleremo di Angela.» «Parliamone subito. A cosa servono le catene nella stanza del primo piano, alla villa?» Titta rinuncia alla seduzione e siede accanto a Sarti Antonio. «Le hai vedute. Mio fratello farà una scenata, quando saprà.» «Temo che sappia già. Dov'è Angela?» La ragazzina accende un'altra sigaretta, ma Sarti Antonio gliela strappa di mano e la getta dalla finestra. Dice: «Devo dormire qui dentro, io! Dov'è Angela?». «Dove sia ora, non lo so.» «E le catene?» «Chiedi a Edvige. Sulle catene ne sa più di me.» «Chi è?» «Una ragazza di vita. Bella. Credo sia il tuo tipo.» «E la trovo?» «Dove si trovano le ragazze di vita: sul lungomare.» «Quando?» «Sai fare solo domande. Ora facciamo l'amore.» Sarti Antonio, sergente, si alza dalla sponda del letto, si allaccia la camicia, la rimette nei calzoni e va alla porta: «Se per te è lo stesso, rimandiamo. Ora ho da fare». Per le scale lo segue il grido isterico di Titta: «'Fanculo, investigatore di merda!». La ragazza non ha la classe di Lauren Bacall.

Non ci sono dubbi: lo seguono. Sente i passi nel silenzio dell'ultima parte della notte, ma non riesce a vedere. Consolante che sia uno solo. Il lungomare è silenzioso e deserto: solo alcune ragazze, sedute sul muretto che delimita la spiaggia. Il rumore della risacca, lento e monotono, fa più fredda l'alba. Poi, il rumore dei motori: gli stessi giovani di villa Certi e della discoteca, consumano gli ultimi spiccioli di notte brava davanti alle ragazze di vita. Due battute, una risata e di nuovo in giro con i bolidi.

«C'è da far bene con quelli. Sono pieni di soldi» dice Sarti Antonio alla prima delle quattro lucciole. «Balle! A quest'ora i veri ricchi sono alle Maldive, non a Cesenatico.» «Eppure abitano in una villa...» «Ricchi di provincia, pieni di fantasia e privi di iniziativa.» «Tu sei Edvige.» La più carina delle quattro annuisce. «E conosci anche la villa.» «Chi lo ha detto?» «Titta.» «Buona quella!» «Ti va di passeggiare?» «Senti bello: ho i piedi gonfi, sono stanca e stavo per andare a letto. Ripassa questa sera.» Sarti Antonio, sergente, le siede accanto sul muretto. Dice: «Mi dicono che sai qualcosa della mia ragazza. Si chiama Angela...». Non lo fa finire e già Edvige scuote il capo. «... e sai qualcosa anche del letto con la catena a Villa Certi.» Edvige si alza e si allontana, salutando con un cenno della mano le compagne. Il questurino la segue. «Non mi rivolgerò alla polizia, ma voglio sapere di Angela. Cerca di capirmi.» «Perché non cerchi tu? Se Angela ti ha piantato, avrà avuto le sue buone ragioni. Lasciala perdere.» «Allora la conosci.» «Non so chi sia.» Il questurino le mostra la foto. «L'ho veduta, sì, ma più di una settimana fa. All'Electron. Poi è sparita.» «E le catene a Villa Certi?» «Te l'ho detto: i ragazzi hanno troppa fantasia e gli piace giocare col morboso. Ora vado a letto. Sola.» Si ferma davanti a un albergo addormentato, guarda Sarti Antonio e dice: «Sistemati meglio quando vai a donne: calzoni stracciati, barba lunga... Anche l'occhio vuole la sua parte. Buonanotte». I netturbini restituiscono un aspetto onesto alla città di mare e le mamme e i bambini, che fra poco scenderanno alla spiaggia, non sapranno di prostitute, di droga, di vizio, di omosessuali...

I ragazzi finiscono la loro notte all'Electron, una sala da giochi in piena attività nonostante l'ora. Il pedinatore misterioso di Sarti Antonio lo ha seguito fin qui ed è il momento di incontrarlo. Il questurino si nasconde nella penombra dell'ingresso, dietro uno specchio che chiude i gabinetti, e un attimo dopo, entra il Diavolo. È venuto da Bologna per pedinare il questurino. I lampi delle macchine elettroniche e le luci viola che escono dagli schermi illuminano la sala e il Diavolo è là in mezzo e si guarda attorno. «Cerchi me?» Per farsi intendere, Sarti Antonio ha gridato. Il Diavolo vede il questurino che lo guarda e si allontana fra i ragazzi, verso l'uscita posteriore. Sarti Antonio arriva all'uscita quando la Honda di Diavolo è lontana. In sala ha veduto l'effeminato Manlio, un altro che può aiutarlo. Ma costui, appena si accorge del questurino, cerca di imitare il Diavolo. Non può perdere anche questo e sgomita fra i giovani per aguantarlo. Il biondino della famiglia Certi blocca Sarti Antonio per una spalla: «Guardate chi c'è». «Sempre alla caccia di Angela?» Altri giovani gli si stringono attorno e uno di loro lo colpisce alla nuca. Per un attimo la mente gli si confonde; quanto basta a Manlio per sparire dalla sala giochi.

Il bagno è lurido, imbrattato di carte e di scritte e l'orinatoio è colmo di siringhe. L'acqua fredda sulla nuca e sul collo restituisce un minimo di vita a Sarti Antonio. Alla cassa c'è un grassone del Sud con un paio di baffi che gli occupano mezza faccia. Non presta attenzione a chi gli si avvicina, ma fa in modo che si veda la rivoltella posata nel cassetto. Uomo avvisato... Premendosi il fazzoletto sulla fronte, il questurino mostra la foto di Angela: «Mai vista?». «No, se è tua sorella.» «Mi hanno detto che frequentava 'sto cesso» e butta il fazzoletto nel cestino dei rifiuti. Il grassone guarda il disperato che gli sta davanti e dice: «Hai bisogno di riposo. Va' a letto e lascia perdere la ragazza. Se n'è andata? Pace. Ne trovi quante vuoi». Sarti Antonio lascia l'Electron borbottando: «Tutti a dare consigli e nessuna informazione. Cercano di fregare. Come il Diavolo: a Bologna mi ha raccontato solo balle e me lo trovo alle spalle». Ne ha passate troppe e la colite non perdona, ma prima di cedere, si ferma a un bar e si beve due caffè. Il primo sole entra dalla finestra e Sarti Antonio, sergente, si butta sul letto senza fare la doccia. È stracciato dalla fatica e dai problemi. Nel pomeriggio siede al bar, lungo il corso centrale di Cesenatico. Sta meglio ed è deciso a non pensare ad Angela e a godersi il caffè. I turisti passeggiano, leccano gelati, scolano birra fredda e si divertono alle idiozie. Il Predicatore soffia nel suo megafono a pile; si ferma davanti ai locali più affollati e dispensa la profezia: «Vedo la vostra fine, giovani incauti! Ma vedo anche una via d'uscita. Ascoltate la voce nel deserto del Predicatore: vi conosco uno per uno e nessuno di voi passerà inosservato sulla via del peccato. Il pentimento non basta più, giovani inquieti, e il Predicatore conosce la strada della salvezza. Mille lire, mille misere lire! Io vi vedo, giovani, io vi conosco e so cosa aspettate dal mondo».

Fa su un paio di mille lire, dispensa consigli alle orecchie dei giovani e la pianta con il megafono per farsi una birra, seduto al tavolo accanto al questurino. Rilassato e con gli occhi beatamente socchiusi. «Dici di conoscerli uno per uno... Diecimila lire se mi parli di questa ragazza.» Il Predicatore dà appena un'occhiata alla foto di Angela e subito si irrigidisce contro lo schienale della sedia, gli si rivoltano gli occhi e il suo corpo comincia a tremare. Convulsioni. Sputacchia borbottando: «Via, via da me il diavolo... Non toccate la ragazza impura! Vedo una casa abbandonata... e catene. L'abitazione del diavolo! Un letto... e catene. Sento la musica dei giovani e vedo una casa abbandonata... Via, via da me il diavolo». Ha la bava alla bocca. Sarti Antonio cerca di tenerlo fermo. L'ambulanza si arresta accanto al marciapiedi e di colpo il Predicatore si calma. Guarda la gente che gli sta attorno, sorride e termina di bere la birra. Si alza e si allontana tranquillo, come se non fosse appena uscito dal trance. È un tipo che va controllato. Anche perché, fra le idiozie che ha mormorato, c'è qualcosa da verificare.

«Che ne sa del letto e della catena?» borbotta Sarti Antonio, sergente, seguendolo lungo il corso. «O è un altro che fa il furbo...» Alla fine della giornata, il Predicatore avrà fatto un sacco di soldi se i ragazzini continueranno a regalare mille lire. «Oh, cristo!» Sarti Antonio, sergente, blocca la mano del Predicatore, tesa a ricevere i soldi da un giovanotto che subito se la squaglia. Il Predicatore bestemmia e si divincola. «Droga! Figlio di puttana, altro che mille lire. Quelli si chinano e tu gli passi la dose.» «Non sono affari tuoi! Vai per la tua strada.» «Tu verrai con me in questura, bello.» «Attento, amico: c'è chi non sarà contento del tuo comportamento e ti capiteranno dei guai seri.» «I guai saranno tuoi! Che significano le frasi che hai detto al bar, mentre fingevi le convulsioni?» «Che frasi e che convulsioni?» «Non fare il furbo. La casa abbandonata, la musica dei giovani... Vuoi dire che Angela è tenuta prigioniera in una casa vicino alla discoteca?» «Mi sembri matto. Non ti senti bene? Vuoi che chiami un'ambulanza?» Si toglie di dosso le mani di Sarti Antonio: «La gente ci guarda e penseranno che mi maltratti. Qui mi vogliono bene e certi miei amici non te lo perdoneranno. Accetta un consiglio, amico: lascia in pace il Predicatore, vai a prenderti la tua amichetta, togliti di torno e lascia le cose come stanno. Non sarai tu a indicare un'altra via ai miei ragazzi». Impugna il megafono e riprende le litanie di salvezza e di diavoli in agguato. Ora come ora, Sarti Antonio, sergente, può solo minacciare: «Se credi di cavartela... Dimmi dov'è Angela!». «Chiedine a Manlio, amico. Lui sa, lui è implicato.»

Una motocicletta si ferma accanto ai due. Il centauro guarda minaccioso il questurino e si toglie il casco: è Titta, fasciata in pelle nera aderente: «Mi avevano avvertita che ti immischiavi con il Predicatore. Che ti salta in mente? Vuoi fare l'eroe? Hai perduto il treno. Monta su e andiamocene».

La villa dei signori Certi Antonutti Meli è deserta e fresca e sul piazzale c'è solamente la moto di Titta. «Dove sono gli altri?» «Non torneranno prima di domattina. Tranquillo: nessuno ci disturberà.» Il salone al piano terra è in ordine e i domestici hanno lavorato bene. Pulizia, tranquillità e mobili antichi. Una discreta penombra dalle persiane socchiuse. E Titta che si sfila l'abito nero, di pelle. Sotto ha un paio di slippini minuscoli che nulla nascondono. «Vieni.» Sale le scale, sorridente e gattona, senza imbarazzi per il corpo esile da ragazzina, quasi nudo. E disponibile.

La stanza è la stessa del letto con catene, ma c'è solo il letto. Rifatto e pulito. Niente resti di cena, niente catene. Accogliente e morbido, nella penombra della stanza, come il corpo di Titta che continua a recitare la parte di Lauren Bacall e a sognare un Marlowe tutto per lei. E Sarti Antonio, sergente, una volta tanto si rilassa e dimentica la famiglia Cuppini, Angela, il Predicatore... Neppure lo infastidisce il sentore di sigaretta che coglie sulle labbra della ragazza. Fra i muri antichi di una vecchia villa in riva al mare, nella penombra di una stanza, Titta e il questurino... Una donna e un uomo.

Il silenzio del parco di villa Certi Antonutti Meli rilassa i nervi e distende la mente; un attimo di pace nella rissosa vita di Sarti Antonio, sergente. Accanto, sul lettino, ha il corpo nudo e giovane di Titta. La interminabile nenia delle onde sulla spiaggia e il canto dei grilli, fra i pini. «È stato meglio che con Angela?» «Con Angela non è mai capitato.» «Non ti credo. La stai cercando con troppo accanimento per essere solo interesse professionale.» «Sbaglierò, ma se faccio una cosa, la faccio fino in fondo.» «Testardo come Marlowe.» «Lascia perdere Marlowe e parlami di Manlio.» Titta si accende una sigaretta e, nel buio, il suo giovane viso è illuminato dalla brace; morbide linee d'ombra.

«Ti dispiace se fumo?» «Sì, ma non ci posso fare nulla. Parlami di Manlio.» Due tiri e il fumo s'alza in volute contro il chiaro della finestra. «Manlio è un tipo ambiguo, ma dovrebbe essere lui a dirti di Angela.» «Mi sfugge come se avessi l'AIDS. Conosci una casa abbandonata nei pressi della discoteca?» «C'è, ma...» Da quando ha acceso la sigaretta, se n'è andata la tranquillità; ha tirato poche boccate e spegne nel portacenere, con gesto nervoso. Poi siede sul letto e fissa oltre la finestra. Si tormenta le mani. «C'è, ma ho bisogno di andare in discoteca. Sì, e tu mi accompagnerai. Porterai la moto. Io... sono nervosa.» Sarti Antonio la costringe a girarsi verso di lui e la guarda in viso: «Che ti capita?». «Nulla. Andiamo in discoteca. Poi ti accompagnerò alla casa abbandonata.» Trema come se, improvvisamente, avesse freddo.

La motocicletta non è mai stata un passatempo per il mio questurino, tant'è che non va oltre la terza marcia, se pure Titta lo incita, seduta dietro di lui, ad accelerare. Il tremore del corpo è aumentato. Sul piazzale della discoteca c'è il solito casino di giovanotti e c'è il Diavolo che discute con il Predicatore, un po' in disparte. Gli passa una mazzetta di banconote e si allontana. Sarti Antonio non vede se ritira la droga perché lotta con la bestia da sistemare sul cavalletto e, contemporaneamente, tenersi in piedi. Non ci riesce, ma Titta è già dal Predicatore. Uno scambio veloce ed è di nuovo accanto a Sarti Antonio. Dice: «Aiutami». Con mani tremanti prepara la siringa, appoggiando gli oggetti d'uso sul sellino della moto. «Tu sei scema!» «Aiutami, per dio! Non vedi che sto male? Non ce la faccio da sola.» Ma Sarti Antonio, sergente, non l'ascolta più e la lascia ai suoi traffici per mettersi sulle tracce di Diavolo. «Dove te ne vai, figlio di puttana! Aiutami.» Il Diavolo è sparito ancora e il questurino torna alla motocicletta.

In qualche modo Titta ce l'ha fatta ed è seduta sulla sabbia, la schiena appoggiata alla moto. Ha smesso di tremare ed è tranquilla. «Prestami la moto.» Non aspetta l'autorizzazione, che non gli verrebbe, e, sempre in terza marcia, gironzola per le stradine attorno alla discoteca. Al termine di un viottolo coperto di erbe e di buche, non più frequentato da anni, una casa isolata, cadente e disabitata. Il suono della discoteca, come aveva predetto il Predicatore, arriva fino lì. Mentre Sarti Antonio tenta di forzare la porta già scassata di suo, sente il rumore di passi sul viottolo. E si ritira nello scuro.

A piedi, il Diavolo si accosta alla porta e prima che entri... «Se solo ti muovi, ti sparo.» Con cosa, visto che neppure in servizio porta la rivoltella? Ma il Diavolo non lo sa e c'è sufficiente buio per barare. «Entra e portami da Angela.» Su una rete appena coperta da un panno, c'è Angela, tenuta al letto da catene, l'ultimo anello delle quali è troncato, esattamente come le catene della villa. Una lampadina accesa al muro rischiara la stanza. Con fil di ferro arrugginito Sarti Antonio lega i polsi al Diavolo e poi si dedica ad Angela: «Come ti libero?». Il Diavolo ride: «Un colpo di rivoltella sul lucchetto, come nei film». «Sì, avendo la rivoltella.» «Figlio di puttana, mi hai fregato. Slegami che io non c'entro.» «No? E come mai ti trovi qui?» «Ho pagato l'informazione al Predicatore. Mi sono venduto la Honda per questa piccola stronza.» «Può essere, può essere. Che ne dici, Angela?» La ragazza non è messa male, ma la sua voce è debole: «Ho sete... Toglimi le catene». «Una parola. Chiamo la polizia.» Angela grida: «No! Lasciamo fuori la polizia. Non voglio mischiare i Certi. Non me lo perdonerebbero mai. Trova un modo per liberarmi: una sbarra di ferro, un paio di tenaglie... Quando mi portavano da mangiare, li sentivo muoversi nell'altra stanza. Forse c'è qualcosa che serve per...». «Chi veniva?» «Non lo so; erano coperti da un cappuccio.» Guarda il Diavolo: «Non lui di certo. Slegalo e vedete di liberare anche me prima che arrivino. Non scherzano: la rivoltella ce l'hanno e la usano».

Sarti Antonio, sergente, ci pensa, scuote il capo e borbotta: «Sei un bel tipo: i figli di Certi Antonutti Meli ti rapiscono e tu vuoi tenerli fuori. Perché?». «Perché non sono certa che siano stati loro. Perché prima voglio sapere... Liberami!» «Non sei certa che siano stati loro. Te lo dico io: eri tenuta prigioniera altrove, prima di qui?» «Sì, poi è venuto un tale, di fretta, e mi ha tolto dal letto. Pensavo mi liberassero, ma mi hanno trasportata qui e di nuovo immediatamente incatenata.» «È come dico io: stavi nella villa, al primo piano, e io sono arrivato tardi. Mi chiedo perché ti abbiano rapita. Forse giocando sulla tua somiglianza con Titta, cercavano di farsi pagare un riscatto dai Certi Antonutti Meli. Ho veduto dove ti tenevano prigioniera e...» Si ferma di colpo e sorride: «Va bene, ho capito». Scioglie il Diavolo: «Così hai venduto la Honda. Bel coglione! Se fossi in te, mi farei rimborsare». «Sì, da chi?» «Dai rapitori, no?»

Sarti Antonio, sergente, siede sulla sponda della rete, vicino ad Angela: «Vediamo di ragionare». «Non è il momento. Possono arrivare e...» «Sono convinto che non arriveranno. Primo: perché ti hanno rapita. Secondo: perché hanno fatto il possibile perché sia io che il Diavolo ti trovassimo. Terzo: perché nessuno ha avvertito la polizia.» Guarda in viso la ragazza, guarda in viso il ragazzo dagli occhi onesti e scoppia a ridere: «E tu hai venduto la Honda!». Si alza dalla rete: «Aiutami a cercare la chiave del lucchetto. Scommetto la promozione che non è lontana. E poi sua madre, poverina, sta in pena: riportiamole la bambina».

Nella stanza di detenzione non ci sono mobili. Solamente un paio di sedie, una cassa di legno a lato del letto e la rete coperta dal panno. Sarti Antonio, sergente, va a colpo sicuro e solleva il panno dalla rete. La chiave cade sul pavimento ed era a portata di mano di Angela. La mostra al Diavolo, sotto il naso, e dice: «Un gioco da ragazzi. Poteva incatenarsi al letto e gettare via la chiave? No, perché se non fossimo arrivati né io né te, come si sarebbe liberata?». Il Diavolo si avvicina ad Angela e la solleva dal lettino: «Che cazzo significa? Che vuol dire la buffonata?». «Sta' tranquillo; è uno scherzo idiota da ragazzina.» «E io mi sono venduto la Honda per 'sta stronza!» Lascia cadere Angela e si mette le mani nei capelli. Chiede: «Come ci sei arrivato?».

Sarti Antonio, sergente, mostra l'anello troncato della catena: «Questo. E una frase di Angela. Ha detto: ... mi hanno portata qui e di nuovo immediatamente incatenata. Balle! Non l'hanno incatenata "immediatamente" perché questa catena io l'ho veduta a villa Certi quando Angela non c'era più. La catena è stata portata qui dopo, assieme alla parrucca bionda». Toglie dal capo di Angela il biondo dei capelli ed ecco Manlio. «Perfetto. Angela se n'è venuta via di casa per godersi la vita, si è trasformata in Manlio perché la lasciassero in pace, ma quando si è accorta che stavo per arrivare a lei, ha inscenato il rapimento per salvare l'onore. Agli occhi di mamma, naturalmente. La quale crede ancora al diavolo. Ma non sempre la colpa è del diavolo. I ragazzi erano al corrente della storia. Titta, per esempio, sapeva della scomparsa di Angela se pure non gliene avevo parlato. E anche il Predicatore, che mi ha messo sulle tracce di Angela per togliermi di torno; stavo diventando pericoloso per il suo commercio.» Libera Angela dalla catena e l'aiuta ad alzarsi. Si chiede: «Che racconto ora a tua madre? Poveretta: alla sua età credere al diavolo che travia le ragazzine. Ma è brava in cucina». Nel ritorno, la motocicletta di Titta la conduce il Diavolo, che è il più esperto. Portare tre persone a bordo senza perdere l'equilibrio lungo la stradina di campagna, diventa un terno al lotto. Non è lavoro per Sarti Antonio, sergente. Seduta fra i due, Angela piange in silenzio e nessuno la consola. Il questurino si tiene ai jeans di Diavolo e ha tre quarti di culo fuori dalla sella della moto. Grida: «Senti: sai dirmi chi è un tal Marlowe?». Il giovanotto gira appena il capo per rispondere: «Uno sfigato come te». La risposta accontenta il questurino, ma io avrei aggiunto una piccola differenza: il creatore di Marlowe è diventato ricco; io faccio ancora la fame. Ma sarà perché lui è vissuto negli Stati Uniti mentre io...

(da «l'Unità», Emilia-Romagna, LXIII, 177-182, 29 luglio - 3 agosto 1986)

Un affare in alto mare

Stavolta la città della riviera romagnola, scelta come sfondo, è Cattoli-ca, durante la stagione balneare e durante il celebre Mystfest, manife-stazione dedicata con formule diverse alla letteratura e al cinema gial-li. Macchiavelli vi era stato premiato nel 1974 e nel 1980, aveva partecipato in vario modo alle "giornate" e aveva cercato di fare di Cattolica un centro da cui promuovere il giallo italiano. Lotta durissi-ma quest'ultima. Nel romanzo breve non mancano infatti amare con-siderazioni sul disinteresse da cui la narrativa poliziesca italiana era allora circondata. Qui il motivo conduttore è offerto dall'incontro di Sarti, in spiaggia e sotto gli ombrelloni, con quell'icona del giallo mondiale che è Cornell Woolrich, per l'occasione invitato al Mystfest. Se Macchiavelli fa finta che Woolrich in quell'estate 1986 sia ancora vivo (era morto nel 1968), che si regga su gambe lunghissime da trampoliere (negli ultimi anni aveva subito un'amputazione), si di-mentica poi di informare l'ignaro Sarti di alcuni vizi dello scrittore americano, tra cui l'alcol e il gioco d'azzardo. Ne nasce una divertente commedia degli equivoci, in cui sono coinvolti la Biondina, come aiutante fin troppo volenterosa, e Rosas, come consulente sornione e irritante. Alla fine "Cornelio" regala al sergente un suo romanzo, Deadline at Dawn *(uscito presso Mondadori con il titolo* Si parte alle sei*), chiedendo in cambio un libro di un autore italiano "molto bra-vo":* Un diavolo per capello, *di Loriano Macchiavelli. Non manca un'altra frecciata a Umberto Eco: la sfida col professore sta ormai raggiungendo livelli di tensione.*

La Biondina gli ha chiesto: «Mi accompagni al mare?» e poiché Sarti Antonio, sergente, non ha trovato un motivo valido per rifiutare, ora è sdraiato sulla sabbia di Cattolica, rintronato dalla confusione, inerte sotto l'ombrellone, immerso nell'apatia da afa e con la sonnolenza che gli ha lasciato la levataccia, come se avesse dovuto andare in servizio, a Bologna. I polmoni gli si sono riempiti di crema abbronzante e di sabbia fine; nell'ultimo barlume di coscienza, gli entrano nel cervello, senza fermarvisi, i suoni e le parole che volano fra gli ombrelloni, a stretto contatto d'orlo. E una grande, immensa voglia di caffè. La Biondina, il corpo lucido di crema, è sdraiata al sole, sul bagnasciuga, del costume indossa la sola parte inferiore: due tettine nude alla portata degli occhi di tutti, ma è ormai una consuetudine. Sarti Antonio non si è accorto come, dove e quando la Biondina si sia tolta la parte superiore del costume. E dove sia ora il reggiseno. Sotto l'ombrellone accanto, un distinto signore, in maglietta abbondante e abbondante costume, viso pallido e scavato da inglese tormentato dalla tisi, legge da un paio d'ore, e con interesse, un libro grosso come la Bibbia, di oltre cinquecento pagine, e che deve essere una palla... Fate conto *Il nome della rosa*.

Folla di bagnanti, tormento di radioline e altoparlante del battello ormeggiato al pontile, che cerca clienti per la gita in altomare: pranzo a bordo con pesce pescato al momento, vino locale a volontà e visita all'Isola d'Acciaio. In tre lingue: italiano, inglese e tedesco.

Il signore tisico solleva il capo dal libro, guarda Sarti Antonio e chiede, con accento straniero: «Scusi, che ha detto?». «Io? Niente.» «Non lei. Che ha detto l'altoparlante del battello.» Sorride timido, quasi a scusarsi per il disturbo e continua: «Dice inglese talmente malvagio che io non comprendo». «Ah, sì. Ha detto: gita in altomare e visita all'Isola d'Acciaio.» «È tutto?» «Ha gridato il pranzo a bordo con pesce pescato al momento, ma non ci creda: è surgelato e viene dal Giappone. Sa di ammoniaca ed è saturo di mercurio.» Il signore è veramente signore: si alza e s'inchina leggermente verso Sarti Antonio. Dice: «Mi chiamo Cornell. Lieto di fare la sua conoscenza». Non si può ignorare tanta gentilezza e Sarti Antonio tenta di uscire dall'imbonimento da spiaggia per stringere la mano tesa: «Sarti Antonio». In piedi, l'uomo è magrissimo e sta ritto su due gambette esili, da uccellino, e tremanti. Per tema che gli si fiacchino di colpo, il questurino dice: «Prego, sieda». «Grazie. Anche lei è qui solo?» «Sono con la Biondina» e la indica. Il tisico guarda il bagnasciuga: «In buona compagnia. Bella signorina. O sua signora?». «Signorina e amica. Lei?» «Solo e a Cattolica per il Mystfest. Gentilmente invitato, ma non è mio temperamento di restare fra gente. Preferisco qui e un buon libro.» Sì, perché qui di gente non ce n'è! «Quando il battello dice nome di donna Paola, prego avvertire. Grazie di molto.» Sarti Antonio, sergente, non ha capito bene che si desidera da lui, ma annuisce. «Inglese?» «No, prego: Stati Uniti.» Questo viene a Cattolica dagli Stati Uniti!

Verso le dieci, l'altoparlante del battello riprende a rompere: «Paola chiama, Paola chiama. I passeggeri sono pregati di salire a bordo dove avverrà il sorteggio per la visita all'Isola d'Acciaio. Fra pochi minuti la *Stella del Mare* prenderà il largo». Il signor Cornell sospende la lettura e guarda Sarti Antonio. Che gli sorride. «Ha detto nome di donna?» «Come? Ah sì, ha detto Paola chiama.» Il signor Cornell si alza e indossa, traballando sui trampoli che gli sono gamba, un paio di calzoni lunghi; mette al collo una macchina fotografica degli anni Trenta, una Kodak a soffietto con il mirino scorporato, e di nuovo si china dignitosamente verso il questurino: «Grazie e a questa sera, signor Sarto». Si allontana e sul pontile rischia più volte di cadere in acqua, ma è il primo a mettere piede sul battello. Dopo di lui, altri trentacinque passeggeri: uomini, donne, bambini. Sarti Antonio, sergente, li ha contati più per occupare il tempo che per l'abitudine a notare i particolari che gli deriva da anni di questura. Così come si contano le pecore per addormentarsi. E si addormenta mentre la *Stella del Mare* si discosta dal pontile proteso per una ventina di metri sul mare. Sogna un naufragio spettacolare, ma la Biondina lo sveglia prima che lui riesca a salvare un solo passeggero, impedendogli la soddisfazione. «Andiamo a fare il bagno.» La Biondina ha indossato anche la parte superiore del costume da bagno. «Ora?» «E quando, se no? È ormai mezzogiorno e l'acqua è...» «... troppo fredda.»

A sera, un caffè e una passeggiata sulla darsena, prima di cena, a respirare un'aria che finalmente non sa di crema abbronzante e che viene, fresca e pulita, dal largo. Le luci sul lungomare sono accese e si perdono nel golfo, verso Riccione.

La Biondina si ferma davanti alla Lampara, sulla darsena: «Ceniamo qui». Sarti Antonio dà un'occhiata ai prezzi appesi fuori dalla porta: «Conosco un posticino...». Non è vero, ma i prezzi della Lampara non sono per un questurino in vacanza. Anche se alla Lampara si cena direttamente con i piedi a bagno e accarezzati dalla brezza. E porta la Biondina nel primo locale dignitoso che incontra: al Porticciolo, in piazza della Darsena. Dal loro tavolo, a sbalzo sulla piazzetta, si vede la Lampara, il mare, il pontile e le luci del golfo. E si mangia un pesce come gli altri pesci della zona. Spendendo il giusto.

Sono alla frutta quando la *Stella del Mare* attracca al pontile traballante e i gitanti d'altomare sfilano, uno dietro l'altro, verso terra. Così come aveva fatto nella mattinata, Sarti Antonio conta le pecore. Uno, due, tre... Quindici, sedici, diciassette... intanto cerca la sagoma magra del signor Cornell. Ventotto, ventinove, trenta. Sono tutti? Nessun altro deve scendere? «Eppure ne sono saliti trentasei.» La Biondina

217

guarda l'amico: «Come dici?». «Nulla. Pensavo a una cosa. Scusa un momento.»

A bordo della *Stella del Mare* c'è solo un marinaio che si occupa di funi, timoni e luci di posizione e Sarti Antonio può passeggiare indisturbato e cercare lo strano straniero. «Ubriaco e sotto una panca, ci scommetto. Non è abituato alle mazzate del vino locale.» Ma non lo trova. Il marinaio è basso, ha due spalle così ed è tutto muscoli. «Hai veduto un americano magro e traballante, pallido...» «Niente americani a bordo; gli americani hanno paura degli attentati e vanno a Miami.» «Eppure è salito questa mattina...» «Vuoi dire che io racconto balle?» Ha il viso bruciato dal sole, come ogni marinaio che si rispetti, e lo sguardo deciso. «E che ci fai tu a bordo?» Si avvicina troppo a Sarti Antonio. «Nulla. Salve.» Ma nel passare accanto alla plancia, il questurino vede, sul ripiano della strumentazione, una Kodak inconfondibile: anni Trenta, a soffietto e con mirino scorporato.

«Niente caffè?» chiede la Biondina. Sarti Antonio non risponde. Ha dei pensieri, se non prende il caffè.

Dalla finestra spalancata entrano il fresco della notte marinara e le zanzare, forse attratte dal profumo della fresca pelle della Biondina. Sarti Antonio, sergente, fissa il soffitto con occhi spalancati; non ha un filo di sonno. Gli piacerebbe sapere dov'è finito lo straniero cortese e barcollante, salito sulla *Stella del Mare* e mai sceso. Una zanzara indisponente gli ronza all'orecchio. Scende piano dal letto, ma la ragazza lo sente; apre gli occhi e chiede: «Dove vai? Perché non dormi?». «Scendo a prendere un caffè.» «Poi non ti addormenterai.» «Non mi addormenterò comunque.»

Sono le due di notte, ma le vie sono affollate e molta gente è seduta ai tavolini dei bar ancora aperti. Il caffè che servono a Sarti Antonio, in piedi e appoggiato al banco, è un pessimo caffè, ma il questurino non protesta. Semplicemente esce senza passare alla cassa. La *Stella del Mare*, ormeggiata al pontile, ondeggia lenta e a bordo c'è silenzio e nessuno in giro. Anche la spiaggia è deserta. Quasi deserta: sdraiati contro lo scafo di una barca in secca, due giovani fanno l'amore, nudi come dio li ha fatti e incuranti del questurino che passa a due metri da loro, illuminati da una luna piena da far invidia a Leopardi. Sarti Antonio fa piano e cerca di non disturbare i due, ma sono convinto che quelli abbiano altro cui pensare, a giudicare dai sospiri della ragazza e dall'impegno del giovane a farla sospirare. A bordo della *Stella del Mare* non c'è proprio nessuno e la visita di Sarti Antonio può essere accurata come una visita rubata al tempo. Senza produrre alcun risultato: cabine vuote, bagni deserti, sale per i passeggeri senza vita. E in plancia, naturalmente, nessuna traccia della macchina fotografica del signor Cornelio, la Kodak anni Trenta. A Sarti Antonio vengono alla mente alcune bestemmie di delusione, ma la stretta attorno al collo non le fa passare. Due mani abituate a strozzare gli fanno strabuzzare gli occhi, gli chiudono la strada del respiro e gli muovono una tosse convulsa e soffocata con conati di vomito. Fra un paio di secondi il questurino saluterà per sempre Cattolica. Già gli si è annebbiato il cervello. «Ancora tu! Potrei ucciderti e denunciarti come ladro.» «Sei certo di non avermi già ucciso?» «Non salire mai più senza avvertire. Cerchi ancora l'inglese?» «Americano.» «Ti ho detto che nessun americano è salito a bordo. Ora fuori dai piedi!» Più che invitarlo a uscire, lo solleva di peso e lo scaraventa sul pontile. E vi assicuro che il questurino non è una piuma e il marinaio è più basso della media. È tutto muscoli.

Il caffè, questa volta, è migliore, anche se il bar è lo stesso di prima. Forse perché Sarti Antonio già disperava di berne altri. E paga, ma chiede del bagno: la strizza gli ha mosso la colite.

Al mattino, mentre si taglia la barba, scopre sulla gola le impronte livide lasciate dalle dita di Muscolo. E scende in spiaggia completamente vestito e con una sciarpa al collo. Inventerà una scusa: febbre, mal di gola, un accidente! L'ombrellone a fianco non ha, ovviamente, l'inquilino e alle dieci la *Stella del Mare* toglie gli ormeggi: quaranta passeggeri a bordo. L'altoparlante aveva annunciato che Giacomo chiama, «Giacomo fa l'appello». Le ragazze del Mystfest sono tutte carine, ma di plastica e scarse di riflessi: «Cornell? Senza cognome non so dirle». «È degli Stati Uniti, è vostro ospite, è magro e malaticcio...» Nulla da fare, ma la direttrice, signora Irene Bignardi, è più attrezzata: «Allude a Cornell Woolrich, immagino. Il Mystfest è dedicato a lui e verrà premiato». È elegante e quasi bella, ma scostante: è sempre sul palco a presentare anche quando è fra i mortali. Anche quando chiede: «Che desidera lei dal signor Woolrich?». «Affari personali.» «Mi spiace, ma non sono autorizzata a darle l'indirizzo.» Considera chiuso e torna al regista di chiara fama, riprendendo la risata da dove l'aveva interrotta all'arrivo del questurino. Ma ora Sarti Antonio ha i dati necessari per rivolgersi alle signorine di plastica. «La signora Bignardi prega di darmi il recapito del signor Vulric.» Sono ragazze simpatiche, specie la morettina dai capelli corti e scuri come li portava Louise Brooks: «... Vattimo, Vicini, Vulvi... No, non mi risulta alcun signor Vulric. È certo del nome?». «Cristo se sono certo! La Bignardi ha detto che si chiama Cornell Vulric.» «Cornell: allora è straniero.» «Americano, gliel'ho detto, signorina.» «E come si scrive Vulric?» Crisi! Sarti Antonio non può tornare dalla signora Bignardi. Lo aiuta un po' di fortuna: un ritaglio di giornale, appeso a una bacheca, lì accanto. C'è scritto: "Cornell Woolrich al Mystfest di Cattolica". Più in piccolo: "Miracolo di Irene Bignardi, nuovo direttore del festival. Da anni nessuno si era messo in contatto con il grande scrittore". Riflessione personale: chissà perché gli scrittori diventano grandi sempre "dopo". Comunque, grazie al ritaglio, Sarti Antonio ci fa una bella figura. All'Intercontinental hotel di Cattolica, dove è alloggiato, o dovrebbe esserlo, il signor Cornelio, si dichiarano spiacenti, ma il signor Woolrich non è rientrato da ieri mattina. «E non lo avete cercato? Non vi siete preoccupati?» «Signore, non è nostro costume controllare i movimenti degli ospiti né preoccuparci per le loro giustificate assenze. Tanto più che abbiamo ragione di credere che il signor Woolrich rientrerà presto perché poco fa ci è stata recapitata la sua personale macchina fotografica.» «Posso vederla?» L'incaricato non ha difficoltà e mostra la Kodak anni Trenta, a soffietto. «Chi l'ha consegnata?» «Un signore basso e tarchiato, scuro di pelle. Ha riferito che il signor Woolrich pregava di spedire un telex a suo nome a una banca di New York.» «E che riporta il telex?» Per aver diritto a una risposta, è necessario mostrare la patente di questurino. Che è l'ultima risorsa alla quale Sarti Antonio, sergente, ricorre e proprio quando non può farne a meno. Mostra la patente, ma è inutile: il telex è scritto in inglese. «Che dice?» L'incaricato dell'Intercontinental hotel ha una smorfia di sentito disgusto. Com'è possibile che non si conosca l'inglese? Un uomo dotato di un minimo... Un poliziotto, poi! Traduce con un senso di superiorità: «Riporta: spedire prego con urgenza 12.000 dollari al mio hotel di Cattolica, Italia». «Che sarebbero?» «All'attuale valuta, circa 18 milioni di lire, signore.» «Solo?» «Solo, signore. Serve altro?» «Sì: a che gli serviranno 18 milioni di lire, dal momento che è ospite del Mystfest tutto compreso?» L'impiegato non gli risponde: certe domande stupide sarebbe bene risparmiarle, a suo giudizio. Un casino di idee, ipotesi, pensieri si affollano alla mente del questurino. E vorrebbe tanto raccoglierli a voce alta, come fa per pensare meglio, ma la folla che gli scorre accanto, nella calda sera di Cattolica, non glielo consente. Nessuna voglia di passare per matto. E poi c'è il rumore assordante delle auto, dei motorini, delle radio, dei bar... E c'è chi viene al mare per riposare. O forse non è più così.

Dov'è finito l'americano? Perché di lui è rimasta solo la Kodak a soffietto? A che servono 12.000 dollari? Domande confuse che Sarti Antonio si pone a mezza voce, con il rischio di passare per suonato con i vicini d'ombrellone. Ma la sola a preoccuparsi del suo stato mentale è la Biondina. Che lo ascolta per un po' senza comprendere e poi gli chiede: «Che ti accade? Borbotti, sparisci dalla spiaggia e ricompari dopo ore... Vuoi che torniamo a Bologna?». «No, è che...» non sa e non può spiegare. Dice: «Ti va una passeggiata in riva al mare?». «Fino a Riccione?» «Fino a Riccione.»
Lungo la spiaggia, i piedi che affondano nella sabbia della battigia, mano nella mano, come due fidanzati, la Biondina non parla. Ma il questurino sa che lei ha il diritto di sapere. Spiega la situazione di Cornelio e, dopo, la ragazza scuote il

capo, sorride, si stringe al questurino e dice: «Sei incredibile. Non c'è uno al mondo che si occuperebbe di un conoscente occasionale e tu...». «E se gli fosse accaduto un guaio?» «Va bene, hai ragione tu. Che conti di fare?» Sarti Antonio non lo sa. Per ora si toglie la camicia e arrotola i calzoni sulle caviglie; il sole picchia, ma il venticello che viene dal largo (si chiama Garbino?) ne attenua gli effetti. Sarti Antonio non si accorge del male che gli farà il sole sulla pelle nuda. «Che ne dici di una gita in altomare? All'Isola d'Acciaio.» La Biondina sorride e annuisce. Sarti Antonio, sergente, la ringrazia con una stretta delle mani sulle spalle. «Sei una ragazza d'oro.» «Anche se faccio la puttana?» «La tua vita privata riguarda te sola. Io faccio il questurino per vivere. Non so fare altro. Vuoi ammazzarmi?»

Non arrivano a Riccione, ma è sufficiente perché il sole massacri le spalle e il petto del questurino. In camera, la Biondina spalma di creme rinfrescanti la pelle di Sarti Antonio, ma quando passeggia, più tardi, sul pontile in attesa della *Stella del Mare*, il bruciore alla schiena e al petto torna insopportabile. Scendono quarantotto passeggeri e nessun indizio dello straniero tisico. Poi, seduto sul moscone in secca, osserva la vita a bordo del battello, senza pensare a nulla. Il fresco della sera gli allevia il dolore delle ustioni.

Sulla coperta della *Stella del Mare*, alcuni uomini di equipaggio preparano il tavolo per una cena riservata, una volta tanto, ai marinai. Siede a capotavola il capitano, in silenzio, e si serve per primo. Dopo di lui, si avventano sul cibo i cinque dell'equipaggio. Risate, scherzi pesanti e bottiglie di vino, da veri rudi uomini del mare.

«Salute a tutti e buon appetito.» Silenzio di colpo. E gli occhi dei presenti sono per il questurino, salito non invitato a bordo. Si aspetta il seguito. Muscolo fa un cenno d'intesa al capitano, come a dire: "È il rompiballe del quale ti ho riferito, capitano". «Un coperto per il signore.» Un marinaio cede il posto, alla destra del capitano, e prima di sedersi al tavola, Sarti Antonio, sergente, infila la camicia nei calzoni, con smorfie per il dolore della pelle cotta. Muscolo gli passa un piatto dove galleggiano cozze in un brodino di prezzemolo, aglio e altri odori. Che Sarti Antonio non assaggerà. «A cosa devo l'onore della visita?» Il capitano è un romagnolo di poche parole, ma sentite. Nel senso che quando chiede, esige risposte chiare e inequivocabili. «Veramente io ho già cenato.» Mente, ma le cozze proprio non riesce a mandarle giù. Muscolo, in piedi alle sue spalle, gli mormora all'orecchio: «Non puoi fare uno sgarbo al comandante. Se ti ha offerto da mangiare...». «Tanto per gradire» dice il questurino. E mette in bocca il viscido mollusco. Lo mastricherà, ma non riuscirà a ingoiarlo. «Allora?» «Allora... Sto cercando il mio amico Cornelio, l'americano. È salito a bordo e non è più sceso. Che fine ha fatto?» I marinai hanno ripreso a mangiare continuando a guardare l'intruso. Ora lo fanno in silenzio: una cena sciupata. «In che senso "che fine ha fatto"?» «Caduto in acqua, per esempio.» «La *Stella del Mare* non perde i passeggeri per mare, in ogni modo, nessun americano è mai salito a bordo.» Definitivo. Sarti Antonio, sergente, allontana il piatto, sputa sul legno del ponte il mollusco masticato, si alza e sorride al viso serio del capitano. Dice: «E come mai lui...» indica Muscolo che ancora gli sta alle spalle. «... è andato all'Intercontinental a consegnare la Kodak del mio amico Cornelio? E a far spedire, sempre a nome Cornelio, un telex alla banca di New York?» La rivelazione ha un certo effetto sulla ciurma, capitano compreso. Ora li ha in pugno. Lo guardano in silenzio. Una cena andata a puttane. Il capitano fissa Muscolo e chiede: «Tu che rispondi?». Riprende a mangiare senza attendere la risposta, come se la conoscesse; considera chiusa la diatriba. «Io rispondo che il signore è matto. Da una settimana non lascio la barca.» «Ah sì? Ma guarda. Chissà se la polizia ti crederà.» Anche per il capitano la cena è terminata. Si alza e chiede: «Vuol andare alla polizia? Faccia, ma le rideranno sul viso. Mi conoscono bene e sanno della mia onestà». «E io ci vado ugualmente.» Il capitano ci pensa un attimo e poi dice: «Come crede. Prima però il mio marinaio le spiegherà ogni particolare». Si rivolge a Muscolo: «Soddisfa la curiosità del signore, ma dopo chiedigli scusa». Sarti Antonio, sergente, non se l'aspetta: Muscolo lo abbraccia di schiena, all'altezza del petto, e stringe da togliere il fiato. Lo solleva di una spanna e lo trasporta, con facilità, alla passerella che collega la barca al pontile. Le scottature ricevono il definitivo e ruvido colpo di grazia. «Lasciami, bestione! Mi fa male, accidenti.» Ma la stretta gli toglie il fiato. «Tranquillo, bello: ora ti rinfreschi le bruciature e le idee.» Muscolo si sporge dalla passerella, allenta la presa e il questurino scivola fra le braccia del marinaio. In effetti l'acqua rinfresca le scottature, ma è magra consolazione. A riva, la Biondina accoglie un Sarti Antonio bagnato, incazzato e addolorato per le scottature e per i morsi da colite. La ragazza è seduta sullo stesso moscone sul quale il questurino aveva atteso poco prima. «Non ti ho veduto tornare e ho immaginato... Ma chi te lo fa fare?» Lo aiuta a togliere i vestiti bagnati e il questurino resta in mutande. «Perché non vai alla polizia e lasci che se la vedano loro?» «Che gli racconto? Magari si scopre che Cornelio è andato in gita a Venezia. O è sceso dal battello e io non l'ho veduto. In più c'è il rischio che mi accusino di abuso di potere e violazione di proprietà privata. Chi me lo fa fare, dici? Non lo so, ma non è tollerabile...» «Ci sono tante cose, intollerabili. Una di più...»

Si presentano all'imbarco, ma Muscolo, che sta all'ingresso della passerella, ferma il questurino: «La signorina sì, i rompiballe no». «Senza di me la signorina...» «Allora resta a terra anche la signorina.» Ed è deciso a ributtarlo in acqua. Sarti Antonio, sergente, sarebbe lieto di invertire i ruoli e mandare Muscolo ai pesci, ma non è certo del risultato. E lascia perdere. Già ieri sera ha fatto una figura di merda agli occhi della Biondina. Due, nel giro di poche ore, sono troppe anche per un questurino.

Rosas, il talpone, scende dal treno e non si guarda attorno e quindi non vede Sarti Antonio. È conciato come al solito: jeans sfilacciati, sandali a ciabatta e camicia dai colori sbiaditi e portata fuori dai calzoni. Gli occhietti da miope, socchiusi dietro le lenti spesse, si stringono ancor di più per il sole del mezzogiorno. Per far intendere che c'è, che è venuto a prenderlo, Sarti Antonio gli tocca la spalla; un movimento del capo per saluto e poi, affiancati e silenziosi, scendono verso il centro. Seduti a un bar e mischiati a uomini di cultura venuti da tutto il mondo (mancano solo gli scrittori italiani) per seguire il Mystfest, Sarti Antonio spiega perché ha chiesto al talpone di raggiungerlo. Non per il Mystfest! Il talpone ascolta, a occhi chiusi ed esposto al sole per non perdere neppure un minuto dei preziosi raggi. Sarti Antonio ha bevuto il suo caffè; quello di Rosas si fredda nella tazzina. «E io che c'entro?» «Tu sali a bordo, assieme alla Biondina, e andate a visitare l'Isola d'Acciaio per cercare traccia di Cornelio.» «Che ci guadagno?» «Il piacere di aver fatto un piacere a un amico.» «Non è molto» conclude Rosas. Poi beve il caffè tiepido, si alza e dice: «Grazie per il caffè. Il mio treno per Bologna passa fra mezz'ora». Sarti Antonio lo risospinge sulla sedia e ordina un altro caffè. «Non fai nulla per nulla, tu, vero?» «Colpa di questa società di merda, questurino. Ognuno per sé e chi resta indietro è fottuto. Hai presente la pubblicità della Sai?» «Va bene, va bene! Che vuoi in cambio?» «Mi saldi il conto dal fornaio, a Bologna.» «Quanto?» «Sulle cinquantamila.» «Credevo peggio.» Sono d'accordo e finiscono di sorseggiare in silenzio. Poi Rosas chiede: «Perché ti interessi a un americano che conosci appena? E sono pure antipatici». «Primo: non mi piace che mi prendano per il culo. Secondo: mi hanno gettato in acqua, vestito. Terzo: Cornelio mi ha detto: "a questa sera, signor Sarto" e non l'ho più veduto.»

Alle dieci in punto la *Stella del Mare* prende il largo; ci sono, a bordo, anche Rosas e la Biondina. Giochi di società, sole in coperta e pranzo sul ponte, mentre il vento strappa di mano i fazzolettini di carta e i bicchieri. Di carta anche quelli. Poi c'è la tombola e i cinque vincitori hanno diritto alla visita approfondita dell'Isola d'Acciaio. Gli altri passeggeri potranno passeggiare solo sulla piattaforma. Motivi logistici e di pubblica incolumità, spiega il capitano. Né Rosas né la Biondina sono prescelti dalla fortuna, ma se non la si aiuta, la fortuna sta sempre altrove. La Biondina, che conosce il mestiere, va a sdraiarsi a due passi da Muscolo che insegna a un ragazzino ritardato come si tirano le reti. La Biondina si toglie il costume: un bagno integrale di sole, in altomare, è ideale per i reumatismi. E per mettere cattivi pensieri nella mente di Muscolo. Che abbocca.

L'Isola d'Acciaio è una piattaforma con una struttura che si perde sotto il pelo d'acqua, costruita in acque internazionali, servirebbe, secondo le intenzioni del costruttore-padrone, per lo studio delle correnti e dell'inquinamento. Un'opera meritoria i cui risultati sono pubblicati settimanalmente sui giornali. Un modo per misurare la febbre alle acque e, eventualmente, intervenire con opportuni metodi di cura. A bordo, laboratori per analisi, alloggi per l'equipaggio, stazione radio e meteorologica, bar per i visitatori... Una vera e propria isola d'acciaio dalla quale i Verdi vigilano e lanciano grida di allarme.

Con autorizzazione del capo dei Verdi, la *Stella del Mare* attracca e i gitanti salgono sulla piattaforma. I cinque della tombola, inquadrati dalla guida, partono per la visita approfondita, ma Muscolo conosce un passaggio particolare e da qualche parte, scese alcune rampe, c'è un ripostiglio per i viveri. Sdraiata su sacchi di farina, la ragazza paga il biglietto per visitare l'isola. Dopo. Ci sa fare, è il suo mestiere, e Muscolo si sente un uomo felice. Una storia da raccontare agli amici, quando i turisti se ne saranno andati e sarà dura, d'inverno, far venire sera. Dopo mantiene la promessa e accompagna la Biondina per i locali sotto il pelo d'acqua. Corridoi stretti dove c'è un sostenuto viavai di camerieri in giacca bianca, porte d'acciaio chiuse all'interno... «Laboratori nei quali è vietato entrare» ma dai quali arrivano una leggera musica e il vociare di molte persone. Un paio di ragazze, che la Biondina non ricorda fra i passeggeri, scherzano e ridono per il corridoio. Sono in abito da sera. Una cucina di classe, sistemata da qualche parte, manda il profumo delle sue specialità. Nulla da spartire con la mensa del personale di bordo.

«In questo punto il mare è pulito e chi desidera può fare il bagno. Non allontanatevi dall'isola.» Il capo dei Verdi non ha terminato la raccomandazione che Rosas è già in acqua, tuffatosi in piedi e senza togliere gli occhiali. Rispunta gridando e agitandosi; schiaffeggia la superficie e starnazza; affiora e scompare fino a quando gli gettano un salvagente e un marinaio. L'uno lo tiene a galla, l'altro lo trascina alla scaletta e lo spinge per il sedere. All'infermeria dell'isola, un medico in abito da sera gli pratica un'iniezione calmante e gli chiede: «Perché ti sei gettato in acqua se non sai nuotare?». «Credevo si toccasse.» Rosas non ha perduto gli occhiali, quasi fossero incollati al naso e alle orecchie. «Va meglio, grazie. Posso salire da solo: conosco la strada.» «Sei certo di farcela?» Rosas annuisce e barcolla verso l'uscita dell'infermeria. In corridoio sbaglia porta ed entra in un camerino dove alcune ragazze si truccano per lo spettacolo; chiede scusa, sale una scala di ferro, lascia strada a un cameriere con vassoio di bicchieri e ghiaccio, chiede dov'è il bagno... Un bagno di lusso, con piastrelle di ceramica firmate Versace.

«Sei un gran figlio di puttana» gli grida Sarti Antonio, sergente. «C'era bisogno di mandarla a letto con Muscolo?» Rosas beve l'ultimo sorso di birra e guarda il questurino, sbalordito. Poi guarda la Biondina: «Ti ho costretta? No. Lui mi ha chiesto di guardare dentro l'isola: tu ti sei fatta scopare e io mi sono preso un bagno in acque lerce e fredde che solo dio sa. Di noi due, tu sei quella che se l'è cavata meglio: non hai fatto che il tuo mestiere». La Biondina passa un braccio attorno alle spalle di Sarti Antonio e gli sorride: «Non te la prendere: l'ho fatto per te. Ora tu sai che l'Isola d'Acciaio è un casinò galleggiante e illegale». Il questurino, dal terrazzo del ristorante, guarda la *Stella del Mare*, morbidamente cullata dalle calme onde dell'Adriatico. A bordo, poche luci: una sull'albero, una a poppa e una a prua. L'equipaggio è sceso e forse il solo Muscolo è rimasto a bordo. Sarti Antonio, sergente, borbotta: «Sì, ora so che l'Isola d'Acciaio è un casinò e un casino galleggianti, ma che fine ha fatto Cornelio?».

Da quando la Biondina si è fatta scopare da Muscolo, i rapporti fra lei e il questurino si sono tesi e ora, sotto l'ombrellone, si resta in silenzio. Sarti Antonio, ed è la terza volta, va a bere un caffè, al bar. Al ritorno, la Biondina gli dice: «Se te la prendi per così poco... Credevo di aiutarti». «Non con Muscolo. Con lui non dovevi farlo. Oltre ad avermi picchiato, ora è anche convinto di avermi fatto cornuto. Non mi sembra simpatico.» La ragazza non sa come recuperare; si alza e va a fare il bagno. Sarti Antonio si sdraia e chiude gli occhi; non risolverà il mistero di Cornelio, ma i vicini d'ombrellone lo lasceranno in pace.

«Buongiorno, signor Sarto. Dormito male?» Il questurino apre un occhio: sempre traballante sulle gambette magre, Cornell Woolrich saluta il vicino d'ombrellone con un gesto del capo. Indossa gli stessi calzoni larghi e la stessa maglietta troppo grande per lui; a tracolla porta la Kodak Vanity anni Trenta. «Che ci fa lei qui?» La domanda sorprende Cornelio. Che tenta di spiegare in un italiano approssimativo: «Come già detto, sono ospite del Mystfest e...». «Lo so. Ma dov'è stato durante gli ultimi quattro giorni? Non l'ho veduta scendere dalla *Stella del Mare*. Già pensavo di rivolgermi alla polizia.» «Ringrazio l'interesse, ma lei non veduto bene: sono sceso da *Stella del Mare* e rimasto in albergo con lieve malessere. Forse ho indossato troppo vento durante la gita in nave.» Il questurino sta per riprenderlo su "indossato" e sul fatto che sia rimasto in albergo, ma rinuncia e sorride: «Sono felice di rivederla, signor Cornelio». «Anch'io. Un italiano molto gentile.» Porge a Sarti Antonio un libro: «Questo mio libro per ricordo». Il titolo è in inglese, naturalmente: *Deadline at Dawn*, di Cornell Woolrich. «Non potrò leggerlo, ma lo conserverò con cura. Che le darò in cambio?» «Un altro libro poliziesco di autore italiano molto bravo. Tale Loriano Macchiavelli. Il titolo è: *Un diavolo per capello*. Parto domani, signor Sarto.» «Avrà il libro.» Guarda l'americano malaticcio e conclude: «Sono lieto di rivederti, Cornelio».

Prima di pranzo, Sarti Antonio, sergente, passa dall'Intercontinental e si porta anche Rosas. Che non ne è entusiasta. «Perché io? Il tuo amico americano è riapparso e non vedo...» «So che hai dei dubbi sulla mia integrità mentale e pensi che io abbia sognato. Cornelio era sparito, ne sono certo.» Il portiere conferma: il signor Woolrich è rientrato ieri sera dopo quattro giorni di assenza. Sì, l'assegno di 12.000 dollari è arrivato da una banca di New York ed è stato consegnato a Muscolo dietro presentazione di una lettera in tal senso, firmata dal signor Woolrich, e dietro presentazione del passaporto intestato all'americano, come garanzia. Naturalmente c'è stata anche una telefonata di conferma del signor Woolrich perché, in caso contrario, l'hotel non avrebbe mai e poi mai consegnato una tale somma a un estraneo e... Sarti Antonio, sergente, e Rosas se ne vanno che ancora l'incaricato dell'hotel assicura sull'onestà dei funzionari. «E ti sembra normale?» Rosas smette di fischiettare per dire: «A me sì». «E allora sei cretino! Qui c'è sotto del gran marcio, caro mio, e se non lo capisci da solo...»

A tavola ragiona fra sé, come quando tenta di riordinare le idee che non ne vogliono sapere. «Lo hanno tenuto sequestrato sulla *Stella del Mare* e lo hanno liberato dopo il pagamento del riscatto. Qualcuno dovrebbe informare la polizia, visto che Cornelio non intende farlo. Una banda internazionale che agisce a Cattolica e che, probabilmente, ha diramazioni su tutta la costa adriatica. Sono certo che riuscirei a far parlare Muscolo se solo scendesse a terra. Ma non lascia mai la *Stella del Mare*...» Non ha ancora toccato cibo. La Biondina posa la mano sulla destra del questurino: «Lascia perdere e mangia». Sarti Antonio, sergente, non risponde e continua a seguire i pensieri: «Muscolo è il tipo adatto: tutta forza e niente cervello. Se si riuscisse a entrare in confidenza con lui...». «Posso provarci io. Ora si fida di me.» Certo che si fida: ci sei stata a letto! Ma non lo dice; lo pensa solo perché non è abbastanza cattivo da fare del male al prossimo. Rosas non pare interessato al dialogo e mastica assorto. Eppure borbotta: «Non si sequestra per soli 18 milioni». «Lo dici tu.» «Lo dico io.» Sarti Antonio, sergente, si alza e si allontana senza mangiare. Non ha detto né sì né no alla proposta della Biondina.

Seduto a un tavolo dell'Ariston bar e circondato da gente che conta, si rilassa davanti a un caffè, ma gli restano i morsi di colite, come sempre quando gli si altera l'equilibrio psichico. Cerca di ignorare i guai sfogliando il libro avuto da Cornelio. Un ometto rotondo e con il viso furbo da faina lo osserva, seduto al tavolo accanto. Ha occhi piccoli e ravvicinati e ha sul viso il colore giallo dei malati di fegato. «Scusi, dove ha trovato quel libro? Lo cerco da anni.» «Un regalo di Cornelio.» «Vuol dire Cornell Woolrich?» «Così.» «Me lo venderebbe?» «Non ci penso neppure.» «Ma lei non conosce l'inglese.» «Chi lo dice?» «Una mia deduzione: la osservo da un po' e io sono un esperto di giallo.» Sarti Antonio, sergente, guarda il viso dell'ometto e conviene: «Ci avrei giurato. Sa dirmi dove trovare un libro di Macchiavelli? Sa, per ricambiare il dono». «E ricambia con un libro di Macchiavelli?» «Lo conosce?» L'ometto fa segno con la destra come a significare: "lasciamo perdere". «Me lo ha chiesto espressamente Cornelio.» Senza parlare, il viso da faina indica, con un cenno del capo la, libreria poco distante. Ma l'espressione dell'ometto è di disgusto.

Sarti Antonio attende la fine della premiazione per incontrare Cornelio. Ci sono premi per tutti: miglior film, attore, attrice, regista, costumista, parrucchiera, elettricista... Mancano solo gli autori italiani. La commissione di lettura (i critici) non hanno ritenuto degno alcuno dei libri pubblicati in Italia di figurare a Cattolica. Beata la loro sicurezza!

Cornelio esce traballando dal cinema. «Ecco il libro che mi hai chiesto.» Cornelio ringrazia con il consueto cenno del capo e dice: «Offro da bere, signor Sarto». Il questurino ordina un caffè e l'americano un whisky. «Io so che ti hanno sequestrato per quattro giorni. Perché non denunci?». «Signor Sarto, lei è gentile a occuparsi di me, ma assicuro che tutto è in ordine e niente è successo di tragico.» «Ho capito: non ti fidi di me.» Cornelio si alza: «Non è giusto: io domattina parto e grazie per il libro che tengo prezioso». Si allontana traballando, ma non per il bicchierino bevuto.

Rosas siede al posto lasciato libero da Cornelio e sgocciola il bicchiere di whisky. Dice: «Se vuoi favorire con me, la Biondina farà in modo che tu capisca, e senza ombra di equivoco, come sono andate le cose nel misterioso caso dell'americano scomparso».

«Nascondiamoci nel bagno.» Sarti Antonio guarda Rosas in faccia e dice: «Non ti saranno nati dei vizi?». «E li consumerei con te? Non illuderti, questurino.» Aspettano al buio. Poi sentono la porta della camera aprirsi e la Biondina dire: «Entra, entra e versati da bere. Vado un attimo in bagno». In bagno, si chiude la porta alle spalle e mormora: «È venuto. Farò in modo che parli». «È venuto chi?» «Muscolo.» «Oh cristo! E io me ne starei qui mentre voi due scopate?» La Biondina gli mette una mano sulla bocca: «Non succederà. Vuoi sapere o no?». «Voglio sapere, ma non a queste condizioni.» «Stai tranquillo» lo rassicura la ragazza. Anche con un sorriso. Poi torna nella stanza e Muscolo dice: «Una come te è sciupata qui a terra». «E dove non sarei sciupata?» «Sull'isola, accidenti! Faresti soldi a cappellate.» «Come mai tu non li hai fatti?» «Che c'entra? Io sono un uomo. Non ti spogli?» Nella pausa del dialogo, probabilmente la Biondina si spoglia. Poi la voce di Muscolo, impacciata, da ragazzo ritardato: «Sì, sei una gran bella donna. Belle tette, bel culo, belle gambe... Vieni qui». «Mi interessa l'argomento soldi: dimmi dell'Isola d'Acciaio, Muscolo.» Il marinaio ride a singhiozzo, una risata stupida e vuota. O così pare alla gelosia di Sarti Antonio, sergente, chiuso nel bagno. E impotente.

«Muscolo! Mi piace. Lo dici come se stessi già facendo l'amore. Ripetilo.» La Biondina ripete, ma talmente sottovoce che i due nel bagno non intendono. Sarti Antonio si massaggia il ventre perché la tensione gli ha scosso l'equilibrio.

«Sull'isola ti occuperesti dei clienti. Gente da soldi. Se ti interessa, ti presenterò al signor Verde e la cosa è fatta. Non voglio neppure la percentuale che mi spetterebbe. Non credere che se sono solo marinaio, io non possa aiutarti: ho aderenze sull'isola. Un mese di lavoro e te ne starai bene per un po'. Cose da ricchi, non un casino da pochi soldi e per la truppa.» «Aspetta: finiamo il discorso che mi interessa. Ma l'isola non è un centro di controllo ecologico?» «Che fai, la stupidina? Ci si gioca d'azzardo e ci si scopa a pagamento. In dollari, cara mia.» «Non ci sono rischi? Le autorità?» «Le autorità si fanno gli affari loro. E poi l'isola è in acque internazionali e non possono intervenire. La *Stella del Mare* è il ponte che collega la terraferma all'isola. Vieni qui, bella.» Un'altra pausa e poi di nuovo Muscolo: «Ora che fai? Torni in bagno?». «Sì, per dire al mio amico che può uscire. Credo che abbia avuto le informazioni che gli servivano.» Muscolo bestemmia, ma non ha il tempo di saltare dal letto perché Sarti Antonio, sergente, gli è sopra e gli solleva una sedia, minacciosa, sul capo. L'unica sedia disponibile nella stanza.

«Se ti muovi, te la rompo sul cranio, bestia!» Muscolo è inchiodato sul letto. «Nudo sei di un brutto che fa schifo. Non ti muovere, ho detto!» Ma Muscolo non intendeva muoversi; ha solo portato le grosse mani sul ventre peloso a coprire le parti delle quali prova vergogna. È pudico, evidentemente. Come una verginella. «Dell'americano che ne avete fatto?» Muscolo ha perduto, nudo, la prepotenza. E anche la dignità. Dicono che l'abito non faccia il monaco. Muscolo balbetta e quasi piange: «Giuro... giuro che lo abbiamo rilasciato. Io stesso l'ho accompagnato al suo hotel. Appena arrivati i soldi, lo abbiamo...». «Sequestro di persona: prendi nota, talpone.» Sarti Antonio parla a Rosas, ma non abbandona Muscolo con lo sguardo. E seguita a tenere alta la minaccia della sedia. Ora il marinaio piagnucola: «No, niente sequestro di persona. Aveva perduto al gioco 12.000 dollari e non li aveva con sé. Appena pagato il debito, lo abbiamo rilasciato. Niente sequestro. E lui, l'americano, era d'accordo. Non possiamo... Il signor Verde non può permettere ai clienti di tornare a terra prima di aver pagato i debiti. Come incasserebbe, poi?».

Sarti Antonio, sergente, dice a Rosas: «Butta gli abiti del bestione dalla finestra». Muscolo spalanca gli occhi e fa gesto di alzarsi, sempre con le mani aperte sulle vergogne. «Fermo lì o ti spacco la sedia in testa!» «Lasciatemi gli abiti. Giuro che non mi muoverò fino a quando non ve ne sarete andati.» «Con gli abiti in strada saremo più sicuri.» E gli abiti di Muscolo volano dalla finestra. I calzini per ultimi. «Nudo sei brutto.»

Rosas, la Biondina e Sarti Antonio, sergente, lasciano la stanza e la pensione. Lasciano anche Cattolica. Il questurino si è ricordato di depositare la sedia nell'atrio della pensione, a piano terreno.

(da «l'Unità», Emilia-Romagna, LXIII, 189-193, 12 - 17 agosto 1986)

Come è facile dire "ti amo"

Quarta escursione sulla riviera romagnola, stavolta su una spiaggia "libera" con nudisti, bagnino e ristorante abusivi. Vi si gira anche un film porno, uno squallidume da poveracci, basti dire che la prima attrice è una conoscente del sergente. Sarti vi è trascinato da Rosas e paga le spese in tutti i sensi. Non solo salda il conto del ristorante e dell'alloggio, ma, sospettato di omicidio, si fa due giorni di carcere. Come al solito, preso nel vortice degli eventi, non ha osato dire di essere un poliziotto. Rimetterà le cose al giusto posto con l'aiuto di un Rosas ancor più neghittoso, strafottente e antipatico del solito. Il nostro poliziotto è invero affaticato. Contro di lui si stanno muovendo molte forze ostili. Macchiavelli stesso trama nell'ombra. Del resto a chi lo interrogava sui suoi rapporti con l'autore, già nel 1981, Sarti confessava: «La vedo grigia. Siamo arrivati al punto che non ci sopportiamo più. La vedo proprio grigia».

Città più calda, Bologna con 38°. Un tasso di umidità altissimo: ci si nuota. Chi non è in vacanza, si arrangia alla meglio. Sarti Antonio, sergente, sta nudo. In casa. E con le finestre spalancate, tanto, di fronte, sono al mare. Seduto su una scomoda poltroncina, davanti al televisore, madido di sudore, segue i campionati mondiali di scherma. Non ci capisce nulla, ma spiega il commentatore. Farsi vento è fatica sprecata perché più ci si agita, più si suda. Così lo trova Rosas, entrandogli in casa. «Sei sconcio.» «Non mi guardare.» Il talpone, al solito, è qui per mangiare, ma il frigo è vuoto. Chiede: «Vai in vacanza?». «Sono in vacanza. Avrei desiderato un paio di settimane in montagna, ma a conti fatti non ho soldi. Sono povero. Affitto, mangiare, lavanderia, stireria... L'ottoecinquanta in officina un giorno sì e l'altro pure. E ci sei tu, maledetto talpone! Ti ho prestato ormai un anno del mio stipendio e ancora aspetto la restituzione.» «Renderò con gli interessi» mormora Rosas. E aggiunge: «Prima o poi». Né lui né il questurino ci credono, ma l'amicizia è fatta anche di bugie. «Ci si arriva in 40 minuti» dice Rosas, tralasciando l'argomento scomodo. «Dove?» «A Fosso Ghiaia. Si spende poco; c'è una bella spiaggia e le ragazze stanno nude. È il mare dei poveri. Ho un amico bagnino. Abusivo perché la spiaggia è libera. Ci sistemerà gratis. Mangiare, mangiamo anche qui e...» e un'ora dopo siamo a Fosso Ghiaia. Il bagnino abusivo, amico di Rosas, lo chiamano il Pifferaio perché studia al Conservatorio. Uno strumento nero e pesante, dalla forma strana, nel quale si soffia e se ne cava un orribile suono. Tre mesi di bagnino e guadagna per pagarsi gli studi a Bologna.

La pineta è stupenda ed è vietato costruirci perché proprietà dell'esercito; una lunga spiaggia di sabbia con dune e macchia mediterranea. Il luogo ideale per "girare" lo sbarco di Normandia. Ci si arriva, dalla statale Adriatica, per un paio di chilometri di strada bianca e quando scendete sullo spiazzo, a due passi dal mare, sotto la pineta, siete bianchi di polvere dalla testa ai piedi, bocca e polmoni impastati. Ma ne vale la pena: le ragazze prendono il sole nude e nessuno ci fa caso perché stanno nudi anche i giovanotti. Sotto la pineta hanno costruito baracche di legno e lamiera. Baracche per il bar, baracche per il ristorante, baracche per dormire... Le più raffinate hanno recintato, con paletti di legno, una spanna di sabbia e hanno una verandina coperta da teli da tenda. Fra le baracche corrono sentieri di sabbia lungo i quali si passeggia scalzi. Un paese provvisorio, costruito per scherzo e che si avvia a divenire definitivo. Su terreno dell'esercito e quindi di tutti. Pifferaio è contento di vedere Rosas; lo abbraccia e dice: «Mi fa piacere, cazzo! Finalmente una faccia simpatica e sincera». Mi chiedo dove. «Vi preparerò un ombrellone, il più bello.» Gli ombrelloni sono piantati a caso sulla lunga spiaggia, in una confusione che è, finalmente, simpatica. Penso alla simmetria assurda di Rimini-Riccione. Prima ancora che Pifferaio abbia piantato l'ombrellone, Rosas è nudo. Come un verme e si confonde nella massa. Sarti Antonio, sergente, ha del pudore e mantiene i calzoni. Lunghi. «Nudo, cazzo, nudo ti devi mettere» dice Pifferaio. «E tu? Perché non ti spogli?» «Che c'entra? Io sono il bagnino. S'è mai veduto un bagnino nudo?»

Il pudore di Sarti Antonio è fuori luogo: qui ognuno pensa ai casi propri e la troupe che sta "girando" sulla spiaggia passa quasi inosservata. Solo un paio di bambini guardano, a bocca aperta, i movimenti del cinema. Resteranno delusi. È una troupe scalcinata: il regista sta in calzoni lunghi e petto nudo, l'operatore porta la telecamera a spalla e il fonico tiene alto sugli attori un microfono da interviste, fissato alla cima di una pertica storta e marcita. Niente parco lampade, niente controllo del suono, niente ciak, niente di ciò che serve per dare alle riprese un minimo di credibilità. L'attrice è una bella ragazza. Almeno questo... «Cristo, ma è Silvia» dice il questurino. È vestita, come l'attore, ed è la nota stonata nell'ambiente. Esigenze di copione. Il regista è in gamba e per lui è sempre "buona la prima". O forse non c'è tempo per la "seconda". Una produzione scalcinata. «Ora mi dai un primissimo piano di Silvia. E tu Silvia... Voglio un "ti amo" come sai dire tu. Pronti?» Pronti. Silvia socchiude gli occhi, socchiude le labbra, solleva il capo verso il compagno e mormora un "ti amo" che le viene dal profondo. Bacio e applausi del regista. Buona la prima. Poi, pausa per il pranzo e Sarti Antonio può avvicinarsi all'attrice. «Ce l'hai fatta, Silvia: sei nel cinema.» Silvia abbraccia il questurino: «Che piacere! Che fai qui?». «Sei bravissima. Come dici "ti amo" tu, non lo dice nessuna.» La ragazza sorride, si appende al collo del questurino, avvicina le labbra alle sue e regala un altro "ti amo" sospirato, sensuale, da brivido. Lo bacia anche e quando si scioglie, dice all'orecchio di Sarti Antonio: «Vedi com'è facile dire "ti amo"? Prova anche tu». «Io non so recitare, Silvia. Pranziamo assieme?» «Ci sto. Vado a cambiare abito: si soffoca in questo vestito.» Scompare fra i pini, verso una delle tante baracche.

Il ristorante è il solo nel raggio di chilometri e i tavoli sgangherati sono piantati sulla sabbia, all'aperto. Ci stanno sei clienti per tavolo e uno è riservato alla troupe, come recita il cartello scritto a mano e con grafia infelice. La cameriera, bella ragazza bionda, come Silvia, serve indossando il costume da bagno. Chiede: «Che porto?». Intanto mette i tovaglioli, le posate e i piatti. «Aspettiamo qualcuno» dice il questurino. «Niente da fare: qui si mangia subito e si lascia il tavolo ai prossimi. Spaghetti alle vongole, pesce ai ferri, vino della casa. Per due.» Se ne va con un'ordinazione che nessuno ha ordinato e serve in meno di mezzo minuto. Quello che si dice un servizio espresso. Anche la troupe ha ora preso posto. Manca solo Silvia. Gli spaghetti sono mangiabili, ma sul tavolo manca il pane e per quanto Sarti Antonio cerchi attorno, non vede la cameriera. Il pesce ai ferri senza pane non fa per il questurino che va in cucina e si serve. I due cuochi, sporchi di grasso e sudati, non gli badano neppure mentre lui si taglia il pane, lo posa su un cestino, saluta ed esce. Non si sono accorti di lui, c'è da scommettere. «Ora mi manca il tovagliolo. Questa sera si torna a Bologna.» Allontana il piatto senza assaggiare il pesce. «Non mangi?» «No, da quando ho veduto la cucina.» Si rivede finalmente la cameriera; con un cestino di pane che posa sul tavolo dei due, accanto a quello procurato da Sarti Antonio. Il grido acuto e terrorizzato di una donna, poco distante, fra i pini, fa uscire dalle villette la gente; i clienti del ristorante corrono verso il grido e una tensione scende sul caldo pomeriggio sotto i pini. Ai tavoli del ristorante sono rimasti solo il questurino, Rosas e la cameriera con un vassoio di pesce ai ferri. Un ometto grasso e sudato, ansimante, arriva di corsa dai pini e grida: «Hanno ammazzato Silvia! Hanno ammazzato Silvia! Telefono ai carabinieri» e sparisce in cucina. Rimette fuori il capo e grida alla cameriera: «Non stare lì impalata! Fai qualcosa, perdio!». La ragazza guarda il vassoio che tiene in mano, guarda i due clienti rimasti e posa il vassoio sul loro tavolo. Guarda Sarti Antonio e chiede: «Che devo fare?». Di lontano, la sirena di un'auto dei carabinieri.

Sarti Antonio, sergente, ne ha veduti troppi di morti ammazzati per avere la curiosità di guardare quello che gli è capitato in un giorno di relax. Anche se si tratta di Silvia, attricetta incontrata per caso a Fosso Ghiaia e che era destinata a una fulgida carriera. Neppure Rosas ha di queste fantasie e i due restano al tavolo del ristorante. Il questurino a bere il caffè e il talpone a mangiare la seconda portata di pesce, arrivata per caso sul suo tavolo.

Il maresciallo dei carabinieri, piccolo e rotondo, baffi scuri e folti in un viso paffuto di bambino, ha fatto sedere i clienti nelle stesse posizioni che occupavano al momento della scoperta dell'assassinio, alla maniera dei classici del giallo. Indossa l'impeccabile divisa estiva della Benemerita e nella calura dei pini mediterranei, goccioline di sudore gli scendono di sotto la visiera. Il venticello che spirava gradito fino a poco fa, si è fermato. Il maresciallo osserva in silenzio i clienti seduti ai tavoli, poi, lentamente, passeggia fra di loro. Al tavolo della troupe sta immobile per un bel po' di tempo. Attorno c'è silenzio e persino le cicale rispettano l'atmosfera di tensione. Sulla porta della baracca-cucina, i due cuochi, la cameriera e l'ometto che ha telefonato ai carabinieri osservano e tacciono. Anche sul tavolo di Sarti Antonio, il maresciallo si ferma a indagare con lo sguardo fra i piatti e le posate. Sposta la sedia di fronte al questurino e siede. «Permette?» Fa un cenno alla cameriera, ma parla al questurino: «Come sta?». «Non mi lamento.» «E la famiglia? Tutti in salute?» Sarti Antonio, sergente, non ha capito dove lo stia portando il graduato, ma sta al gioco. Dice: «Sono solo». Il maresciallo annuisce e si presenta: «Maresciallo Alicante Francesco. Con chi ho l'onore?». «Sarti Antonio...» Aggiungerebbe "sergente", ma teme che la qualifica suoni a giustificazione di qualcosa che ancora non sa. «Posso offrirle un caffè, signor Sarti Antonio?» «Ho già preso. E non è un buon caffè.» La cameriera depone la tazzina per il maresciallo. Che, con attenzione, fa sciogliere lo zucchero e sorseggia. «Ha ragione, signor Sarti Antonio. Ho bevuto del caffè migliore. Posso chiederle se aveva il suo tovagliolo?» È una domanda stupida, di quelle che non hanno senso, ma che, venendo da un funzionario nell'espletamento delle sue funzioni, esige risposta. Che il questurino non fa a tempo a formulare perché la cameriera risponde per lui: «Certo che lo aveva. È la prima cosa che porto in tavola. Conosco il mestiere, io». «Ho capito. E lei, signor Sarti Antonio, è sempre rimasto qui seduto?» Ancora il questurino non ha il tempo di rispondere; per lui lo fa l'ometto grasso e sudato che sta sulla porta della cucina: «Nossignore, signor maresciallo». Per il mio questurino è il momento di capirci qualcosa: «Siete molto gentili a rispondere per me. E vi ringrazio. Ma se permettete... Come ti chiami?». L'ometto si avvicina al tavolo: «Celso e sono il gestore del ristorante». «Bravo Celso. E come sai che mi sono allontanato dal tavolo?» «Sei o no andato in cucina a prendere il pane?» «Tu non c'eri: chi te lo ha riferito?» La voce di Celso si fa stridula e nervosa: «Neghi? Vuoi sostenere che non hai lasciato il tavolo? Sei un bugiardo. E un assassino!». Alicante Francesco, maresciallo dei carabinieri, riprende in mano i fili dell'indagine: «Torni al suo posto, signor Celso. Se avrò bisogno della sua testimonianza...». Sarti Antonio, sergente, chiede: «È matto quello? Che sta dicendo?». «Semplicemente che lei, signor Sarti Antonio, ha abbandonato il tavolo. Ne conviene?» «Ne convengo, ma Celso non può saperlo perché non era in cucina. Ho dovuto andare di persona, affettarmi il pane e portarlo sul tavolo.»

Il maresciallo Alicante Francesco si alza e dice: «Sono a pregarla di seguirmi alla stazione dei carabinieri, signor Sarti Antonio». «Volentieri, ma a che fare?» «Per uno scambio di informazioni riservate in merito all'omicidio della signorina Silvia.» «Perché solo io, se è lecito?» «Suo diritto. La signorina Silvia è stata strangolata a pochi metri da qui, fra i pini. L'assassino ha usato un tovagliolo del ristorante e lei, signor Sarti Antonio, è il solo fra i presenti a essere sprovvisto di tovagliolo. Inoltre lei è stato visto, poco prima dell'omicidio, in intimo colloquio con la defunta.» «Intimo colloquio? Ci siamo salutati come amici.» A Fosso Ghiaia, Sarti Antonio non è amato e ha un sacco di testimoni a sfavore. È la volta di un ragazzino occhialuto e ritardato, dai denti sporgenti come quelli di un cavallo. «Sissignore: vi siete baciati e Silvia le ha detto "ti amo". Ho sentito io. Se li amici si comportano così...» Sarti Antonio guarda Rosas e chiede: «Nulla da dire?». Rosas si stringe nelle spalle e tace. «Bell'amico. È tutto, maresciallo?» «No. Lei è anche il solo, fra i presenti, ad aver abbandonato il tavolo per alcuni minuti.» Sarti Antonio si guarda attorno. Gli sguardi e l'attenzione di tutti sono per lui e si sente a disagio. Mai tanta gente si è interessata ai suoi problemi. Le cicale hanno ricominciato a frignare, fra i pini, e un refolo di vento ha ripreso a spirare. Il maresciallo continua a sudare. Si deterge la fronte con un fazzoletto chiaro il cui profumo arriva fino al questurino. Il maresciallo è uno che tiene all'aspetto e ha cura della propria persona: barba perfettamente rasata, camicia stirata e calzoni in piega. Contrariamente a Celso, che assomiglia più a uno straccione che a un gestore di ristorante. «Va tutto bene e tutto quadra,» dice Sarti Antonio «ma perché avrei strozzato Silvia? Che era una buona amica e che avevo incontrato per caso, come potrebbero testimoniare il qui presente talpone e il suo amico Pifferaio, se solo ne avessero la voglia. E come si può avere da una ragazza un "ti amo" per poi strangolarla con un lercio tovagliolo di un lercio ristorante?» «Si può, signor Sarti Antonio. Specie se ci si accorge che la propria donna sta "girando" un lercio pornofilm. La gelosia e l'onore hanno proprie esigenze e io la capisco, signor Sarti Antonio.» «Io no, io non capisco, ma fa nulla.» «Continueremo il dialogo alla stazione.» Non c'è altro da fare che alzarsi e seguire il maresciallo Alicante. Ma prima di allontanarsi dal tavolo, Sarti Antonio, sergente, dice a Rosas: «Mi hai portato in un bel posto. Ti ringrazio e spero di ricambiare». Dietro le spesse lenti da miope che gli rimpiccioliscono gli occhi, le due fessure si stringono ancora di più e un ghigno di iena soddisfatta deforma i tratti del viso di Rosas. Che mormora: «Mi dispiace che sia capitato a te, ma vedrai che l'amico maresciallo capirà e chiarirà l'equivoco».

La soddisfazione del suo viso dice il contrario. Poco lontano, sulla spiaggia deserta per l'ora e per l'avvenimento inconsueto, il Pifferaio è sdraiato sotto uno dei suoi ombrelloni abusivi e soffia nello strumento nero e contorto e una nenia ossessionante si distende sul silenzio della sabbia riarsa. «Bella compagnia» mormora il questurino salendo sulla jeep del maresciallo Alicante. «E complimenti a lei, maresciallo, per aver brillantemente risolto il caso in così breve tempo. Un'astuzia, la sua...»

Fino a ieri Sarti Antonio li aveva messi in carcere, ora c'è lui. Un tormento. E quando, per mancanza di presupposti oggettivi, torna a essere libero cittadino in vacanza a Fosso Ghiaia, ha tanta bile da smaltire e un attacco di colite da piegarlo in due. Per prima cosa, un caffè. Che gradisce e gusta come se gli mancasse da anni. Poi un altro. Quindi: «Ti ringrazio per avermi atteso». Rosas, sorridente e talpone, miope come sempre e scassato, gli risponde: «Non me ne potevo andare, non ho la patente». «Che novità?» «Il funerale di Silvia con tanta gente che lo seguiva.» «Non mi interessa. Voglio sapere per quanto mi riguarda.» «So niente.» «Figurati se ti sei dato da fare. Io ero in galera. E ci si sta male, te lo

241

assicuro.» «Non dirlo a me: ci ho passato dei mesi in attesa di un tuo aiuto.» «Che poi arrivò.» Rosas potrebbe seguitare la polemica fino a domani, ma la pianta e comincia a fischiettare. Il questurino paga i due caffè ed esce dal bar borbottando: «Costava poco chiedere in giro... Il tempo non gli mancava». Rosas sospende il fischio solista e dice: «Silvia è stata strozzata con un tovagliolo che potrebbe essere il tuo. Su questo non ci sono dubbi». «Grazie tante. Lo sapevo, ma chi mi ha fottuto il tovagliolo?» «Può esserti caduto mentre andavi in cucina.» L'ipotesi è credibile. «Ora lascia che se ne occupi il maresciallo Alicante.» «Nemmeno morto! Ho passato due notti e due giorni in galera e qualcuno me li deve. E poi Silvia era amica mia. Dove alloggiamo?» «Nella baracca della cameriera. Lei ha trovato altrove.» «C'è posto per due» stabilisce il questurino.

Se da fuori la baracca della cameriera assomiglia a una baracca, dentro è un monolocale arredato confortevolmente, con tanto di angolo cottura e bagnetto. Piccolo giardino posteriore e verandina con ringhiera. Un lettino a castello per due e televisore a colori. Decoro e pulizia, come si conviene a una donna sola. A Fosso Ghiaia la vita è ricominciata come se nulla fosse accaduto: Pifferaio continua ad affittare ombrelloni abusivi, Celso dà da mangiare e la troupe continua a "girare". Di Silvia non si parla, ma a una precisa domanda di Sarti Antonio, sergente, il regista non può esimersi dal rispondere: «Come faccio senza Silvia? Ne faccio a meno. I primi piani sul viso li avevo già girati, fortunatamente. Ora uso un'altra ragazza che le somiglia. E inquadro solo parti intime del corpo, dove le donne sono tutte uguali». Il regista non assomiglia ai registi dell'iconografica. Non ha l'aria dell'intellettuale né la sufficienza dell'artista ed è tipo calmo e posato. Potrebbe fare il conducente di autobus. E non è detto che, quando non "gira", non lo faccia. «Il maresciallo si ostina a credere che Silvia sia stata uccisa mentre noi si mangiava, ma io sono certo che l'hanno uccisa prima. Esattamente fra il termine delle riprese e l'arrivo della troupe al ristorante.» «Da che lo deduci?» «Silvia mi lasciò dicendo che sarebbe andata a cambiare d'abito. L'hanno strangolata che indossava ancora l'abito di scena. Non ha avuto il tempo di cambiarsi e così l'intera troupe è indiziata. Tu dov'eri?» Il regista dà un'occhiata al set: non è ancora pronto e ha tempo da dedicare al rompiballe: «Dov'ero? Non lo so, forse in bagno a lavarmi le mani. Forse a pisciare...». «E gli altri? I tuoi soci di Cinecittà?» «Chiedilo a loro.» Se anche il maresciallo Alicante ha ottenuto lo stesso risultato, le indagini saranno al punto di partenza. Rosas, svagato, fischietta e gironzola fra la troupe e ne osserva i preparativi. Al regista chiede: «Girate in elettronico?». «Che t'importa?» «A me nulla; pensavo interessasse al questurino.» E torna fra la troupe. Se Rosas ha fatto una domanda, c'è il motivo. Non parla mai a vanvera e Sarti Antonio, sergente, mette sotto il naso del regista la patente di questurino. Poi ripete la domanda posta dal talpone: «Girate in elettronico?». «Sissignore, non vedi la telecamera?» «Perché non in pellicola?» Disperato, il regista osserva il set, sospira e chiede: «C'entra con le indagini?». E qui Sarti Antonio, sergente, va sul classico. Come ha sentito più volte in tivù: «Se non ti dispiace, le domande le faccio io». «Va bene: giro con la telecamera perché costa meno e perché il mercato di questi film è quello delle videocassette. Se ne tirano migliaia di copie e si vendono ai privati. Si guadagna più che fare cinema per lo schermo.» Il caldo, sotto i pini, si è fatto pesante. E non un alito di vento. L'attore protagonista, nudo, grida: «Io sono pronto! Se non approfittiamo ora...». Volge la schiena al gruppo di Sarti Antonio. «Se permetti, vorrei riprendere a lavorare. Ogni giorno che passa, sono soldi che vanno a puttana e già il tempo perduto per colpa di Silvia...» I soldi sono il tasto da premere e Sarti Antonio, sergente, ne approfitta: «Ti lascerò lavorare quando mi avrai ragguagliato su come tu e la troupe avete consumato il tempo fra lo stop e il pranzo». «Oh cristo! L'attrice non "girerà" se tu e il tuo amico resterete qui. Le ho promesso che solo io e la troupe... È il suo primo porno, accidenti!» Ma Sarti Antonio, sergente, si è seduto ai piedi di un pino, schiena appoggiata al tronco, in modo da far capire la situazione al signor regista. «Va bene, va bene: mi informerò dai miei collaboratori, ma tu faresti meglio a occuparti del porcone: sta sempre qui attorno, nascosto, a guardare, a spiare...» «Chi è il porcone?» «Celso, il gestore del ristorante. Lo abbiamo sorpreso più volte nascosto fra gli sterpi e i tronchi, quando giriamo scene pesanti. Come un animale selvatico e appena si accorge di essere scoperto, via di corsa. Anche l'ultimo giorno di Silvia... Un maniaco, credimi. E dai maniaci mi guardi Iddio.»

Celso non si turba all'accusa di essere un guardone. Dice: «Vedo che l'hanno rilasciata. I carabinieri non capiscono una madonna». «Guarda, porcone, che sono io a interrogare. Come la mettiamo con la storia che guardi di nascosto le scene osé?» «Le prove?» «Ridài con le domande. Ti hanno veduto in molti: dal regista al fonico.» Celso sta apparecchiando le tavole sotto i pini. Dice: «Se anche fosse, ed è da dimostrare, la legge permette che si guardi mentre girano un film. O sbaglio? E poi, mi dica la verità: a lei non piacciono le donne nude?». Si ferma e fissa, con occhietti infossati nel grasso del viso, il questurino. Poi passa a Rosas che sta lì accanto, in silenzio. Continua, ironico: «Ho capito: voi due...». Unisce gli indici delle mani, più volte, e ammicca chiudendo del tutto gli occhietti suini. Sarti Antonio, sergente, lo solleva di peso e lo arrovescia sul tavolo: «Noi due cosa? Cosa? Guarda che al sottoscritto piacciono le donne, porcone!». Rosas glielo toglie dalle mani e, allontanandosi assieme al questurino, ghigna maligno. Sarti Antonio, sergente, borbotta: «Quel porcone! Nessuno mi toglie dalla testa che è stato lui, quel porcone». «Come sei superficiale, questurino. E suscettibile.»

Da quando si trova a Fosso Ghiaia, Sarti Antonio, sergente, non ha bevuto un caffè decente e il vecchio padre di Silvia gli chiede cosa desidera bere. Risponde: «Un caffè, ma lo preparo io». Il vecchio indica l'angolo del secchiaio, in baracca. «Mi aveva detto: "vieni al mare con me. Mi hanno prestato una villetta per la durata del film e ci abiterai tu. Hai bisogno di mare". Questa è la villetta.» Il vecchio si guarda attorno e scuote il capo. È minuto ed esile; un vecchietto pulito e bianco che dà l'impressione di rompersi da un momento all'altro. «Prima o poi doveva capitare.» Sarti Antonio, sergente, posa le tre tazzine sul tavolo sgangherato. È, finalmente, un buon caffè. Chiede: «Perché doveva capitare?». Il buon vecchio zucchera e sorseggia. Poi risponde: «Certe cose, se proprio si devono fare, si fanno in privato, non davanti a una macchina da presa e a gente che guarda. Il sesso è una cosa sporca e finisce male». Non tutti la pensano come lui. Rosas si interessa al televisore e alle videocassette. Con il dorso della sinistra, il vecchio asciuga una lacrima: «Per quello sporco mestiere, aveva lasciato anche il fidanzato. Un ragazzo d'oro». Il questurino riporta le tazzine sul secchiaio. Chiede: «Silvia le aveva parlato di minacce? Di guai?». Il vecchio nega con un cenno del capo e dice: «Era una brava ragazza, a parte il cinema, e tutti le volevano bene. A parte il cinema». Rosas esce dal letargo: «È un videolettore questo?». Il vecchio si stringe nelle spalle. «E di chi è?» «Lo ha portato Silvia da Bologna. Non so usarlo, ma Silvia desiderava che non mi mancasse nulla.» «E il fidanzato come ha preso la notizia della morte di Silvia?» Rosas chiede, ma non gli interessano le risposte, visto che si occupa del videolettore e delle videocassette. «Non lo so, non l'ho veduto, anche se ora è qui, a Fosso Ghiaia.» Le risposte non interessano Rosas, ma interessano il questurino che ha capito in quale direzione sta procedendo il talpone. Dice: «Ma guarda: tutti a Fosso Ghiaia. Combinazione? E dove abita?». «Fa il bagnino.» «Il Pifferaio!» «No, studia uno strumento che non...» «Il Pifferaio. Begli amici hai, Rosas.» Rosas mormora: «Non ti sembra di correre troppo, questurino?».

La spiaggia è sempre nuda: o è colpa del caldo o è la gente che ci prende gusto e ora mostra il pelo. Pifferaio, sdraiato all'ombra di uno sgangherato capanno, che non capisco come si regga ancora, guarda con occhio stanco i clienti sulla sabbia. Tiene lo strumento amorevolmente adagiato sul corpo e muove lentamente le dita sui tasti, senza soffiare dall'imboccatura, proprio come se suonasse, ma nessuna nota esce dall'allargamento finale. Sarti Antonio, sergente, gli si ferma davanti e lo guarda; per un poco il Pifferaio continua il concerto per sordi e poi chiede: «Vuoi sedere?». Rosas è già disteso sulla sabbia, all'ombra del casotto, e ora è lui che parte con il concerto per fischio solista, ignorando i problemi del questurino. «Perché non mi hai detto che eri il fidanzato di Silvia?» Il Pifferaio smonta, con calma e precisione, lo strumento in tanti minuti pezzi inutili. Sarà un affare rimetterlo nella stessa identica forma. «Perché non lo ero più. Quando le andò bene il provino che quello scalcagnato regista le fece, si presentò da me e mi disse addio. Per onestà nei miei confronti, aggiunse. Io ci ho creduto. Anche perché non c'era altro da fare, immagino. O no?» «Be', avresti potuto ucciderla, per esempio. La gelosia e l'onore combinano scherzi...» Pifferaio sospende l'operazione di smontaggio e guarda Rosas: «Che cazzo dice questo stronzo?». Rosas non smette di fischiettare e il giovane torna a Sarti Antonio: «Di che gelosia e onore parli? Guarda che da quando ha accettato la parte, l'ho veduta solamente di lontano. Non una parola fra noi. Credi che la sua morte mi abbia fatto piacere?». «Dimmelo tu: sono qui per saperlo.» Pifferaio ripone i pezzetti di strumento in un astuccio nero e borbotta: «Ho capito, cazzo: è un questurino». Alza il tono e si rivolge a Sarti Antonio: «Sarebbe stato meglio per tutti, Silvia compresa, se tu fossi intervenuto prima che la strangolassero, non trovi? Per esempio mentre giravano i provini a quelle povere illuse. Sembravano impazzite quando il regista le convocò; una fila da qui al ristorante e dopo ne ho veduta più d'una piangere disperata. La pornografia non è contraria alla vigente legge? E tu vieni a cercare la soluzione da me? Mi sono incazzato sì, quando me lo ha detto, ma si è incazzato anche suo padre, se è per questo. E ti incazzeresti anche tu se la tua ragazza ti dicesse che va a farsi fottere per motivi artistici. Che poi vorrei capire dove sta l'arte in una scopata». Ha parlato a lungo e liberamente. Tutto ciò che gli è venuto in mente, ma il questurino ha preso nota solo di ciò che gli interessava. E infatti chiede: «Dov'eri tu mentre la strangolavano?». Il che significa che Pifferaio avrebbe potuto risparmiarsi lo sfogo di poco fa. «Oh, ma questo ce l'ha con me! Dov'ero? Non lo so: in spiaggia, credo. Non mi muovo che per andare a mangiare e quel giorno non ci sono andato.» «E perché non sei andato a mangiare?» «Suppongo perché non avevo fame. Tu che ne pensi?» «Ne penso che un giovanotto come te non può non aver fame.»

«Bagnino, bagnino! Faccia smettere quei giovanotti di giocare a palla. Mi mandano la sabbia negli occhi e non mi ascoltano.» La signorina che strilla sulla spiaggia è matura, ha il se-

no nudo e poco attraente, ma lei non lo sa. O, se lo sa, finge di
ignorarlo. Pifferaio si alza e va a conferire con i giovanotti ma-
leducati. Uno di questi non gradisce l'intervento e manda Pifferaio al diavolo. Finisce che il bagnino lo solleva di peso, una
mano fra le gambe e una sulle spalle, e lo scaraventa in acqua.
Gli altri vanno a giocare altrove e la matura signorina dalle
tette a pera ringrazia con un sorriso riconoscente. Pifferaio
torna all'ombra del casotto e borbotta: «Gli scorfani capitano
tutti qui». Non è chiaro se allude alla signorina o a Sarti Antonio, sergente, ma non c'è il tempo per chiarire perché arriva la
cameriera ed è arrabbiata. Indossa un solo pezzo e anche lei
mostra le tette, ma una bella differenza con la signorina isterica. Si mette a cavalcioni su Rosas, un piede a destra e uno a
sinistra, e lo sovrasta. «Si era d'accordo che ci avresti abitato
tu nella mia casa. E ora vengo a sapere che ci dorme anche
quello stronzo del tuo amico. Sgomberare! Mi pagate l'affitto
di una settimana e fuori!» Sarti Antonio, sergente, avrà mille
difetti, ma non si sente stronzo. E si offende: «Come sarebbe
fuori? Dove pretendi che andiamo?». La cameriera lascia Rosas e va dal questurino: «Con te non parlo! Inviti la mia amica
Silvia a pranzo e poi la strozzi. Con te non parlo». Si allontana
sculettando; si ferma, si gira e grida a Rosas: «Se fra dieci minuti non sarai fuori, getterò la tua roba in strada, stronzo! E la
sua la brucerò». Pifferaio chiude gli occhi e borbotta: «Eccone
un'altra che si illude di saperla lunga».

Il sabato e la domenica Fosso Ghiaia diventa Rimini-Riccione e il ristorante di Celso, un locale superaffollato: la fila
dei clienti arriva oltre la palizzata. Il servizio lo cura personalmente, e alla svelta, lo stesso gestore che corre fra i tavoli.
Lo aiuta il ragazzino deficiente e con i denti da cavallo. Nessuna traccia della cameriera. Al loro turno, Rosas e Sarti Antonio vengono avvicinati da Celso che, senza guardare loro in
viso, segna su un blocchetto e dice, sottovoce come se fosse
una cosa tacita: «Spaghetti alle vongole, pesce ai ferri, patati-
ne fritte e vino della casa». Alza poi lo sguardo sui clienti per
ricevere un inutile cenno di assenso. Vede il questurino e si
mette a gridare: «Non la voglio nel mio ristorante! Questo è

un locale serio che non serve assassini. Fuori o chiamo i carabinieri». «È una buona idea.» Posa sul tavolo la tessera di questurino e Celso si calma. «Così va meglio. Ora servi le tue porcherie al mio amico. A me una birra. In bottiglietta, mi raccomando, che della pulizia dei tuoi bicchieri mi fido poco.» Celso si allontana borbottando che se gli assassini sono arruolati nella polizia, allora non c'è più speranza. Sarti Antonio scarta il panino al prosciutto che si è portato da fuori.

Il servizio è celere e Celso posa davanti a Rosas gli spaghetti. La birra è per il questurino. Se ne andrebbe senza parlare se Sarti Antonio non gli domandasse: «Dov'è finita la cameriera?». «Andata, mi ha piantato senza neppure il preavviso e quando c'era più bisogno di lei. Ha sostituito Silvia in quel porco film e io sono rimasto con quell'imbecille dai denti da cavallo che neppure è capace di servire un caffè.» È arrabbiato perché il questurino occupa un posto a tavola e perché si mangia un panino portato da casa. Ma non lo dice: la tessera della polizia ha ancora un suo fascino su certe persone. «Serve altro?» «Un caffè.» Poi Sarti Antonio guarda il talpone: «Un giro in cucina e ti passerebbe la voglia di mangiare». «Credi che nei grandi ristoranti sia meglio?» «Sarà peggio, magari, ma l'occhio vuole la sua parte.» Il ragazzino chiamato cavallo transita a fianco e Rosas lo blocca per il fondo della camicia. Ruba una fetta di pane dal cestino destinato ad altro cliente e chiede: «Sei certo che Silvia abbia detto "ti amo" al mio amico?». «Sono certo sì, sono certo.» «E che altro si sono detti dopo il "ti amo"?» «Non ho inteso altro: si parlavano a bassa voce. Posso andare?» Rosas lascia l'orlo della camicia e il cavallo serve di pane altri clienti. Sarti Antonio, sergente, chiede: «A che titolo? Lo aveva già detto al maresciallo». Rosas si stringe nelle spalle e non risponde: il pesce ai ferri è di suo gradimento.

Il caffè che Celso serve al questurino è uno dei peggiori bevuto da Sarti Antonio nella sua carriera di vizioso. «Vuoi avvelenarmi?» Celso torna al tavolo: «Non va?». «Fa schifo.» «Vada a ordinare altrove, così mi lascia libero il tavolo per clienti che mangiano.» «Siedi con noi, Celso.» «Guardi che io ho da fare.» «Non ti resta neppure il tempo per fare il guardone?» Celso alza le spalle e fa per andare, ma il questurino continua, a voce alta: «Ti comunico che chiederò ufficialmente la tua incriminazione per l'omicidio di Silvia». Il gestore guardone torna al tavolo dei due e siede al posto libero. Si versa da bere nel bicchiere di Rosas e lo vuota d'un fiato. «E sulla base di quali elementi, scusi?» «Sulla scorta della testimonianza del regista. Ti ha veduto più volte spiare Silvia, seguirla mentre rientrava dopo la pausa e... Mentre la uccidevano, tu non eri qui e io lo so certo.» «Ma lei fa sul serio.» Sarti Antonio, sergente, annuisce. Celso si china verso di lui, a confidargli un segreto. «Testimonianza per testimonianza: io ho assistito più e più volte ai tentativi che il signor regista ha fatto con Silvia. E ne ha sempre ricevuto rifiuti. Ho inoltre veduto quando le ha messo le mani sulle tette, senza tanti complimenti, e in cambio si è preso una borsata nei coglioni. Buono quello! Si è incazzato perché Silvia non gliela dava e l'ha strangolata. Posso testimoniare.» «Puoi testimoniare che l'ha strangolata?» «No: che ha tentato più volte di metterla sotto e lei ha risposto che il contratto era per un film e non intendeva fornire altro che la sua interpretazione.» Guarda in viso i due clienti e aspetta un cenno di gratitudine. Ma Rosas, semisdraiato sulla sedia, ha gli occhi beatamente chiusi sotto le lenti spesse, e Sarti Antonio non si congratula. Allora estrae il blocchetto e prepara il conto. «Venticinquemila lire.» «Tu sei matto. Guarda che io non ho mangiato.» «Ma ha occupato un posto a tavola: servizio e coperto si pagano anche se si porta il pranzo da casa.»

Su una spiaggia assolata e dove non spira un alito di vento, i pazzi sono tre: Rosas, disteso al sole e nudo, Sarti Antonio sotto l'ombrellone e con un fazzoletto in capo, e il Pifferaio, all'ombra del suo casotto preferito, che modula armoniose melodie che disturbano i pesci non abituati. Il questurino raccoglie le idee a voce alta, più per avere il conforto del talpone che per necessità. «Non c'è da correre: Celso il guardone, uno della troupe o il Pifferaio. Il primo è un maniaco guardone e ci si può aspettare di tutto; quelli della troupe non erano a tavola e hanno avuto il tempo necessario; il Pifferaio aveva motivi da innamorato respinto.» Ragionando a voce alta, riesce a raccogliere meglio i pensieri e a collegarli in modo ordinato. Infatti: «Da quando siamo mischiati in questa storia, il talpone ha posto tre domande che mi sono sembrate idiote. Mi chiedo il loro senso». A occhi chiusi, Rosas dice: «Siamo mischiati? Io non mi ci vedo. Tu sei mischiato». Sarti Antonio seguita ad andar dietro i pensieri: «La prima domanda l'ha fatta al regista per sapere se giravano in elettronico. Dove voleva arrivare?». Parla per sé, ma vuole una risposta dal talpone. Che arriva: «Al fatto che in elettronico si può visionare immediatamente il materiale girato». Ancora il questurino non vede il nesso. E continua: «La seconda l'ha posta al padre di Silvia: di chi è il videoregistratore? E di nuovo mi chiedo il senso». «Il senso è che anche Silvia poteva visionare il girato. E noi pure, volendo.» Sarti Antonio, sergente, sorride e cambia discorso: «Dove dormiremo questa notte?». «Forse nella villetta di Silvia.»

Il vecchio padre di Silvia non mette bocca e permette che i due manovrino il videolettore. Lui non guarda ed esce per una passeggiata sotto i pini. Una delle cassette contiene i provini delle aspiranti attrici porno. Oltre ai volti, primissimi piani di seni, di corpi nudi e del resto che immaginate. Ragazzine ingenue o maliziose o sfrontate esibiscono il loro corpo con indifferenza, quasi mostrassero i denti al dentista. Il provino di Silvia e della cameriera sono i più erotici e come mormorano all'obiettivo "ti amo", nessun'altra riesce a farlo. Giusto che la protagonista sia stata Silvia e giusto, in seconda battuta, che la cameriera l'abbia sostituita. Per lei, una nuova professione e una carriera assicurata. «Se non ammazzeranno anche lei» mormora Sarti Antonio. E spegne il video: ha fatto indigestione di corpi nudi di donna.

L'ultima battuta del questurino fa girare il capo a Rosas; ha un sorriso ironico sulle labbra e chiede: «E secondo te, chi dovrebbe ammazzarla?». «Lo stesso che ha ucciso Silvia.» Rosas si alza e si stira. Sono rimasti un paio d'ore a visionare i provini e una boccata d'aria è indispensabile. Fuori dalla villetta di Silvia, il talpone borbotta: «Decisamente è un questurino stupido se ancora non ha capito». Si avvia lungo il sentiero fra i pini, verso il set della squinternata troupe che si illude di fare cinema. O forse è proprio così che si fa il cinema. Il sole è calato ed è diminuita l'afa di un pomeriggio estivo in riva al mare, ma sotto la cappa dei pini, non arriva il respiro leggero del vento dal mare.

Sarti Antonio, sergente, raggiunge il talpone: «D'accordo: io sono stupido e non ho capito. Illumina la mia ignoranza, o sommo». «Guarda che io ho gli stessi elementi tuoi e se ci sono arrivato io... E a che titolo, poi, dovrei illuminare la tua ignoranza?» Il questurino costringe Rosas a fermarsi; lo guarda nelle spesse lenti dietro le quali gli occhi del talpone sono socchiusi. Miope come una talpa. «A che titolo? Per avermi fatto marcire due giorni in carcere.» «Io?» «Tu mi hai trascinato qui. Personalmente stavo a mio agio a Bologna.» «Anche i questurini hanno diritto alle vacanze e mi faceva pena vederti girare nudo per casa.» «Non divagare, talpone. Cosa mi è sfuggito in questa storia?» Rosas riprende a passeggiare lungo il sentiero e dice: «Nulla, suppongo, dal momento che hai una memoria a prova di computer. Non hai collegato alcuni fatti importanti e alcune frasi dei protagonisti». Il questurino va dietro Rosas come un cagnolino e tenta una carrellata indietro, a voce alta: «Dunque: stavamo a tavola e io avevo il mio tovagliolo: cinque minuti dopo, il mio tovagliolo era sparito e dal ristorante mancavano Celso e... Cristo!». Riblocca Rosas per le spalle: «La tua terza domanda stupida al ragazzo chiamato cavallo. Ha un senso. Cristo se ce l'ha!». Il talpone si toglie di dosso le mani sudate del questurino e si avvia: «Sempre le mie domande hanno senso». Modesto. «Non sentirti padreterno, talpone. Come vedi ci sono arrivato anch'io.» Sì, ma dopo che Rosas lo ha messo sulla strada. Non è sempre andata così? Ma gli costa ammetterlo. E Rosas è presuntuoso e bragone, ma non infierisce: il lato buono della sua insopportabile natura. Ora che anche Sarti Antonio, sergente, è arrivato al traguardo in tempo massimo, i due proseguono in silenzio verso il set. Il questurino sorride da solo. Personalmente non ho ancora capito lo sviluppo degli avvenimenti, ma prima o poi Sarti Antonio li chiarirà. Io ci conto. Nella radura, la troupe gira le ultime scene prima della pausa. E suda. La monotonia di questo film è esasperante: lui e lei, nudi, giocano con il sesso; l'operatore si avvicina più che può ai loro corpi; il fonico, microfono in cima a una pertica trovata nei dintorni, raccoglie ridicoli rantoli che dovrebbero essere di piacere, ma che sanno di due che giocano a tennis; il regista impartisce ordini a bassa voce: «Il viso, ora. Inquadra il viso. Più giù, lungo il corpo, fino al ventre... Bene. Agitati, Silvia, agitati...». Silvia è morta da una settimana, ma forse il regista non se n'è accorto. «Buona per me. Preparatevi per l'ultima, svelti.» L'operatore guarda nella telecamera e dice: «Non si può: non c'è sufficiente luce. Rimandiamo a domani». «Domani il materiale deve essere a Bologna per la duplicazione. Fa' come ti pare, ma voglio l'ultima fra dieci minuti.»

È a questo punto che Sarti Antonio, sergente, si presenta sul set e conclude la discussione fra regista e operatore. «L'ultima, signor regista, la girerai in galera. E sì, perché la tua protagonista è lì che finirà. A meno che tu non la sostituisca di nuovo.» L'ex cameriera sta asciugandosi il sudore su tutto il corpo. Si arresta e guarda il questurino: «Che stai dicendo, bestia?». «Non sono stato chiaro e mi spiego: hai strangolato la mia amica Silvia usando il tovagliolo che hai preso dal mio tavolo. Tu e Celso eravate i soli personaggi mancanti al ristorante. Celso si limitava a spiare, mentre tu avevi da conquistare un posto nel mondo dei pornofilm.» L'ex cameriera si copre, ma non sembra preoccupata dell'accusa. «Stai dicendo un sacco di stronzate.» «È possibile, è possibile, ma spiegami come sapevi che avevo invitato Silvia a pranzo. La sola a saperlo era Silvia e te lo ha detto prima che tu la strangolassi.» «Mai saputo che avevi invitato Silvia.» Sarti Antonio, sergente, le solleva l'accappatoio a coprirle il seno che si era momentaneamente scoperto. «Lo hai detto, lo hai detto. Anzi, lo hai gridato e davanti a testimoni. Non è così, Rosas?» Ma Rosas si è allontanato e non c'è più. È andato a godersi l'ultimo raggio di sole sulla spiaggia. Domattina si torna a Bologna.

(da «l'Unità», Emilia-Romagna, LXIII, 194-199, 19 - 24 agosto 1986)

Da maggio a marzo...

Dopo un'introduzione con citazione di una poesia di Roberto Roversi e un ricordo della guerriglia urbana del 1977, l'io narrante ricorda un'avventura di quei giorni a Bologna. Si tratta infatti (sia nella versione del 1988, che qui presentiamo, che in quella del 2000, uscita in un'antologia) di un "amarcord" dei moti di piazza del cosiddetto Movimento, che fecero temere una recrudescenza delle violenze. Studenti arrabbiati per le mense universitarie; un'armeria, assurdamente posta nel centro di Bologna, svuotata dai dimostranti; negozi e ristoranti assaltati. Mentre nelle strade infuria la guerra, Sarti viene incaricato di seguire un'inconcludente conferenza di filosofi ed extraparlamentari; ma quando si troverà in mezzo alla mischia, il nostro sergente, pur non riuscendo a compiere il suo dovere né di questurino, né di uomo, tuttavia farà capire chiaramente al lettore dove batte il suo cuore. Uno dei racconti più "politici" di Loriano Macchiavelli, ispirato a un fatto realmente accaduto e retrodatato perché, appena l'anno prima, in Stop per Sarti Antonio, l'autore si è finalmente sbarazzato del suo ingombrante personaggio. Ma come Sarti, combattuto tra etica professionale e convinzioni personali, anche il suo creatore non sfugge a un personale, lacerante dilemma: chiudere definitivamente un'epoca e consegnare il suo eroe alla storia letteraria o cedere al richiamo delle sirene (leggi: quotidiani, periodici, editori, lettori) che vogliono, fortissimamente vogliono solo Sarti Antonio? Macchiavelli ancora non se n'è accorto (occorreranno alcuni anni di dolorosa gestazione), ma il suo sergente, come Sherlock Holmes, come Steve Carella e tanti altri che ci sfuggono di mente, è ormai definitivamente "immortale".

Premessa

Hanno discusso a lungo e discutono ancora: marzo '77 è l'erede di maggio '68? Io non lo so. So che in quel marzo '77 a Bologna hanno ucciso uno studente che chiedeva le stesse cose degli studenti francesi nel maggio '68. E io mi sono chiesto, come Roberto Roversi: ma io a Bologna da che parte stavo?

Dopo, in settembre, si sono avute le tre giornate contro la repressione, contro il gulag-Bologna. E sono venuti da Parigi a dire che c'erano anche loro, che stavano con gli studenti di qui. Assieme a loro è arrivato un manifesto con un sacco di firme importanti, firme che contano. La città si è incontrata con l'Europa a Palazzo Re Enzo, al cinema Odeon c al cinema Capitol, al palazzo dello sport, nelle sale dell'università. C'erano quelli di Autonomia, con Scalzone in testa e gli altri, quelli che poi sono diventati Br.

Sembrava dovesse cambiare il mondo. Oggi so che non è servito a nulla. Solo un gran casino.

Il racconto l'ho scritto dopo quel settembre '77, dopo che ho veduto la città trasformata in accampamento di giovani e dopo che ho veduto i carri armati parcheggiati sotto le due torri. In quei giorni, Sarti Antonio, sergente, era ancora vivo, e correva per la città, e correva per la città nella speranza di arrivare prima dei disordini.

Io a Bologna da che parte stavo?
Un giovane morto regalava
la sua libertà agli altri.
La città piangeva
Oggi piange l'Itaglia.
Il campo delle patate è stato saccheggiato
da mille talpe.
Nei musei gelidi il vento di favonio
copre di neve le mani delle madonne.
Nei palazzi antichi
corrono fantasmi impazziti
perché suonerà mezzanotte.
Dopo nessuno può contare le ore.
Piange l'Itaglia
mandria di bufale abbandonate
nella terra che non dà fiori.
Qua sei qua stai.
Qua lotti, non ti fermi.
Nostri sono gli anni che vengono.

(Roberto Roversi, *Cento poesie*)

È cominciata con lo smantellamento della mensa universitaria e gli slogan che correvano avrebbero fatto arrossire un sindaco ben più temprato dell'attuale. Di vergogna. Turni snervanti di attese in fila lungo via Zamboni, per ore, e alle tre del pomeriggio sentirsi dire che non c'è più nulla da distribuire.

Non è piacevole contare su un pasto al giorno e non avere neppure quello.

E così le tavole, gli sgabelli, la cassa, le posate, i piatti sistemati con cura nell'ex scuderia dell'ex Palazzo Bentivoglio, finiscono sul selciato di piazza Verdi o sotto il porticato, alto, maestoso e disegnato dal Bibiena nel 1756, del Teatro Comunale. Solo i benpensanti possono stupirsi. O chi è abituato a sedersi con i piedi sotto il tavolo apparecchiato tutti i giorni e non può capire cosa significhi... Inutile insistere: poi dicono che sono di parte e che tutti sono capaci di fare della demagogia.

Tre giorni brutti, lunghi e difficili.

Sarti Antonio, sergente, è distrutto da turni logoranti, da

attese inutili, da sonni interrotti, da pasti saltati e da caffè bevuti tiepidi. Fino all'assalto a un'armeria nei dintorni dell'università da dove spariscono due P 38, sei fucili da caccia e molte munizioni. Fino al saccheggio di un paio di ristoranti e negozi d'alta classe. Allora le cose, si capisce, prendono la mano e una brutta piega.

E mentre Sarti Antonio, sergente, è stipato su un carrozzone parcheggiato in Piazza Maggiore a cuocere sotto il sole, assieme ai colleghi, c'è chi si dà da fare nei pressi della stazione.

Arriva l'ordine: recarsi immediatamente sul piazzale della stazione. E quando arrivano, trovano vetri rotti, negozi saccheggiati, passanti contusi. Significa che siamo alla guerriglia urbana e un altro gruppo di studenti sta demolendo le vetrine di Magli e ancora un altro fa razzia al bar Zanarini da dove porta a casa liquori pregiati e vini d'annata. Che finiscono non si sa dove: probabilmente assieme alle P 38, ai fucili da caccia e alle munizioni dell'armeria devastata.

Carabinieri e polizia a presidiare, in perfetto assetto di guerra, i centri strategici dell'università, mitra alla mano e nervi tesi, bombe nel tascapane e veicoli con il motore al minimo, pronti a partire verso l'obiettivo. E carri armati sotto le due torri, come il giorno della Liberazione, un 21 aprile di tanti anni fa; con la differenza che dalle torrette non spunta il viso aperto, cordiale e sorridente di un soldato made in Usa, che mastica gomma e getta cioccolata a ragazzini affamati. A Sarti Antonio, sergente, e al suo gruppo toccano le perquisizioni a covi sparsi in città: un lavoro che non approda a nulla. Si disturbano persone che scopano, fotografi che girano pornofilm mentre della radio clandestina che da tre giorni lancia appelli alla violenza e istiga a compiere attentati contro le forze dell'ordine, contro le sedi dei partiti e delle locali autorità, neppure l'ombra. Così le autorità preposte cambiano tattica e Sarti Antonio, sergente, è spedito ad assistere a una conferenza di extraparlamentari, di cani sciolti e di nuovi filosofi di provenienza francese. «Poi mi riferirai» gli ha detto Raimondi Cesare, ispettore capo. Ma che accidenti riferirà se un tale di nome Guattari ha parlato per due ore in francese e i giovani presenti hanno applaudito e fischiato? Che accidenti riferirà se uno studente tedesco ha tenuto il microfono per oltre un'ora e ci ha parlato dentro con le frasi tronche e violente della sua lingua, suscitando proteste e applausi?

Fare il questurino oggi è diventata un'impresa: indispensabile la conoscenza di almeno due lingue, oltre alla lingua madre. E Sarti Antonio, sergente, conosce appena l'italiano. Che a volte pure sbaglia. Nei rapporti. Che accidenti riferirà? Di uno studente che ha tracciato, finalmente in italiano, un collegamento ideale fra il maggio francese e il marzo bolognese. O di uno studente che si è dissociato dal precedente sostenendo che maggio è maggio e marzo è marzo.

«Tutte le informazioni saranno utili» ha anche aggiunto Raimondi Cesare, ispettore capo. Ma Sarti Antonio, sergente, è convinto che le informazioni che porterà al superiore non saranno di grande utilità. Discorsi incomprensibili:

«Sul '68 ha finito per prevalere il passato. La sua fine nei partiti extraparlamentari rivela la presenza di un dato intrinsecamente restaurativo, proprio del fenomeno fin dalle sue radici. La pratica alternativa nelle università e nelle istituzioni mostra che il movimento del '68 finiva per confermare in ultima istanza proprio l'oggetto delle proprie negazioni...» questo ha detto il giovane scalmanato; Sarti Antonio lo ricorda bene, ha buona memoria e riferirà, ma se gli chiederanno il significato... «Niente di tutto questo sta avvenendo nel movimento del '77. Nessun margine di salvezza della negazione, nessuna concessione al trabocchetto del "ma noi facciamone un'altra", nessuna adesione, infine, a una logica di comportamento politico.» Questo riferirà Sarti Antonio. E poi se la sbrighi Raimondi Cesare.

Intravvede di lontano, sotto le due torri, nel buio di una città tornata ai tempi dell'occupazione, le sagome minacciose dei carri armati dei carabinieri. Immobili, in un silenzio che soffoca via Rizzoli. I bolognesi si sono chiusi in casa e non capiscono che accidenti vogliano gli studenti né capiscono il senso degli espropri proletari. Loro, i bolognesi, non ci stanno. Sono convinti che, alla fine, toccherà a loro pagare il conto delle spese proletarie. Non appena le cose si saranno normalizzate. Perché è solo questione di tempo e tutto tornerà nella norma. E allora i negozianti espropriati proletariamente alzeranno il prezzo al chilo. In silenzio, Sarti Antonio passa accanto ai carri armati, li guarda e scuote il capo. Borbotta:

«Il loro posto è la caserma. Tenerli qui in mostra è una provocazione.»

«Ed è tutto quanto hai da riferire?» chiede Raimondi Cesare, ispettore capo. Sarti Antonio si stringe nelle spalle e non risponde. «Non è molto, è vero come si dice, non è molto. Anzi, non è proprio nulla. Ti ho mandato per conoscere le modalità delle prossime manifestazioni studentesche e le intenzioni di quei disgraziati sovversivi e mi torni, è vero come si dice, con uno sproloquio sociologico privo di senso sul maggio francese e il marzo bolognese. Che accidenti mi importa?» Si calma e borbotta: «Se non ci fossi io...». Poi passa al "lei". E siamo alla frutta. «Fra poco ci sarà una manifestazione che dalla zona universitaria di Porta Zamboni si dirigerà, è vero come si dice, verso il centro percorrendo via Irnerio. Prenda immediatamente servizio sul cellulare 19 e occhi aperti, Sarti Antonio, occhi aperti, per dio! Oppure cambi mestiere.» Sarti Antonio, sergente, cambierebbe volentieri mestiere, se solo sapesse che altro fare.

Restarsene chiuso nel carrozzone, la testa ingabbiata in un elmetto e appesantito da lacrimogeni che non lancerà mai, mentre fuori la città è impazzita e le grida dei giovani si rincorrono da un portico all'altro, non è lavoro che soddisfi. Dalle feritoie Sarti Antonio segue i movimenti dei dimostranti e vede per primo la traiettoria del sasso in volo contro il suo viso schiacciato alla lamiera. Non lo avrebbe colpito, ma istintivamente si scansa e il secco rumore contro la carrozzeria fa sobbalzare e bestemmiare gli occupanti che non se l'aspettavano. «Figlio di puttana» borbotta Sarti Antonio. «Che bisogno hai di...» Il portellone posteriore si spalanca e la luce del sole è, di colpo, violenta come le grida dei dimostranti. «Fuori, fuori e non disperdetevi! Restare uniti e seguire i miei ordini. Nessuno faccia cazzate!» Il comandante dei carabinieri non la pensa così: i suoi blindati sono già in movimento e i primi lacrimogeni piovono davanti al corteo. Che si ferma e continua a lanciare sassi e chiusini di fognature. Poi gli spari. E la testa del corteo si divide: un gruppo prende per via Mascarella diretto in centro e un altro scende verso i viali di circonvallazione.

«Quel coglione!» grida Sarti Antonio, sergente. E parte di corsa verso via Mascarella. «Sarti! Sarti, per dio, dove vai? Torna qui. Non hai inteso gli ordini?»

«Un momento: c'è anche Francesco. Quel coglione mi aveva promesso...» La sua voce si perde nel rumore degli spari. Corre sotto il portico e, a cinquanta metri, i giovani si sono fermati per rallentare con il lancio di sassi la carica dei carabba. Ma c'è solo Sarti Antonio che corre verso di loro. Grida: «Francesco, non fare cazzate. Metti giù i sassi». Una parete intonacata e scrostata dimezza la larghezza del portico e contro quella parete si schiacciano le pallottole che arrivano da dietro e fischiano attorno a Sarti Antonio. Schizzi d'intonaco lo colpiscono al viso mentre il questurino si getta a terra; l'elmetto gli si sfila dal capo e rotola a qualche metro, sul pavimento del portico. Grida ancora:

«Giù, Francesco, giù: sparano!» E Francesco va giù. Va giù di brutto, con il viso insanguinato e con un salto innaturale all'indietro. Va giù di schiena a un paio di metri da dove si trovava e Sarti Antonio lo vede cadere come uno spaventapasseri al quale abbiano tolto il sostegno: contorto e sgraziato. Sa di sicuro che Francesco è morto. Allora la guancia, schiacciata sul marmo del pavimento, gli diventa di fuoco. All'altezza dei suoi occhi e a qualche metro, le scarpe di Francesco gli mostrano le suole: un primo piano che lo obbliga a chiudere gli occhi, disperato. «Oh cristo, Francesco, perché? Mi avevi promesso...»

Appiattito sul pavimento del portico, aspetta che accada qualcosa. E spera che quando riaprirà gli occhi, non ci sarà più, in primo piano e a qualche metro, la suola delle scarpe di Francesco. Ma è una speranza da due soldi: è arrivato anche il morto in questo marzo bolognese del '77. Ci ha rimesso la vita uno studente e nessuno saprà mai chi lo ha ammazzato. Forse neppure chi, in una confusione di spari, ha premuto il grilletto per la pallottola giusta. E la corsa di Sarti Antonio, sergente, sotto il portico antico di via Mascarella, è stata la più inutile delle corse.

(da «Paese Sera», XXXIX, 205, 27 luglio 1988, pp. 16-17)

Nota biografica

Loriano Macchiavelli è nato il 12 marzo 1934 a Pioppe di Salvaro, frazione di Vergato, nella collina bolognese. Il padre, fiero antifascista, gli trasmette un irriducibile amore per la libertà e un altrettanto grande amore per l'arte di raccontare storie. Nel dopoguerra con la famiglia si stabilisce permanentemente a Bologna, dove si diploma perito industriale e prende servizio nell'amministrazione comunale. Scrive sempre, fin dall'adolescenza, finché comincia a dar corpo ai primi racconti. Si appassiona al teatro e nel 1960 entra a far parte del Gruppo Teatrale Viaggiante, diretto da Luciano Leonesi: un'esperienza fondamentale, in cui convivono e s'identificano attività artistica e impegno politico e sociale, e che dura per oltre dodici anni. Con il GTV è attore, organizzatore, ma soprattutto a partire dalla metà degli anni Sessanta autore dei testi. Tra i drammi, che si segnalarono per l'impatto dirompente, e non solo a livello locale, citiamo: *In caso di calamità, viva la Patria!* (1968-69), *Ballate e moti rivoluzionari* (1970), *La Comune decreta* (1971), *Voglio dirvi di un popolo che sfida la morte* (1972), *I pioli di Bach Dang* (1973). Nel 1972 quasi casualmente scrive il primo romanzo giallo, *Le piste dell'attentato*, che viene segnalato nel 1973 al Gran Giallo Città di Cattolica. Vince il premio l'anno dopo con *Fiori alla memoria*, dando così l'avvio a una carriera narrativa ininterrotta, ricca di lotte e di successi. Nel 1980 vince il premio Tedeschi con *Sarti Antonio: un diavolo per capello*. Il suo personaggio, Sarti Antonio, riscuote già un tale successo di pubblico, che nel 1978 la Rai proietta lo sceneggiato «Sarti Antonio brigadiere», dalla nascita e dal percorso quanto mai avventurosi. Garzanti, Mondadori, Vallardi pubblicano in successione i gialli di Macchiavelli, principalmente basati sulle indagini di Sarti. A latere, lo scrittore continua a scrivere in tempi più distanziati drammi e radiodrammi (*Girando attorno alla P 38*, 1979, *Cinema Urrah!*, 1981). Tenta di liberarsi dal personaggio di Sarti, che sente restrittivo per le sue potenzialità, e al tempo stesso è amareggiato dalle incomprensioni di certa critica snobistica. Scrive il bellissimo romanzo storico *La balla dalle scarpe di ferro* (1983), che al momento passa inosservato, e propone un nuovo personaggio di poliziotto, Poli Ugo, in *L'archivista* (1981). Si adopera nel frattempo a promuovere il giallo italiano con una tenacia e una fede incrollabili, fondando e rifondando associazioni di scrittori di "genere" (Sigma, Autori Associati). Passato all'editore Cappelli, pubblica *La rosa e il suo doppio* (1987), con cui riprende a suo modo *Il nome della rosa* dando soluzione diversa da quella proposta da Umberto Eco per i delitti dell'abbazia. È un Macchiavelli provocatore e beffardo, che "spara" senza paura su certa editoria, certa critica, certi miti sociali. Riprende in *Sarti Antonio e il malato immaginario* (1987-88) Poli Ugo, il poliziotto violento e fascista, e con *Stop per Sarti Antonio* (1987) uccide il suo personaggio primogenito. In clima di apparente libertà, Macchiavelli scrive allora due romanzi di spionaggio, sotto lo pseudonimo di Jules Quicher, *Funerale dopo Ustica* (1989) e *Strage* (1990), che gli procurano non pochi fastidi per la materia scottante trattata. Nel 1991 il destino si fa beffe dell'autore: con una serie di tredici telefilm, dal titolo collettivo *Ispettore Sarti: un poliziotto una città*, Sarti Antonio risorge a suo dispetto. Il successo è tale, che Macchiavelli, come già Doyle prima di lui, è costretto a far rivivere il suo personaggio in altri romanzi e racconti (*Un poliziotto una città*, 1991, *Sarti Antonio: un poliziotto una città*, 1994, *Coscienza sporca*, 1995). Una seconda serie televisiva nel 1994 sancisce definitivamente la vittoria del personaggio sul suo creatore. Nel 1992 Macchiavelli vince il premio di Letteratura per l'infanzia con *Partita con il ladro*, contribuendo poi a questo genere con altri quattro romanzi. Nel 1997 inizia una scrittura a quattro mani con Francesco Guccini, celebre cantautore: i due prendono come ambiente la montagna bolognese per una serie di misteri polizieschi, che hanno come investigatore il maresciallo dei carabinieri Santovito. Felicissima si presenta la scrittura condotta su piani storici paralleli (già iniziata da Macchiavelli nel 1992 con l'ottimo *Il quarto lato del triangolo*). La serie si scandisce lungo il tempo in *Macaronì* (1997), *Un disco dei Platters* (1998), *Questo sangue che impasta la terra* (2001), *Lo Spirito e altri briganti* (2002). Il primo romanzo, *Macaronì*, vince il premio "Un Autore per l'Europa" della città di Alassio nel 1997 e successivamente, nel 1998, il premio letterario del Police Film Festival.

Nel pieno della maturità Macchiavelli, ormai riconciliato con Sarti Antonio, ha pubblicato ancora *I sotterranei di Bologna* (2002), *Una bionda di troppo per Sarti Antonio* (2003) e, in collaborazione con Sandro Toni, *Sarti Antonio e l'assassino* (2004). Al teatro, primo amore, mai dimenticato, ha dato *Aspettando Altman* (1995), *Il segreto di Tilse* (2001) e, con la musica di Luigi Cilumbriello, *Operagialla* (2004).

La sua narrativa è ormai tradotta in francese, tedesco, ceco, ungherese, russo, giapponese. Presso Einaudi è iniziata la ristampa dei suoi romanzi.

Cenni bibliografici

La sigla (SA) indica che il personaggio principale è Sarti Antonio, (PU) indica Poli Ugo, (ST) indica Santovito.

Le piste dell'attentato, Campironi, Milano 1974; Garzanti, Milano 1978 (SA) rist.: Einaudi, Torino 2004

Fiori alla memoria, Garzanti, Milano 1975 (SA) rist.: Einaudi, Torino 2001

Ombre sotto i portici, Milano, Garzanti, 1976 (SA) rist.: Einaudi, Torino 2003

Sui colli all'alba, Garzanti, Milano 1976 (SA)

Sequenze di memoria, Garzanti, Milano 1976

Passato, presente e chissà, Garzanti, Milano 1978 (SA)

Sarti Antonio: un questurino e una città, Garzanti-Vallardi, Milano 1979 (una pièce e quattro romanzi: *Conversazioni perimetrali di Sarti Antonio, Fiori alla memoria, Ombre sotto i portici, Sui colli all'alba, Cos'è accaduto alla signora perbene?*) (SA)

Sarti Antonio: un diavolo per capello, Mondadori, Milano 1980 (SA)

Sarti Antonio: caccia tragica, Mondadori, Milano 1981 (SA)

La strage dei centauri, Vallardi, Milano 1981

L'archivista, Mondadori, Milano 1981 (PU)

La balla dalle scarpe di ferro, Rizzoli, Milano 1983

Sarti Antonio e l'amico americano, Vallardi, Milano 1983 (SA con PU)

Sarti Antonio: un diavolo per capello, Garzanti-Vallardi, Milano 1985, (tre romanzi: *Un diavolo per capello, Caccia tragica, Rapiti si nasce*)

Sarti Antonio e il malato immaginario, Cappelli, Bologna 1988 (PU con SA)

Stop per Sarti Antonio, Cappelli, Bologna 1987 (SA)

La rosa e il suo doppio, Cappelli, Bologna 1987

Funerale dopo Ustica (come Jules Quicher), Rizzoli, Milano 1989

Strage (come Jules Quicher), Rizzoli, Milano 1990

Un poliziotto una città, Milano, Rizzoli 1991 (quattro racconti e un romanzo breve: *A scuola col killer*, *Un affare in alto mare*, *Corsia gialla*, *Com'è facile dire "ti amo"*, *I quarantasette colpi*) (SA) (PU)

Un triangolo a quattro lati, Rizzoli, Milano 1992

Partita con il ladro, Sonda, Torino 1992 (per l'infanzia)

Sospiri, lamenti, ali di pipistrello, Sonda, Torino 1994 (per l'infanzia)

Sarti Antonio e il "diamante" insanguinato, Sonda, Torino 1994 (SA)

Sarti Antonio: un poliziotto una città, Mondadori, Milano 1994 (tre romanzi: *Il patto*, *Overdose*, *La ghironda dagli occhi azzurri*) (SA)

Sarti Antonio e la ballata per chitarra e coltello, Sonda, Torino 1994 (SA)

Sarti Antonio e il mistero cinese, Sonda, Torino 1994 (SA)

Coscienza sporca, Mondadori, Milano 1995 (SA)

Replay per Sarti Antonio, Mondadori, Milano 1996 (tre romanzi: *Le piste dell'attentato*, *Fiori alla memoria*, *Ombre sotto i portici*) (SA)

Macaronì. Romanzo di santi e delinquenti (con Francesco Guccini), Mondadori, Milano 1997 (ST)

Sgumbéi. Le porte della città nascosta, Mondadori, Milano 1998

Un disco dei Platters. Romanzo di un maresciallo e una regina (con Francesco Guccini), Mondadori, Milano 1998 (ST)

Questo sangue che impasta la terra (con Francesco Guccini), Mondadori, Milano 2001 (ST)

Lo Spirito e altri briganti (con Francesco Guccini), Mondadori, Milano 2002 (8 racconti) (ST)

I sotterranei di Bologna, Mondadori, Milano 2002 (SA)

Una bionda di troppo per Sarti Antonio, Libreria dell'Orso, Pistoia 2003 (SA)

Operagialla, Gallo e Calzati Editori, Bologna 2004

Sarti Antonio e l'assassino (con Sandro Toni), Mondadori, Milano 2004 (SA).

Studi critici

Oreste del Buono, *Presentazione*, in Loriano Macchiavelli, *Sarti Antonio: un questurino e una città*, Garzanti-Vallardi, Milano 1979, pp. V-VIII

Loris Rambelli, *Storia del "giallo" italiano*, Garzanti, Milano 1979, pp. 219-230

Massimo Carloni, *Indagine sul giallo italiano*, Porziuncola, Assisi 1984, pp. 32-35, pp. 105-115

Elvio Guagnini, *Alcuni esemplari recenti di giallo italiano dentro e fuori gli spazi istituzionali*, in «Problemi», 86, settembre-dicembre 1989, pp. 257-288

Luigi Volta, *Loriano Macchiavelli: la vieja ciudad y el cine*, in *Los heroes difíciles: Literatura policial en la Argentina y en Italia*, Ediciones Corregidor, Buenos Aires 1991, pp. 269-279

Simone Beau, *Les romans de Loriano Macchiavelli*, in *Il romanzo poliziesco italiano da Gadda al Gruppo 13*, in «Narrativa» 2, Paris X - Nanterre, mars 1992, pp. 87-93

Massimo Carloni, *L'Italia in giallo. Geografia e storia del giallo italiano contemporaneo*, Edizioni Diabasis, Reggio Emilia 1994, pp. 91-98, pp. 140-144

Loris Rambelli e Maria Giovanna Gentile, *Quando il romanzo poliziesco nasce dal teatro*, in *Invito al giallo*, Longo, Ravenna 1998, pp. 11-18

Luigi Bernardi, *Un questurino nella città che non è come le altre città*, in Loriano Macchiavelli, *Fiori alla memoria*, Einaudi, Torino 2001, pp. 167-180

Luca Crovi, *Tutti i colori del giallo*, Marsilio, Venezia 2002, pp. 125-129, pp. 169-170

Carlo Oliva, *Storia sociale del giallo*, Todaro Editore, Lugano 2003, pp. 182-183

Stefano Magni, *Loriano Macchiavelli. Il giallo tra anni '70 e anni '80. Fine della modernità o inizio della postmodernità?*, in «Narrativa» 26, Paris 2004, pp. 15-26

Luca Somigli, *L'impossibilità del ritorno: morte e memoria in un romanzo di Loriano Macchiavelli*, ivi, pp. 27-36

Roberto Pirani, *Loriano Macchiavelli tra cronaca e storia*, ivi, pp. 333-344

Massimo Carloni, *Quando la televisione tradisce la pagina scritta: il Sarti Antonio televisivo*, ivi, pp. 355-362

Massimo Carloni e Roberto Pirani, *Loriano Macchiavelli: un romanziere una città*, Pirani Bibliografica Editrice, Pontassieve 2004.

Indice

5 *Introduzione*
di Massimo Carloni e Roberto Pirani

SARTI ANTONIO FRA GENTE PERBENE

13 Fra gente perbene

35 Storia breve e molto semplice, da una storia lunga
e più complessa

49 Se non puoi frustare l'asino...

55 Se d'estate si spara è colpa di Nicolini

61 Il mistero della ragazza svanita a Porta San Vitale

73 L'assurdo omicidio di uno studente modello

85 Misteriosa scomparsa dell'imbianchino buono

99 Un'epatite occasionale

105 La mamma e le manette

111 Dimenticare Riccione? Mai, portiamoci anche la cara
estinta

127 Girando attorno alla P 38. Dissertazioni inconcludenti
fra il sottoscritto e Sarti Antonio

139 Una lama tra le nuvole

175 Una notte al Grand Hotel

195 La colpa non è sempre del diavolo

213 Un affare in alto mare

233 Come è facile dire "ti amo"

253 Da maggio a marzo...

263 *Nota biografica*

267 *Cenni bibliografici*

«Sarti Antonio fra gente perbene»
di Loriano Macchiavelli
a cura di Massimo Carloni e Roberto Pirani
Oscar bestsellers
Arnoldo Mondadori Editore

Questo volume è stato stampato
presso Mondadori Printing S.p.A.
Stabilimento NSM - Cles (TN)
Stampato in Italia - Printed in Italy